# EL TRASPLANTE

José Miguel Vásquez González

# 1

Tras esquivar al último defensa, John volteó a ambos lados para asegurarse de que tenía vía libre hacia la portería y observó a los más de doscientos fanáticos en las gradas —considerable para una ciudad como *Middleton*, Wisconsin, cuya población no supera los 20,000 habitantes— seguir con atención cada uno de sus movimientos. El delantero estrella de los *Wildcats* les tenía acostumbrados a ese tipo de jugada, la cual, la mayoría de las veces culminaba en gol.

Sin embargo, luego de burlar al último hombre y quedar enfrentado al portero de los *Dragons*, la pelota, pateada con menos fuerza de la que le caracterizaba, fue a dar mansamente a las manos del muchacho, arrancando un *"ooooh"* a la decepcionada multitud. John se detuvo para coger aire, apoyando las manos en sus rodillas. Manuel, quien le había suministrado el pase, se le acercó.

—¿Estás bien? —preguntó, poniendo su mano sobre la espalda de John.

—Sí, bien, bien —le contestó, sin aliento.

El árbitro sonó el pito dos veces, indicando la culminación del partido, el cual terminó con un empate a cero goles. Cuando llegaron a los vestidores, el entrenador, viendo a John cabizbajo, le dio una palmada en la espalda, al tiempo que le decía:

—No te preocupes, con el empate aseguramos el pase a la final.

John le sonrió, pero Manuel, quien le conocía a la perfección, le miró extrañado.

—Algo te pasa, no estás bien.

—Estoy un poco cansado.

—No, hay algo más, tú nunca te cansas.

—No me he sentido bien desde ayer.

5

—¿Gripe?

—Es posible, me siento débil y como si me faltase la respiración.

Se conocieron el primer día del jardín de infancia y desde entonces se hicieron inseparables. A sus quince años, ya bien entrados en la adolescencia, ambos se desvivían por el fútbol.

Carlos Luis y Karina, los padres de John, les esperaban a la salida de los vestidores. Ella, ex-modelo e hipocondríaca por naturaleza, abrazó a su hijo al verlo.

—¿Qué tienes, cariño? —le preguntó.

—Nada, estoy bien —contestó el muchacho.

—Estás pálido —dijo, tocándole la frente en busca de algún síntoma febril.

—Ya, mamá, te dije que estoy bien —contestó John, disimulando el mareo que sentía. No la quería tener encima todo el día empujándole medicamentos, estaba seguro de que el malestar pasaría. Ella le miró sin quedar convencida.

—Déjalo ya —intervino Carlos Luis—. No está acostumbrado a no dar la victoria a su equipo —continuó, riendo mientras alborotaba los rizos del cabello de su hijo—. ¿No es así, campeón?

John asintió sin decir nada, forzando otra sonrisa. Se sentía bastante mal.

—Tú también jugaste muy bien —le dijo a Manuel.

—Muchas gracias, no tuvimos suerte, pero la racha de victorias que traíamos, gracias a John, es suficiente para asegurar nuestro pase a la siguiente fase.

—Y eso ya es decir bastante. Creo que hace mucho tiempo que no llegábamos a una final estatal—. El hombre rezumaba orgullo por su único hijo, por quien se desvivía. A Manuel, quien pasaba más tiempo en casa de los Parker que en la suya, le consideraba otro miembro de la familia.

John no había terminado sus tareas, con la esperanza de mejorarse durante el juego. El día siguiente, jueves, era el peor de la semana. No acostumbraba a dejar sus deberes para última hora, pero el malestar de los últimos días no le había permitido estar al corriente. Cursaba el noveno grado, su primer año como *Junior High* en la *George Washington Middle School*. Sentía que no debía ir a clases al día siguiente, pero eso implicaría tener que decirle a su madre que no estaba bien, cosa que quería evitar a toda costa. Cuando ella entró a su habitación, estaba acostado, aunque había tomado la previsión de encender el *PlayStation*.

—¿Acostado tan temprano? —le preguntó, mirando el reloj.

—Estoy jugando un rato antes de ponerme con las tareas.

—¿Estás seguro de que te encuentras bien?

—Sí, má, estoy bien, ya te lo dije.

—Por si acaso, te traje un té de manzanilla, te veo muy pálido.

—Déjalo sobre la mesa de noche, en lo que termine este juego me lo tomo.

Si algo odiaba John, era el té, en todas sus variedades, pero no se sentía con ganas de discutir; además, así Karina se quedaría más tranquila. Ya lo echaría luego al excusado.


A la mañana siguiente, pasadas las ocho, Carlos Luis entró a la habitación de John arreglándose la corbata, extrañado de que el muchacho no hubiese ido a desayunar. Karina amanecía en el gimnasio, donde pasaba buena parte de la mañana, luego de dejar preparado el desayuno para sus dos grandes amores. Se sorprendió al encontrarlo acostado.

—¿Te ocurre algo? ¿Estás bien?

—No me siento bien, creo que pesqué algún virus.

El hombre se acercó y le tocó la frente.

—Fiebre no tienes, ¿qué sientes?

—Estoy como agotado y un poco mareado, pero no es mucho.

—¿Te vas a quedar en casa? —le preguntó. No recordaba un día en el cual el joven hubiese faltado a la escuela.

—Creo que sí, aunque no sé si sea lo mejor, ya sabes cómo es mamá.

—Lo sé, pero si te sientes mal, es mejor que descanses.

Manuel —quien vivía a dos casas de distancia— tocó el timbre en busca de su amigo, como todas las mañanas. La escuela quedaba a diez minutos caminando.

—Deja la flojera, vamos tarde, levántate —increpó a John.

—Creo que no voy a ir, no me siento bien.

Manuel abrió los ojos como platos, extrañado.

—Pe-pero hoy tenemos…

—Ya lo sé, pero no estoy en la mejor condición —le interrumpió John.

Carlos Luis, quien observaba desde la puerta, intervino:

—Excúsalo en la escuela, si quieres te hago una nota.

—No es necesario, yo hablo con el director —replicó Manuel.

—El fin de semana deberíamos ir a la cabaña, ¿qué les parece?

La cabaña, que Carlos Luis había heredado —junto a sus dos hermanos— de su padre, era una extensa propiedad localizada en *Wisconsin Dells*, una ciudad en el sur de Wisconsin, pero al norte de *Middleton*. Se encontraba en una zona boscosa, bastante retirada de los lugares frecuentados por los turistas. A los chicos les encantaba ir allí, ya que era sede de varios parques temáticos y centros de entretenimiento. El hobby de Carlos Luis era la fabricación de cerveza artesanal, por lo que había convertido el sótano de la casa en el centro de sus actividades. Siempre encontraba una excusa para escapar hacia allá, aunque no le costaba nada convencer a los miembros de su familia. A Karina le encantaba relajarse a la orilla del lago.

—¡Excelente! —dijo Manuel, aplaudiendo—. ¿Qué te parece? —preguntó a John.

—Claro —contestó este, sin mucho ánimo.

—No se diga más. Chicos, me voy, tengo una reunión. ¡Mejórate, campeón!


Carlos Luis Parker había trabajado en *MDT Medical Supplies* por quince años, justo desde el nacimiento de John. Estaba estudiando Medicina cuando conoció a Karina en una de las fiestas de fin de semestre de la facultad. Ambos tenían diecinueve y lo suyo fue amor a primera vista. Al terminar las vacaciones inter-semestrales, ella llevaba a John en su vientre, por lo que decidieron formalizar su relación. Carlos, todavía dependiente de sus padres, tuvo que dejar los estudios para mantener a la naciente familia. Ella ganaba algún dinero a través del modelaje, pero no tenía un contrato fijo, por lo que no podían contar con esos ingresos.

El joven Parker ingresó como ayudante de almacén y fue escalando posiciones. Se había convertido en Asesor de Ventas Senior, lo que le producía dinero suficiente para llevar una vida de clase media; tenía dos años persiguiendo el puesto de Supervisor, lo que mejoraría considerablemente sus ingresos.

—¿Qué tienes para hoy? —le preguntó Marcus Bollinger, su supervisor, un hombre con una incipiente calvicie, tan pronto entró en la oficina. Más por su carácter prepotente que por envidia, a Carlos no le gustaba aquel hombre. Consideraba que ocupaba el puesto que él merecía, pero sabía que si quería ascender, era mejor tragarse las ganas de mandarlo al carajo cada vez que le preguntaba algo con su tono altanero.

—Voy al *Chicago Memorial* —contestó, con su mejor sonrisa de vendedor, la cual había cultivado a lo largo del tiempo. Cuando la exhibía, se le formaban sendos hoyuelos en las mejillas, lo que según Karina, era su mejor arma de ventas. A pesar de que el trayecto hasta Chicago le tomaba dos horas y media (con tráfico fluido), lo prefería —cerraba mejores negocios que cuando le tocaba visitar hospitales cercanos— ya que a fin de mes su paga incluía comisiones por ventas. Chicago era una gran ciudad y su economía, boyante, por lo que aprovecharía para visitar dos o tres instituciones más, de acuerdo a cómo le rindiese el día. Las cinco horas de camino las utilizaba para pensar, perdido en la música, lo cual le relajaba mucho.

—Cierra unas buenas ventas, tigre —le dijo Bollinger, guiñándole un ojo.

*Y así aumentar tu comisión, sanguijuela cabrona*, fue lo primero que se le ocurrió contestar, pero, en cambio, le regaló otra sonrisa fingida. Él se llevaría una tajada de su comisión, pero entendía que así funcionaban las cosas. Esperaba estar pronto en su lugar. Además, le exasperaba que le llamase tigre.

Al regresar del gimnasio y ver que su hijo no había tocado el desayuno, Karina se preocupó de inmediato. Cuando vio que sus libros continuaban en la mesa, se dirigió a la habitación de John a pasos agigantados.

—¡Ay, cariño! —dijo al verlo acostado—. ¡Sabía que estabas enfermo!

Luego de pasar casi toda la noche en vela, al fin el joven había caído rendido, pero el tono de su madre le hizo volver en sí, exaltado.

—¿Qué ocurre? —preguntó, somnoliento.

—Esta mañana antes de irme pasé por aquí y te vi durmiendo muy tranquilo. Toqué tu frente y pensé que todo estaba normal. Si hubiese sabido que mi bebé estaba enfermo, no hubiese ido —respondió ella, compungida, con lágrimas en los ojos.

—Ya mamá, deja el drama, es una simple gripe —mintió John, quien la había sentido entrar en la madrugada y tocar su frente, pero conociéndola se había hecho el dormido, tratando de adoptar la expresión más plácida que el malestar le permitía. Tapándose la boca, fingió toser, buscando dar fuerza a su argumento.

—No lo sé, no recuerdo haberte visto en cama desde hace mucho, creo que deberíamos ir al hospital a que te revisen…

—No, mamá, ya te lo dije, es un simple virus que debo haber agarrado durante el partido, de hecho, ya me siento mejor, creo que lo que necesitaba era descansar un poco —le interrumpió, tratando de incorporarse.

—Ni lo sueñes, mejor quédate en la cama. Espera que te voy a traer medicina para ese virus o lo que sea, no te muevas—. John asintió, resignado a que su madre visitase el armario donde guardaba los medicamentos, el cual no tenía nada que envidiarle a una farmacia pequeña y volviese con quién sabe cuántas pastillas, jarabes o cualquier otro tratamiento que tuviese a bien encontrar. En lo que no había mentido era en que se sentía bastante mejor, las cuatro o cinco horas que había dormido parecían haberle hecho bien. Aunque le costaba admitirlo, tenía miedo, quizás influenciado por toda una vida escuchando a su madre temerle al menor síntoma. Tenía miedo porque estaba seguro de que aquello que sentía no era una simple gripe. Los síntomas no se parecían en nada y nunca en su vida había sentido un malestar como el que estaba atravesando. No tenía la más remota idea de lo que su organismo le tenía preparado.


Manuel se sentía perdido esa mañana en la escuela. Las horas transcurrían con lentitud, no recordaba cuando había sido la última vez que John había faltado a clases, si es que había habido alguna. Cuando el señor T, como llamaban al profesor de matemáticas dio un traspié y casi cae del estrado, se inclinó hacia la izquierda para hacer un comentario jocoso a su amigo y se entristeció al ver su pupitre vacío.

Durante el receso, mientras vagaba por los pasillos como alma en pena, se dio cuenta de que su mundo dentro de la escuela —y muy probablemente fuera de ella también— se limitaba a John. Ambos formaban un dúo perfecto y no necesitaban de nadie más. Los otros eran meros compañeros, los que merecían llamarse así, tal vez algunos de los integrantes del equipo de fútbol, pero muchos ni siquiera llegaban a esa clasificación. El hecho de que ambos fueran los mejores jugadores del equipo les brindaba cierto estatus dentro de la pirámide alimenticia que conformaba el círculo social de la *Middleton Middle*. Sin embargo, no todos le respetaban. En el tope de la pirámide, el tope malo, por decirlo así, se encontraba Mateo, el mayor *bully* de la escuela, secundado por tres despreciables bañados en acné. Aunque M, como todo el mundo conocía al matón, le llevaba unos buenos diez centímetros de estatura y al menos veinte kilogramos de peso (la mayor parte en tejido adiposo), cuando estaba con John, el chico no se atrevía —al menos de forma directa— a meterse con ellos, a sabiendas de que cualquiera de los dos podría propinarle una paliza, aun cuando sus tres acólitos le secundaran. En esa pelea de cuatro contra dos, Manuel y John llevaban todas las de ganar, dada su agilidad y contextura atlética.

Pero esa mañana, mientras sacaba los libros para la próxima clase, Mateo se le aproximó, provocándole un sobresalto cuando golpeó con su mano el latón del casillero contiguo.

—Como que la niñita se quedó sola —dijo, riendo, mientras dos de sus secuaces le hacían el coro—. ¿Qué le pasó a tu novio, le vino el período? —preguntó con sarcasmo.

Manuel, a quien no le gustaba meterse en problemas, le ignoró, pero sintió como sus orejas se ponían rojas, mientras la rabia se abría paso a través de su sistema nervioso simpático, liberando testosterona. No le gustaban ese tipo de comentarios, le hacían sentir incómodo. John opinaba que era simple envidia de aquellos que no contaban con un amigo incondicional. Trató de retirarse, pero cuando M le empujó, la testosterona tomó el control. Viniendo hacia adelante, luego de rebotar contra los casilleros, tomó al chico regordete por la garganta con su mano izquierda, aplicando máxima presión, al tiempo que con la derecha le propinaba un puñetazo en medio de la cara que le hizo caer de culo al suelo. De inmediato los otros estudiantes se arremolinaron alrededor de ellos, gritando "pelea, pelea". Uno de los compinches de M trató de acercarse a Manuel, pero al ver la expresión de ira en su cara y la sangre en su mano, se lo pensó mejor. M yacía en el suelo, tapándose la cara con ambas manos, mientras la sangre fluía a borbotones de su magullada nariz.

El señor T vino corriendo al escuchar el alboroto, abriéndose paso entre los jóvenes sedientos de más acción, pero ya Manuel se estaba retirando. El profesor levantó al chico para llevarle a la enfermería. Al ver la mano roja de Manuel, le dijo:

—¡Tú, a la dirección! —señalándole.

Carlos Luis estaba teniendo un día muy productivo. Había logrado cerrar una gran venta en el Chicago *Memorial*, lo que engrosaría su cheque tan pronto se concretase la entrega. Aunque la comisión era ínfima (buena parte iba a parar a los bolsillos de la sanguijuela) nunca estaba de más un ingreso adicional para enfrentar el pago de la hipoteca más los gastos derivados del estilo de vida al que estaba acostumbrada Karina. Se consideraba un trabajador de clase media promedio, pero esperaba que el anhelado ascenso le hiciese subir un peldaño en el escalafón.

Los tres semestres que había cursado en la universidad, más todo el conocimiento adquirido a lo largo de su trabajo en la empresa, le servían de mucho a la hora de tratar con sus clientes. Se sentía un poco frustrado por no haber culminado la carrera, a menudo pensaba en lo que podría haber sido, en cuan diferente sería su vida, pero no se arrepentía ni siquiera un ápice. Amaba a Karina con todas sus fuerzas y John era quien le proveía de la fuerza para continuar cada día. Aunque no quería influenciarle de ninguna manera —odiaba que los padres quisieran convertir a los hijos en extensiones de ellos mismos— tenía la esperanza de que al final se decantase por estudiar Medicina; sabía que era una de las opciones que manejaba el muchacho, aunque todavía era temprano para decirlo. También tenía la esperanza de que si lograba conseguir el ascenso, una vez que su hijo se fuese a la universidad, podría retomar sus estudios. Sabía que era algo difícil, no solo por tener treinta y cinco ni por el costo que implicaba, sino porque eran muchas las cosas que tendrían que alinearse para que aquello sucediera, pero se animaba pensando que la esperanza es lo último que se pierde. Aquello también le ayudaba a navegar la vida y mantener siempre una sonrisa a flor de piel.

Apartando el viento helado que sopla desde Canadá a través del lago Michigan, lo que hace que se sienta frío durante casi todo el año en Chicago —incluso ahora cuando el verano se encontraba a la vuelta de la esquina—, aquella era su ciudad favorita. Salivó mientras se acercaba a la *Pizzería Uno*, el lugar donde fue inventada la que se conoce como pizza estilo Chicago, una pizza que por su grosor, parece más bien una lasaña, con capas y capas de queso y tomate. Luego de disfrutarla, daría un paseo por *Riverwalk*, la zona peatonal que rodea al Río homónimo de la ciudad entre sus imponentes rascacielos, antes de retomar el camino a casa.

Una vez terminadas las clases, Manuel fue directo a casa de su amigo. Encontró a John comiendo un plato de sopa de pollo que le había preparado Karina, quien decía que el platillo era el inicio de la cura de cualquier enfermedad. De inmediato se vio sentado a la mesa con un plato similar, ya que ella opinaba que el virus que atacaba a su hijo, bien podría estar incubando en él también. John tenía mejor cara, se sentía bastante bien, casi normal.

—No sabes lo que ha ocurrido esta mañana —dijo Manuel tan pronto estuvieron en la habitación de John, fuera del alcance de los oídos de su madre.

—No me vas a decir que el único día que falto es cuando pasa algo interesante.

Manuel le describió con detalle el incidente con M y John soltó una sonora carcajada mientras aplaudía.

—Buena esa, era hora de que hicieras lo que siempre me dices que no haga.

—No te rías, la cosa es seria. El director me ha dado todo un discurso acerca de cómo no debemos dejar que la ira nos controle, que nos están educando para arreglar los problemas como gente civilizada y todo el sermón que ya te imaginas. Que si el bobo ese tiene la nariz fracturada —cosa que parece más que probable— el colegio se puede meter en un problema y bla-bla-bla, ya sabes. Lo cierto es que han citado a mis representantes, no solo a mi mamá, a quien quizás podría convencer, sino también a mi padre, y ya sabes cómo es él.

John hizo una mueca que dejaba claro que entendía la situación a la perfección. El padre de Manuel, un inmigrante mexicano que se había abierto paso en la vida a través de trabajo duro, no era un hombre que se anduviese con medias tintas. Para él no existían los grises. Las cosas estaban bien o estaban mal. No parecía haber entrado al siglo XXI, todavía creía que la correa era el mejor método de enseñanza. Esa era una de las razones por la cual su hijo pasaba más tiempo en la casa de los Parker que en la suya propia.

—Tienes que hablar con tu mamá para que le convenza, no veo otra salida —dijo John—. ¿Tienen que ir mañana?

—Por suerte, mañana va a la escuela un supervisor regional y el Director va a estar muy ocupado, los han citado para el lunes. Sabes que si fuese mañana me perdería el fin de semana en la cabaña —contestó Manuel, con una sonrisa triste.

—¿Estás loco? ¿No les vas a decir nada hasta el domingo? Puede ser peor.

—No creo que haya mejor ni peor, sabes que la golpiza ya está cantada. Al menos quiero disfrutar el fin de semana, me pondrá el culo rojo el domingo y ya veremos. Es injusto, no es mi culpa que ese gordo de mierda sea tan débil. Además, él se lo buscó. El director casi que me da la razón, traté de convencerle de que no los citase, pero dijo que se escapaba de sus manos.

—El único día que falto y casi que se acaba el mundo. Creo que si hubiese ido, todo esto se hubiera evitado.

—Ah, déjalo. Sabes que tarde o temprano, tenía que ocurrir. Me tenía las bolas hinchadas hace rato, además, puedes estar seguro de que nadie más se atreverá a meterse con nosotros. Con suerte, hasta lo pueden expulsar.

La cara de John se convirtió en una mueca de terror.

—¿Expulsarlo? ¿Y si te expulsan a ti también?

—No, el director me dijo que nada me iba a pasar, no tengo ningún tipo de antecedentes, mientras que él tiene el libro lleno. Lo peor que puede pasar es que los padres introduzcan una demanda civil en mi contra, pero hay muchos testigos que pueden dar fe de que él inició todo y de que es el culpable. Fue quien me empujó, lo único que yo hice fue defenderme.

—Espero que así sea, de verdad lo espero —dijo John.


John amaba a los animales. Había tratado de convencer a sus padres desde siempre de tener un perro, pero Karina se oponía rotundamente, opinaba que los animales eran portadores de cualquier cantidad de enfermedades, en particular los perros, quienes gustan de lamer la cara de sus amos, luego de quién sabe dónde pusieron sus lenguas.

Un gato callejero, a quien llamó Flaqui, porque cuando apareció se encontraba famélico, se había ido colando en la familia poco a poco. El día que le encontró en el jardín, maullando desesperado, sin saber mucho sobre gatos y guiado por lo que había visto en los dibujos animados, le sirvió un plato con leche, el cual el minino consumió en tiempo récord. Luego abrió una lata de sardinas, la cual también despachó en un santiamén. Tras consultarlo con su padre, decidieron mantenerlo en secreto, lejos de la inquisidora mirada de Karina, pero no pasó ni una semana antes de que ella descubriera a su hijo alimentándolo, bajo la aprobación de su padre.

Ante la mirada suplicante de John, accedió a que el gato merodeara por el jardín, no sin antes llevarlo al veterinario a que le hiciesen una revisión exhaustiva, vacunas incluidas. El doctor les aseguró que era un animal completamente sano y les dijo que no había nada que temer, que no iba a trasmitirles ninguna enfermedad. El animalito comenzó a entrar en la casa, la mayor parte del tiempo cuando ella no estaba cerca y poco a poco fue ganando territorio.

Cuando Carlos Luis llegó luego de su excursión a Chicago, exultante por los logros obtenidos, encontró a los dos chicos viendo televisión en la sala, con Flaqui ronroneando patas arriba en el medio de ambos.

—¿Tu mamá salió? —preguntó, señalando al animal y riendo al ver como el gato se regodeaba en el sofá. John negó con la cabeza, llevándose el índice a la boca, indicándole que se callase antes de invocarla—. ¿Cómo sigues? —te veo mejor cara.

—Estoy bien —contestó el chico.

Karina, al oír que su marido había llegado, vino a la sala.

—¡John, te he dicho que no quiero a ese gato adentro, llena todo de pelos! —dijo.

—Ya, má, déjalo un rato, ¿no ves lo feliz que se encuentra?

—Nos vamos el fin de semana a la cabaña, hoy me fue de las mil maravillas, cariño —intervino Carlos Luis, estampándole un beso a su mujer, tratando de desviar su atención. Sabía que a John le dolía que su madre no compartiera su amor por el gatito.

—Me parece excelente, tenemos tiempo sin ir. —Él sacó unos papeles de su maletín para mostrarle el resultado de su jornada, que ella estudió con detenimiento antes de emitir un silbido—. ¡Qué bien, te felicito! Creo que nos merecemos el fin de semana.

Flaqui emitió un maullido ronco en señal de aprobación, lo cual hizo que todos, incluida Karina, estallaran en risas.

Los chicos estaban terminando de subir sus bicicletas a la camioneta cuando llegó Carlos.

—¿Están listos para un gran fin de semana? —preguntó, mientras besaba a su esposa. Venía de muy buen humor, como cada vez que se aprestaba a dejar atrás su rutinario trabajo y dedicarse a lo que en realidad le gustaba.

—Cámbiate de ropa y salgamos, van a ser las seis —contestó ella.

—Me retrasé en la oficina, cariño, pero en cinco minutos estaré listo.

—¡Ni se te ocurra, John! —dijo Karina, viendo que el muchacho tenía un *kennel* junto a sus cosas—. ¡Ni pienses que vamos a llevar a ese gato! —John miró a su padre, quien se encogió de hombros. En esos asuntos, la palabra de ella siempre era final.

—Pero, má, allá la va a pasar de lo mejor —protestó el joven.

—Dije que no, mucho es que ande rondando por acá y llenando todo de pelos. Y pronto tenemos que cambiar esta camioneta, lo que nos falta es que el gato arañe los asientos. Solo restaban dos pagos a la *Chevrolet Suburban* del año 2013 que manejaba Karina, la cual habían comprado con la excusa de llevar a John y sus amigos a los juegos de fútbol. Carlos esperaba concluir sus pagos y liberarse de esa cuenta, pero por lo visto, su esposa tenía otros planes.

—Lo llevaré en el *kennel*, te aseguro que no va a ensuciar nada —replicó John.

Sin embargo, estaba claro que nada iba a hacerle cambiar de parecer.

Diez minutos más tarde estaban sentados los cuatro en el vehículo y Flaqui los veía desde su exterior mientras Carlos retrocedía buscando la calzada. Manuel le saludó con la mano, como si el animal pudiese entender el gesto.

Carlos y Karina eran fanáticos de la música de los ochenta, por lo que en el equipo de sonido sonaba *Time after time* de Cindy Lauper. Él tomó la mano de su esposa quien le dedicó una tierna mirada.

—¿Será mejor tomar la autopista o nos vamos por la 12? —preguntó Carlos. El trayecto hasta los *Dells*, como se conocía la zona donde se asentaba la cabaña, tomaba aproximadamente una hora. Se podía llegar a través de la interestatal 90 o por la carretera 12, el trayecto más corto, aunque no siempre el más rápido.

—Papá, utiliza el GPS, por favor, cuál es la necesidad de adivinar.

—Estoy hasta la coronilla de la tecnología, hijo. Tomemos la 12, igual no va a hacer gran diferencia —contestó el hombre, riendo.

—No sé ni para qué pregunta —dijo John a Manuel, casi en un susurro. El malestar casi había desaparecido, pero todavía tenía una sensación de fatiga bastante molesta.

*Wisconsin Dells* está lleno de cabañas turísticas de alquiler, lo que le convierte en una zona muy próspera con un flujo enorme de visitantes. Al llegar al lago *Delton* y continuar al norte al margen del Río Wisconsin, en una zona bastante apartada se encuentra la propiedad de los Parker, la cual los hermanos de Carlos ambicionan convertir en hotel, lo que les podría dejar buen dinero extra. Sin embargo, él siempre se ha opuesto, argumentando todo tipo de excusas, ya que es su lugar de escape. Se trata de una propiedad enorme, adquirida por el padre de su padre y que ha ido pasando de generación en generación.

Los Parker han tenido que asumir el costo de su mantenimiento, el cual no es bajo —el precio de no acceder a la petición de sus hermanos — aunque la mayoría de los trabajos los hace el mismo Carlos, cosa que en vez de molestarle, le relaja.

El camino a la cabaña está flanqueado por árboles enormes, los cuales dan a un jardín hermoso, sobre todo cuando la primavera está a punto de dar paso al verano y la temperatura, bastante agradable, ronda los quince grados. Los más aventureros incluso pueden nadar en el Lago *Castle Rock*, al cual se puede acceder desde el jardín trasero, donde se encuentra un gazebo, lugar perfecto para disfrutar de una buena barbacoa.

La cabaña, construida casi en su totalidad de madera, cuenta con dos plantas y un sótano. En la planta de abajo, un gran salón ocupa el centro de la propiedad, conectado a una cocina pensada para una familia numerosa, aunque es raro cuando más de cuatro personas ocupan el sitio. La amplia chimenea brinda gran alivio durante los meses fríos y a su derecha se encuentra un salón de juegos con una mesa de billar; a su izquierda un bar sirve como centro social. Amplios ventanales brindan hermosas vistas, tanto del lago como de la zona boscosa que rodea la propiedad. Los pisos de madera clara, adornados con alfombras, las cuales en su mayoría superan las siete décadas, crean un ambiente muy acogedor.

En la segunda planta, ocho amplias habitaciones podrían brindar alojamiento a más de veinte personas y una enorme sala con un televisor de sesenta pulgadas asemeja una sala de cine. Mientras John y Manuel instalaban el *PlayStation* en el aparato y Karina preparaba la cena, Carlos se dirigió al sótano, su lugar favorito.

Originalmente una bodega de vinos, había hecho una serie de modificaciones para convertirlo en su planta personal para fabricar cerveza artesanal. Se accedía a él a través de unas pequeñas escaleras casi ocultas en el cuarto de lavado, y uno no podía imaginarse, dada su estrechez, que al bajarlas se abría una nueva estancia, que ocupaba toda la planta de la vivienda, donde Carlos había instalado la parafernalia propia de su hobby. Lo primero que hizo fue encender el estéreo, desde donde Freddie Mercury cantaba *We are the champions*. Cuando accedía a aquella zona de la propiedad, le parecía que el mundo se detenía. El aislamiento natural que se producía, pues las minúsculas escaleras eran el único punto de acceso, le permitían dar rienda suelta a sus pensamientos y a sus fantasías.

Karina tuvo que bajar las escaleras para llamarle a cenar, ya que parecía que el sitio estuviese insonorizado. Luego de una cena ligera, decidió continuar en el sótano, mientras los chicos volvían a su videojuego y Karina se preparaba para tomar un baño relajante en el jacuzzi del patio trasero, al cual prometió acompañarle en un rato, asumiendo que aquella perfecta noche culminaría en una sesión de sexo prolongado.

Mientras los chicos seguían alternando entre avanzar en la última entrega de *God of War* o jugar fútbol en la consola como si la vida les fuera en ello, Carlos Luis se presentaba ante Karina con una botella de vino y dos copas, dispuesto a acompañarla tal como le había prometido.

La sensación que producía el agua caliente —casi hirviendo— en la piel invitaba a la sensualidad. A diferencia de muchos otros, quince años de matrimonio no habían logrado que disminuyera ni un ápice la atracción sexual que sentían el uno por el otro. Ni siquiera el hijo que produjo la unión pudo con esta. Quizás el único momento que pudiese haberla comprometido fue el acontecimiento que se produjo cuando el pequeño John se aproximaba a su segundo cumpleaños. Dispuestos a completar la parejita (como toda familia americana promedio) buscaron con empeño —lo que no les costaba mucho— un segundo hijo. Karina quedó embarazada, esta vez de una niña a la que llamarían Kristina. Todo iba viento en popa hasta el cuarto mes de gestación, cuando se produjo un aborto espontáneo, lo que causó que ambos padres cayeran en una depresión profunda. Carlos la superó más rápido, pero a ella le costó un poco más, sobre todo al enterarse de que había una alta probabilidad de que no pudiese engendrar otro hijo. Ambos volcaron en John toda su atención y aunque la herida siempre estaría allí, superaron el escollo.

La temperatura, que fue bajando con la llegada de la noche, hacía el agua burbujeante aún más apetecible. Carlos ofreció una copa a su esposa, quien la aceptó de buena gana. Allí estuvieron, abrazados mirando el cielo estrellado, hasta que se le arrugaron los cuerpos, momento en el que decidieron que era mejor continuar en el dormitorio. De haber estado solos, se hubiesen entregado a la pasión allí mismo.

Karina entró a la habitación principal haciendo eses con la botella en la mano. Carlos la siguió y cerró la puerta con el pie. Todavía medio mojados, se despojaron de sus trajes de baños y subieron a la enorme cama, desde donde un amplio ventanal dejaba ver una imponente luna llena en medio del cielo estrellado, la cual fue testigo de sus placeres carnales, que se prolongaron por un buen rato, tras lo cual ambos cayeron rendidos hasta la mañana siguiente.

Las caras de los chicos dejaban claro que la sesión de juego había durado hasta bien entrada la madrugada. Quien no los conociese hubiese creído que estaban en drogas al ver los ojos de Manuel inyectados en sangre. Los desordenados bucles de John hacían pensar que había estado en una pelea con un oso salvaje. El olor de las panquecas recién hechas fue lo único capaz de sacarlos de la cama.

Eran casi las nueve y ya Carlos Luis tenía al menos dos horas en el sótano experimentando con el lúpulo en busca de una nueva variación.

—¿A qué hora se acostaron? —preguntó Karina al ver como arrastraban los pies.

—No sé, pero era tarde —contestó John como un autómata.

Manuel tan solo se encogió de hombros, todavía medio dormido.

—Siéntense —dijo ella, sirviéndoles sendos vasos con jugo de naranja.

Manuel comenzó a dar cuenta del enorme plato de panquecas tras bañarlas con sirope de fresa, pero John no tenía mucho apetito. Cuando su madre se descuidó, intercambió su plato casi sin tocar con el de él, del cual habían desaparecido al menos las tres cuartas partes de su contenido, quien le miró extrañado. John le hizo una seña para que no abriese la boca, lo último que quería era que su madre volviera con el tema de la enfermedad. No se sentía mal, tan solo no tenía apetito.

Carlos entró en la cocina en busca de más café.

—Hasta que se levantaron —dijo, palmeando la espalda de Manuel y alborotando el pelo de su hijo más de lo que ya estaba—. ¿Qué piensan hacer hoy?

—Nos gustaría ir al parque acuático y quizás luego al *Olympus* —contestó John, jugando con las panquecas.

—¿Quieren que los lleve? —preguntó Carlos.

—Sí, por favor. Llevaremos las bicis y así cuando nos cansemos de los toboganes, podremos ir en ellas al parque de diversiones.

—También podríamos irnos en bici desde aquí —contestó Manuel, quien ya había terminado también con el plato de John.

—Es muy lejos, al menos dos horas les tomaría en bicicleta. Yo puedo llevarles, tengo que hacer unas compras —dijo Karina.

—Perfecto, llamen cuando se cansen y yo los recojo —terció Carlos Luis.

—No olviden el protector solar, no queremos exponernos a un cáncer de piel.

Los tres se miraron sin decir palabra.

El clima no podía estar mejor. Cuando Karina les dejó en la entrada del parque, no sin antes verificar que se habían aplicado protector solar, el astro rey brillaba en el cielo con todo su esplendor. Habiendo dejado atrás los meses de invierno, *Noah's Park*, reconocido como el parque acuático más grande del país, estaba a reventar.

—¿Dónde vamos primero? —preguntó Manuel, emocionado.

—¿*Quadzilla*? —John era muy competitivo, por lo que se decantó por la atracción que consistía en una carrera en los toboganes donde se lanzaban de cabeza en una colchoneta, a través de sinuosas curvas y aceleradas pendientes, buscando llegar primero a la meta.

—Oki, pero luego vamos al *Point of No Return*.

John arrugó la cara. No era para nada amigo de las alturas, y esa atracción consistía en un tobogán de un tamaño impresionante, casi en posición vertical, que producía la sensación de estar cayendo al vacío.

—No seas cobarde, no lo pienses tanto —le azuzó Manuel.

—Hecho —contestó, aunque de solo pensarlo le daba terror.

Tras vencer a su amigo en la carrera, subió a las escaleras de la temida atracción con las mismas ganas que un cordero va al matadero. No estaba seguro de si la sensación en su estómago era parte del malestar que le aquejaba o simple miedo. Ambos quedaron con las piernas como gelatina, pero contentos de haberlo hecho. Nunca se habían atrevido hasta ahora y se sentían orgullosos de su logro. Decidieron irse a relajar un poco en el río infinito para recobrar valor, para luego seguir con las otras atracciones. El contacto con las piscinas abrió el apetito de John y luego de comer unos perros calientes, continuaron con la diversión. Cerca de las tres, luego de haber experimentado casi todas las atracciones, decidieron que era tiempo de cambiar de ambiente, por lo que tomaron sus bicicletas y se dirigieron al otro parque, el *Mt. Olympus*, inspirado en Grecia, donde se enfocarían en sus múltiples pistas de *go-karts* y la montaña rusa.

Para cuando Carlos Luis pasó a recogerles, cerca de las ocho, ambos estaban agotados. Al menos John, distraído por las emociones del día, no se había sentido mal, lo cual consideraba un logro para como se venía sintiendo casi toda la semana. Habían traído los libros, ya que el martes tenían un examen de matemáticas, pero ninguno de los dos se sentía con ganas de estudiar, por lo que luego de cenar, se entregaron a un nuevo maratón frente al televisor.

# 2

Luego de pasar un estupendo fin de semana, aunque el domingo no muy lejos de la cabaña, pues a John le había comenzado una fuerte diarrea —la cual atribuyó a los perros calientes ingeridos en el parque acuático y también ocultó a su madre—, a Manuel le tocaba enfrentarse a su padre.

Comenzó por decírselo a Mary Ann, su madre, buscando ablandar el camino, pero ella le confirmó lo que ya sabía: Rodrigo, su padre, no lo tomaría bien. El hombre había llegado a los Estados Unidos con apenas dieciséis y la ropa que llevaba puesta. El poco dinero que logró reunir cuando planeó su huida desde el estado mexicano de Tamaulipas —dejando atrás a un padre abusivo y a una madre que nada hacía— quedó en manos del coyote que le ayudó a cruzar la frontera. Luego de permanecer varios días en una casa de seguridad, atravesó el Río Grande junto a otros seis indocumentados, con el corazón en la boca, no por miedo a lo que le pudiese pasar de ser capturado, sino por lo que le pasaría si tuviese que regresar a su hogar. El río, que separa a México de los Estados Unidos, es mucho más mortífero que lo que sugiere su caudal. El suelo es arenoso y muy inestable, la vegetación espesa y traicionera. Cruzarlo sin alguien que lo conozca a la perfección, es casi imposible. Cuando llegó la ansiada noche en que finalmente iba a emprender su camino hacia el mal llamado sueño americano, sintió que las piernas le fallaban, pero estaba dispuesto a lograrlo o a morir en el intento. No se despegó ni por un instante del coyote, quien sabía lo que hacía. En un momento de tensión, cuando se acercaba una patrulla fronteriza, tuvieron que agazaparse debajo de un árbol, donde pasaron al menos tres horas. Ya cuando sentía que las articulaciones de las rodillas estaban a punto de estallarle, el hombre les indicó por señas que podían continuar. Tras ganar la otra orilla y escalar hacia suelo americano, una camioneta les esperaba para conducirles a otra casa de seguridad, varias millas hacia el interior de Texas. Se vio obligado a trabajar duro por cinco años, convertido casi en esclavo de la organización a la que pertenecía el coyote, la cual tomaba toda su paga, apenas suministrándole alimento y un lugar para dormir que dejaba mucho que desear. Rodrigo consideraba que el sacrificio valía la pena, pero cuando al fin logró saldar su deuda, con la esperanza de que su condición mejoraría, sus problemas apenas comenzaron. Sin papeles ni dinero, era poco lo que podía hacer; sin embargo, se las arregló, consiguiendo trabajos mal pagados aquí y allá, a través de los cuales fue empapándose en el negocio de la construcción. A diferencia de sus compañeros, quienes dilapidaban su paga semanal en alcohol y mujeres, una disciplina férrea le permitió ir reuniendo dinero, gota a gota, hasta que se arriesgó a comenzar a realizar trabajos por cuenta propia. Consiguió un empleo estable como ayudante de un hombre que tuvo la visión de que el granito se convertiría en el material de moda y en poco tiempo fue capaz de fabricar topes de cocina con precisión y eficacia. El señor González, un inmigrante español que confió en él y le enseñó todo lo que sabía, logró hacer fortuna con el negocio y un día le ofreció una oportunidad de oro. Quería retirarse y por ello, le propuso que continuase con la empresa a cambio de la mitad de la ganancia. No era una mala propuesta, ya que él, como ilegal, no tenía forma de iniciar un negocio propio. Aunque aquello ocurrió casi treinta años atrás, le había marcado para el resto de su vida. Había aprendido que nada en la vida es gratis y que solo la disciplina, la constancia y el trabajo duro llevan al éxito.

Todo marchaba viento en popa hasta que un día la policía de inmigración comenzó a hacer redadas en *El Paso*, lugar donde se había establecido. Temeroso de perder lo que con tanto esfuerzo había logrado, decidió que era hora de pasar la página. Se fue al norte, tratando de alejarse de lo que más temía: el Servicio de Inmigración. González le habló de una oportunidad en el estado de Wisconsin y Rodrigo no lo pensó dos veces. Allí, casi empezando de cero, se convirtió en ayudante de un amigo de su mentor, ya que el hecho de ser un ilegal no le permitía libertad de acción. Con veintisiete años y resignado a vivir al margen de la legalidad, conoció a Mary Ann, la sobrina del hombre para quien trabajaba. Por primera vez en su vida se permitió un respiro y de la mano de ella conoció el amor. Decidieron casarse, lo cual solucionaría su estatus migratorio, pero por haber ingresado ilegalmente al país, no iba a ser fácil que le concedieran la residencia, ni siquiera al casarse con una estadounidense. Un abogado les recomendó que salieran del país y se casaran en México, lo cual haría más fácil el trámite. Pero tenía que salir de la misma manera que había entrado para no dejar trazas en el sistema, idea que le aterrorizaba. Pudo más el amor que el miedo y así lo hicieron. En menos de seis meses estaba de vuelta, casado con Mary Ann, con su *Green Card* en la mano y algo de dinero producto de su sociedad con González. Muy pronto se completaría la felicidad de la pareja con la llegada de Manuel, quien fue criado bajo los estrictos estándares de Rodrigo.

Manuel conocía muy bien la historia, pues su padre se la recordaba las pocas veces que actuaba fuera de lo que Rodrigo consideraba correcto. Estaba seguro de que esta era una de ellas, por lo que no le quedó más recurso que tragar duro y contarle el incidente de la escuela sin florituras.

—¿QUÉ HICISTE QUÉ? —fue lo único que dijo tras oír la versión de su hijo.

Manuel se le quedó mirando, sin nada que agregar. Rodrigo tomó la correa y sin mediar palabra, le azotó hasta que el joven sintió fuego en su trasero y luego un poco más. Estaba volteado y con los ojos cerrados tratando de contener las lágrimas, y aunque casi había perdido la sensibilidad en el área, sospechaba que no era solo el cuero del cinturón lo que sentía, sino también la hebilla metálica. Cuando sintió náuseas y creyó que se desmayaba, el hombre paró.

—Espero que lo hayas entendido —le dijo, obligándole a abrir los ojos—. Solo quien no tiene la razón se va a los golpes, pensé que te había enseñado mejor. Mañana iremos, y te disculparás con el Director, con el profesor, con el muchacho y con todos los que estaban presentes en tan bochornoso incidente. ¿Estamos?

Manuel asintió, sorbiendo una lágrima.

—Y no llores, te he dado mucho menos de lo que mereces. Esperemos que no se les vaya a ocurrir demandarnos, porque ahí sí que te las vas a ver conmigo.

Manuel no se lo quería ni imaginar. Jamás le había golpeado tan duro.


John estaba dispuesto a ir a la escuela ese lunes, por lo que había bebido casi una botella completa de Pepto-Bismol, extraída a hurtadillas del gabinete de su madre. Al menos la diarrea había cedido. Cuando Manuel apareció a buscarle, supo de inmediato que las cosas en su casa habían estado peor de lo que habían previsto.

—Habla, ¿qué dijo? —le interrogó.

Manuel se limitó a negar con la cabeza.

—¿Estuvo tan mal?

Esta vez asintió. No se atrevía a hablar por miedo de deshacerse en llanto.

—Déjame ver —le dijo John, tratando de voltearlo, pero Manuel se resistió.

—No, déjalo —replicó, con la voz quebrada. Ante la terquedad de su amigo, sabiendo que tarde o temprano iba a tener que hacerlo, se bajó el pantalón y le mostró las secuelas de la paliza que le había propinado su padre la noche anterior. John emitió un largo silbido, sintiendo pena por él, quien se sentía, ante todo, humillado. No lograba entender el porqué de una golpiza cuando ya se acercaba a los dieciséis años—. No puedo sentarme, me duele.

—¿Quieres quedarte aquí a descansar? Quizás un poco de hielo ayude. —John no tenía duda de que si un trabajador social veía las marcas rojas en la piel blanca de Manuel, con los bordes amoratados, junto a los cortes producidos por la hebilla, su padre tendría muchas cosas que explicar, incluso podría perder la custodia de su hijo. Se trataba de un caso de violencia desmedida.

—No, tengo que ir, mis padres están citados para las diez.

—Ah, cierto, ni modo. ¿Cómo vas a sentarte? Nadie debe saber.

—Tengo un cojín en el bolso. Algo ayudará.

John no sabía que decir. Tenía claro que Rodrigo no era una mala persona, tan solo era un bruto que no había tenido la oportunidad de aprender cómo impartir disciplina más que a golpes, pero esta vez sin duda que se le había pasado la mano. Era irónico que castigase a su hijo con golpes por haber golpeado.


John le dio a Manuel una palmada de aliento en la espalda cuando fue llamado a la Dirección. El joven abandonó el aula tras levantarse con dificultad de su pupitre.

Allí se encontraban, aparte del señor Pritchard, el Director, ambos padres de Manuel y Mateo, solo con su madre, ya que su padre había desaparecido hacía mucho. El *bully* llevaba la nariz entablillada y con un vendaje externo. Manuel estuvo a punto de reír cuando le vio, pero se mordió el labio.

—A ver —comenzó el Director—. ¿Señor Villa, puede usted relatarnos el incidente con el señor Adams? —dijo, dirigiéndose a Manuel.

—Es simple. Yo estaba arreglando mis libros, cuando me insultó. Lo dejé pasar, pero luego me empujó, lo que hizo que me golpease la cabeza. Me defendí, y al parecer, él no sabe protegerse, lo cual me extraña, por la forma como va por la escuela metiéndose con todos los estudiantes —contestó, desafiante, sin bajar la cabeza. Por suerte, no le habían invitado a sentarse.

Rodrigo iba a hablar, pero la madre de Mateo le interrumpió.

—Le ruego disculpe a mi hijo, él a veces puede ser… un poco…

—Un poco abusador —la interrumpió Manuel a su vez.

—Les prometo que se va a portar bien —dijo la señora, mientras una lágrima resbalaba por su mejilla. Sintió pena por ella, lo que le hizo disminuir la rabia. También respiró aliviado, al darse cuenta de que no tenía pretensiones de ir contra ellos, o al menos eso daba a entender.

—Mi hijo no es así. Es la primera vez en su vida que golpea a alguien y no dudo de que si lo hizo fue porque no le quedó otra opción —intervino Rodrigo, lo que dejó a Manuel boquiabierto.

—¿Qué tiene usted que decir, señor Adams? —preguntó el señor Pritchard.

—*Do siendo* —respondió el muchacho, con la cabeza gacha. Manuel estuvo a punto de soltar una carcajada, al darse cuenta de que había tratado de decir "lo siento", pero el vendaje le impedía hablar bien.

—Me temo que eso no es suficiente —dijo el hombre, consultando el registro del muchacho—. No es la primera vez que está aquí por problemas de conducta, y les he advertido en otras oportunidades que está muy cerca de ser expulsado.

—*Discupadme Manuel, no vodvedé a hacedlo.*

Pritchard miró a Manuel, quien se encogió de hombros.

—Con respecto al señor Villa, su conducta es intachable, pero le advierto que la violencia no es tolerada en este instituto.

—Lo sé, señor, me disculpo, no volveré a perder el control —dijo Manuel.

—Por favor, Director, dele otra oportunidad —intervino la señora Adams.

—Lo haré, pero será la última —contestó este, luego de pensarlo un buen rato. A continuación se mandó con un discurso de veinte minutos sobre la ética de los estudiantes y la importancia de aprender a respetar las reglas para el desarrollo de una sociedad civilizada. Manuel estaba incómodo debido a la hinchazón en sus glúteos pero lo disimuló a la perfección. Estaba seguro de que su padre no estaba consciente del daño ocasionado y su madre no tenía ni idea de la paliza que había recibido. Tampoco pensaba contárselo. Ya era suficiente con la humillación que sentía.

Mientras su amigo estaba en la Dirección, John comenzó a sentir que le faltaba la respiración y de nuevo, la sensación de fatiga extrema. Además, sintió que necesitaba ir al baño con urgencia. Miró el reloj, pero aún faltaban veinte minutos para que terminase la clase de Biología y no se sentía en condiciones de aguantar todo ese tiempo, por lo que levantó la mano.

—Sí, señor Parker, dígame —dijo la profesora Harlan.

—Necesito ir al baño.

—Hijo, ¿te encuentras bien? Estás pálido —dijo, acercándose—. ¡Vé!

John se levantó sin pronunciar palabra y se dirigió a los baños. Cuando llegó, sudaba profusamente y al pasar frente al espejo vio un hilillo de sangre brotar desde su nariz. Se sentó en el excusado, pero el antidiarreico había hecho su trabajo. Sintió que se le iba el mundo y por un momento no supo dónde estaba, lo que le asustó realmente. Superado el mareo, salió del baño, recostándose en las paredes, y tras dar cuatro pasos, cayó al suelo, desmayado. Cuando recobró el conocimiento, estaba acostado en una camilla. Miró en todas direcciones, sin reconocer el lugar.

—No te preocupes, estás bien —le dijo una cara conocida, que no logró ubicar.

—¿Dónde estoy? —preguntó.

—Te desmayaste, estás en la enfermería —le contestó la mujer, a la que había visto en infinidad de ocasiones, pero que en este momento no reconocía—. Quédate tranquilo y descansa, ya han llamado a tus padres —continuó la enfermera, tratando de tomarle el pulso.

—¿A mis padres? ¿Para qué? —dijo, tratando, sin éxito, de incorporarse.

Carlos Luis, ajeno a lo que le estaba ocurriendo a su hijo, ultimaba los detalles de la presentación que haría esa tarde a un nuevo prospecto de cliente —la clínica Mayer, próxima a inaugurarse, con la cual esperaba cerrar un jugoso contrato— cuando la secretaria del doctor Kennedy, director de la compañía, le llamó para decirle que su jefe quería hablar con él.

A pesar de ser de los que siempre ven el vaso medio lleno, cada vez que le llamaban a la Dirección se le aceleraba el corazón. Perder su trabajo sería lo peor que podría pasarle (o al menos eso creía) y aunque no había razón para pensar que aquello pudiese ocurrir, le preocupaba no solo por ser el único ingreso de la familia, sino por el seguro médico, más todos los beneficios que obtenía de la compañía. Dejó lo que estaba haciendo y se apresuró en atender el llamado.

—Estamos en el proceso de contratación de tres nuevos vendedores como parte de la expansión de la empresa, por lo que va a ser necesario hacer algunos cambios en la estructura, Parker —dijo el hombre, sin levantar la cabeza de su escritorio, donde estaba sumido entre montones de formas y papeles. Era de baja estatura, casi calvo al estilo Danny DeVito, es decir, cabello a los lados, pero el cráneo tan brillante como una bola de billar, en el cual Carlos pensó que sería gracioso dibujar una carita feliz con marcador negro, ya que como casi nunca levantaba la cabeza cuando recibía a sus empleados, les haría pensar que estaba contento. Al ver que no decía nada más, salió de su ensueño, suponiendo que esperaba una respuesta suya.

—Me parece excelente —dijo, aunque en ese momento pensó que eso significaría repartir las ventas otros tres empleados, lo que le afectaba directamente.

—Lo cierto es que vamos a necesitar un nuevo supervisor, y dado tu desempeño, pensamos que eres la persona idónea para ocupar el cargo.

Carlos se quedó de una pieza. Había entrado en esa oficina cientos de veces esperando escuchar eso y justo cuando ni le había pasado por la cabeza, recibía ese bombazo. Le provocó abrazarlo, pero de inmediato se dio cuenta de que no era ni apropiado ni profesional hacerlo.

—Eh… eh… esas son buenas noticias, he trabajado duro por ello durante mucho tiempo —atinó a decir, aunque su mente volaba lejos de allí. Se sentía en el séptimo cielo y no veía la hora de compartir las buenas nuevas con su familia, la celebración sería en grande.

—Claro que tendrás que seguir atendiendo a tus clientes, al menos por un tiempo. Esto es algo que surgió de repente y no queremos que las cosas que están funcionando dejen de hacerlo.

—No se preocupe, doctor, así se hará —dijo, pensando que, en ese caso, se quedaría con toda la comisión, más el agregado de los nuevos que estarían bajo su tutela, lo que al menos duplicaría sus ingresos actuales.

—Muy bien, pues, a trabajar —dijo el hombre, aún sin levantar la cabeza.

—Sí, señor —contestó Carlos, antes de retirarse con un saludo militar.

Cuando volvió a su escritorio, se percató de que tenía tres llamadas perdidas del colegio de John y otras dos de Karina. *¿Se habrán enterado de la noticia antes que yo?* pensó, con una sonrisa en el rostro. Al poner los pies sobre la tierra, se preocupó. Se preguntó que podría haber pasado, pero tres llamadas de la escuela no podían deberse a algo sin importancia. Llamó de inmediato y enseguida le pusieron con el Director, quien le dijo que John había sufrido un desmayo y que le parecía prudente llevarlo a Emergencias. Ya habían hablado con Karina, quien en esos momentos se debía estar dirigiendo hacia allí. Apenas colgó, le llamó y la encontró hecha un mar de nervios.

—Yo lo sabía, sabía que ese niño estaba enfermo, pero a mí nadie me hace caso, siempre piensan que estoy exagerando, cuando…

—Cálmate, Karina —le interrumpió—. ¿Dónde estás?

—Llegando a la escuela, ¿y tú?

—Voy saliendo para allá, me acabo de enterar.

—Yo llegaré primero, ¿qué hago?

—Es difícil decidir sin conocer los detalles.

—Pero hay que llevarlo a una clínica, allá solo tienen atención primaria.

—Llévalo al *Meriter* y nos encontramos allá, ¿te parece?

—No te tardes, estoy muy nerviosa.

—No te preocupes, estaré allí cuando llegues.

Carlos tomó su chaqueta y salió de la oficina sin decir nada. Cuando se trataba de John, todo lo demás perdía relevancia, su ascenso incluido.


Aunque pensaba que lo de John no sería nada de importancia (o al menos era lo que quería creer), algo le decía que sí lo era. Distraído en sus cavilaciones, se pasó un amarillo y estuvo a punto de impactar contra otro vehículo, cuyo conductor, luego de afincarse en la bocina, le sacó el dedo. Cuando se preparaba para devolverle el gesto, escuchó la sirena. *Lo que me faltaba*, pensó. Maldijo para sus adentros al ver el baile de luces azules y rojas en la coctelera de la patrulla a través del retrovisor. *Tienes que salir rápido de esto*, se dijo, mientras tomaba una bocanada de aire para relajarse. El oficial, un joven de aspecto robusto con lentes de sol y cara de pocos amigos, se acercó cuando terminaba de bajar la ventanilla.

—Licencia y registro —dijo, con tono severo.

—Tenga usted muy buenos días, oficial… —replicó, ofreciéndole la mejor de sus sonrisas ensayadas— …Smith —continuó luego de mirar la placa del agente—. Sé que me he pasado el semáforo, pe-pero es que mi hijo se encuentra en el hospital y necesito llegar.

—Si tuviese un dólar por cada vez que alguien me da una excusa similar sería rico, señor Parker —contestó, luego de mirar la licencia—. En esta ciudad nos tomamos muy en serio la seguridad de los conductores…

—Lo sé, estoy muy consciente de ello. Puede revisar mi historial y comprobar que no he cometido ninguna infracción en los últimos diez años —le interrumpió, impaciente, pero conservando la calma—. Hace mucho había entendido que por las buenas es más fácil conseguir las cosas.

—Espere un momento acá —dijo el policía, sin que la historia le hubiese conmovido siquiera un poco, por lo cual le odió, mientras se retiraba a la patrulla a verificar la documentación. Carlos estuvo a punto de preguntarle si podía apurarse, pero prefirió morderse la lengua. Eso no ayudaría en nada. Al cabo de cinco minutos, regresó el agente y se le quedó mirando.

—Con todo respeto, oficial Smith, me encuentro muy nervioso, no sé en qué condición se encuentra mi hijo, le agradecería que saliésemos de esto lo antes posible. El hombre se disponía a hacerle una multa, pero quizás la expresión de desespero que observó en el rostro de Carlos tocó algo en su fibra.

—Le voy a dejar ir por esta vez, pero que no se repita —dijo, entregándole la documentación—. Espero que su hijo se encuentre bien.

—No tiene idea de cuánto se lo agradezco, oficial.

Había perdido al menos diez minutos allí y calculó que si se apuraba, todavía podría llegar al mismo tiempo que Karina y John, aunque no pretendía superar el límite de velocidad. Conocía a muchos médicos en el Hospital *Meriter*, el cual se encontraba entre sus clientes, por lo que tan pronto llegó, se dirigió a Emergencias. Con suerte, se encontraba de guardia el doctor Kapinsky, con el cual había tenido trato en el pasado.

—Aún no ha ingresado —le aseguró, después de que le pusiera al corriente.

En ese momento entró John junto a Karina, aún con el atuendo del gimnasio. Kapinsky le dedicó a ella una mirada que en otro momento hubiese molestado a Carlos Luis, pero por los momentos el aspecto pálido de su hijo era lo único que le preocupaba. Se dirigió al muchacho y le abrazó.

—¿Qué tienes? —le preguntó.

—No lo sé, me siento terrible —dijo John, encogiéndose de hombros.

Karina, con la cara bañada en lágrimas, se acercó y los abrazó a ambos.

Kapinsky tomó a John del brazo y lo llevó a un cubículo de observación, luego de darles instrucciones a Carlos Luis para que formalizase la admisión.


Luego de solventar el papeleo de ingreso a través del seguro médico que la empresa proveía a Carlos Luis, ambos entraron en el cubículo donde una joven doctora —muy joven para los nervios de Karina— estaba evaluando a John.

—¿Desde cuándo presentas diarrea? —le preguntó.

—Comenzó el sábado por la noche —contestó el muchacho, esquivando la mirada de su madre, quien de inmediato interrumpió:

—¿Diarrea? Tú no me dijiste nada de eso. Disculpe, doctora…

—Soy la doctora DiGiacomo, mucho gusto —dijo la mujer, ofreciéndole la mano.

—Karina Parker, soy la madre de John y él es Carlos Luis, su padre. ¿Cómo es…

—Deme un momento, luego hablaremos —la interrumpió la doctora, enfática.

—¿Comiste algo fuera de lo normal ese día o el día anterior? —preguntó la doctora.

—Comí unos perros calientes en el parque ese día en la mañana y supuse que era la causa —contestó John con expresión afligida. Karina retrocedió un paso y tomó a su esposo de la mano. Tal era el grado de angustia que estaba sufriendo, que no se había percatado de que la liga que recogía su abundante y larga cabellera rubia se había roto, por lo que llevaba el pelo en un desorden total que le hacía parecer una desquiciada. Esperaba que lo de su hijo fuese una simple intoxicación alimenticia.

—La sensación de fatiga que me comentaste, ¿comenzó luego de esa comida?

—Ya había comenzado antes —dijo John, mirando a su madre, nervioso.

—¿Cual sensa…—fue a decir Karina, pero Carlos la contuvo, por lo que calló.

La doctora le dirigió una mirada que parecía más bien una advertencia.

—¿Recuerdas cuándo?

—Una semana, tal vez diez días antes.

La doctora tomó nota en una hoja sujeta a una tablilla metálica, asintiendo.

—¿Alguna otra cosa que recuerdes, algo fuera de lo común? —preguntó.

—Aparte del cansancio y la falta de aliento, creo que no hay nada más.

Luego de hacer más anotaciones, DiGiacomo, dirigiéndose a los tres, dijo:

—Voy a ordenar unos exámenes de laboratorio. Eso nos dará un panorama más claro. —Tomando el estetoscopio y su tablilla, abandonó el cubículo. Karina salió tras ella, tomándola por el codo.

—¿Qué cree, doctora? ¿No debe ser nada malo, verdad? —imploró.

—No puedo decirle nada antes de tener los resultados de los exámenes —contestó, soltándose de su agarre—. Tenga un poco de paciencia.

Una lágrima se deslizó por la mejilla de Karina, la cual secó con el dorso de la mano izquierda, mientras que con la otra se tapaba los ojos. La doctora sintió compasión por aquella mujer, quien con sus demasiado cortos shorts púrpura a juego con un top del mismo color y la cabellera despeinada, parecía estar a punto de sufrir un colapso nervioso.

—No se preocupe, todo va a estar bien —le dijo. Karina le devolvió una tímida sonrisa. Todos los hombres que pasaban por su lado alternaban miradas lujuriosas entre las esbeltas piernas y su generoso busto.

\* \* \*

Cuando Manuel al fin pudo retirarse de la Dirección, salió en busca de su amigo para comunicarle las buenas nuevas. Todo había salido mucho mejor de lo que esperaba. Aunque le hubiese gustado que expulsaran a Mateo, no por él, sino por el bien común de todas sus víctimas diarias, le bastaba con que no le hubiesen dado a su padre motivo para otro castigo. Incluso le agradaba el hecho de que este hubiese reconocido que su forma de actuar no era tan mala como dejó plasmada en las heridas que le había provocado.

Se encontraban en el receso y había esperado encontrar a John a la salida de la Dirección, tan preocupado como él por lo que pudiese haber ocurrido allí dentro, pero no le vio, por lo que comenzó a recorrer las instalaciones en su busca. No estaba en los baños ni en la cafetería, tampoco en los casilleros. Preguntó a algunos estudiantes, a aquellos con los que tenía algo de confianza, pero parecía habérselo tragado la tierra. Al final, Jennie, a quien todos llamaban Barbie por su enorme parecido con la muñeca, enamorada de John desde la escuela primaria, le contó el incidente sufrido por él al salir del baño. Por casualidad ella estaba cerca y era quien había dado la voz de alarma. Manuel la dejó hablando sola (a pesar de que todavía tenía muchos detalles por contarle) y se dirigió a la enfermería con grandes zancadas.

—¿Dónde está John? —preguntó a Nancy, la enfermera.

—No hace ni dos minutos que se ha ido con su madre —replicó ella.

—¿Ido? ¿A dónde? —le cuestionó, sorprendido.

—Se ha sentido mal y lo han llevado al hospital.

—¿Pe-pero está bien? ¿Qué es lo que tiene?

—No lo sé, no creo que nada grave —contestó ella, encogiéndose de hombros.

Manuel salió disparado hacia el estacionamiento con la esperanza de que no se hubiesen marchado todavía, pero no encontró a nadie. Trató de ubicar el automóvil de sus padres, pero también se habían ido. Frustrado, regresó al pasillo en busca del teléfono público —ya que no les permitían utilizar celulares en la escuela— a ver si podía obtener noticias. Cuando levantó el auricular se dio cuenta de que no sabía de memoria el número de ninguno de los padres de John, y lo volvió a colocar en su lugar. Sonó el timbre que indicaba el regreso a clases, por lo que tuvo que conformarse con esperar.

Karina caminaba de un lado a otro por el pequeño cubículo, comiéndose las uñas. Carlos y John se miraron; el chico enarcó las cejas.

—Quédate tranquila, má, no es para tanto —le dijo el muchacho. Le habían sacado la sangre y tomado muestras de orina y heces, las cuales eran casi negras debido al Pepto-Bismol.

—No lo sé, sabes que no me gustan las enfermedades —respondió ella, sollozando.

Carlos Luis, sin saber qué hacer, a pesar de que no era la manera en la que le hubiese gustado comunicar la noticia a su familia, les contó del ascenso. John se alegró mucho, sabía cuánto lo deseaba su padre. Karina apenas dejó asomar una sonrisa, en esos momentos no tenía cabeza para otra cosa. Habían transcurrido casi cuatro horas desde que le tomaron las muestras y todavía la doctora DiGiacomo no había regresado. Preocupado, Carlos miró el reloj. La presentación que tenía en la tarde, para la cual faltaban escasas dos horas, era demasiado importante y no era momento para cancelarla, le había costado mucho conseguir que le recibiesen y estaba seguro de que podía concretar la venta. Por otro lado, no quería dejar solo a su hijo y a su esposa, aunque lo más seguro era que se tratase de algún virus sin consecuencias. Tan pronto estuvieran los resultados le enviarían a casa con un tratamiento. Salió a dar una vuelta en busca de la doctora, a quien consiguió en el puesto de enfermeras.

—Tengo los resultados, pero estoy esperando una consulta con el doctor Bernard, quien prometió estar acá en un par de horas.

—¿Consulta? ¿Para qué? —preguntó Carlos, extrañado.

—Algo de rutina, quiero corroborar los resultados —dijo ella, esquiva.

—Dígame, por favor, ¿ha encontrado algo malo?

—No se preocupe. Como le dije, es rutina.

Carlos no escuchó sinceridad en su voz, pero sabía que nada más sacaría de ella.

—No lo sé, no me gustaría irme sin saber algo más, pero tengo una presentación…

—Vaya tranquilo. Acá no puede hacer nada. Dicen que quien espera, desespera.

—Estaré aquí en unas dos horas, tres a lo sumo.

—Para cuando vuelva podremos darle un panorama claro.

—Pero, insisto, el chico va estar bien, ¿verdad?

—Señor Parker, le garantizo que recibirá la mejor de las atenciones.

Frustrado por la ambigüedad de las respuestas de la doctora, quien no soltaba prenda, luego de besar a su esposa y a su hijo, se fue. Aunque estaba seguro de que su cabeza estaría en cualquier lugar menos en la presentación, se trataba de un compromiso ineludible. Les dijo que volvería tan pronto como le fuese posible. Dejó a Karina con cara de terror y a su hijo, pálido pero tranquilo. Aunque sentía un gran dolor abdominal, los medicamentos que le habían suministrado lo escondían en gran parte.

Se tuvo que concentrar en el volante durante el recorrido de vuelta a la oficina. Lo que menos quería en esos momentos era otro encuentro con el oficial Smith o con cualquiera de sus colegas. Trató de enfocarse en la presentación, pero preveía un desastre, no podía dejar de pensar en las palabras de la doctora. Había mentido a su esposa, diciendo que los resultados aún no estaban listos, no quería que en vez de ser uno el hospitalizado, fueran dos. Esperaba que Karina no se la encontrase.

—Señor Parker, ya estaba preocupado —le recibió Joaquín, quien era un pasante, o al menos se suponía que lo era, a pesar de que tenía más de un año viéndole en la empresa. Se encargaba de todo lo referente a la informática, armaba las presentaciones en *Power Point*, instalaba los computadores y proyectores cuando había que llevarlos a donde los clientes. No sabía su edad, pero si lo colocaban al lado de John y Manuel, podría ser confundido con uno de sus compañeros, ya que era de su misma estatura y presentaba la delgadez característica de la adolescencia. Era un joven agradable, suponía que un estudiante universitario, siempre estaba dispuesto a ayudar; lo único que no le gustaba es que era homosexual. Y no es que tuviese nada contra eso, porque en realidad no le importaba en lo absoluto. Lo que no le gustaba era la forma en que lo miraba y uno que otro comentario que le habían hecho sentir incómodo, pero reconocía que era de gran ayuda, sobre todo para él a quien no se le daba bien la tecnología.

—Acá estoy, me retrasé con un asunto. ¿Copiaste mi presentación?

—Todo listo, cuando quiera nos vamos —dijo Joaquín, mirando su reloj.

Todavía estaban a buen tiempo, aunque al muchacho le gustaba llegar temprano previendo cualquier inconveniente que pudiese surgir durante la conexión de los equipos de proyección.

—Vamos, para luego es tarde —dijo Carlos Luis.

En el trayecto al hospital se mantuvo callado, con la música un poco más alta de lo usual. El joven se dio cuenta de que algo le acongojaba, pero por fortuna no abrió la boca. Carlos sospechaba que si le preguntaba, le contaría todo para desahogarse, terreno en el cual no quería caer.

Por fortuna, la presentación surgió sin inconvenientes. Tenía tanto tiempo vendiendo ese tipo de instrumentación que podía recitar sus bondades de memoria. El equipo médico de la clínica quedó encantado con lo que le ofrecía y Carlos les aseguró que no se arrepentirían de escogerlos a ellos como sus proveedores de confianza.


Al regresar al hospital, se sorprendió al encontrar a Manuel sentado en la sala de espera.

—¿Qué haces acá, muchacho? —le preguntó.

—Quería saber cómo se encontraba John. Llamé a la señora Karina y ella me dijo dónde estaban, por lo que tome un Uber y heme aquí —dijo con una sonrisa.

—Entiendo, lo que te preguntaba es, ¿por qué estás acá, solo?

—John duerme y no quise molestarle y la señora Karina está… está…

—¿Insoportable?—completó la frase Carlos.

Manuel se encogió de hombros.

—¿Sabes si ha venido el doctor?

—No ha venido, lo repite cada tres minutos.

—Voy a hablar con ella —dijo Carlos Luis, entrando al cubículo.

Karina le abrazó al verle, lo que dio paso a otro episodio de llanto.

—Algo debe andar muy, pero muy mal, amor. Nadie ha venido…

En ese momento se descorrió la cortina y entró la doctora DiGiacomo junto a un hombre alto y canoso, el cual les presentó como el doctor Bernard. John continuaba dormido, pero la doctora los condujo a una sala más privada al fondo del pasillo. Al salir, Carlos le hizo señas a Manuel para que acompañase a John.

—Señores Parker —comenzó el doctor Bernard, con voz de tenor— los análisis de laboratorio practicados a su hijo sugieren la presencia de lo que se denomina el Síndrome Urémico Hemolítico. Esta enfermedad, que no es muy común, generalmente se desarrolla ante la presencia de ciertas cepas de la bacteria *Escherichia coli*, aunque en este caso los análisis dan negativos para la misma. Otra opción, menos común todavía, es que la predisposición sea hereditaria debido a la mutación de un gen. ¿Tienen conocimiento de algún caso del SUH en su familia?

Ambos padres se miraron, casi en shock y ambos negaron con la cabeza.

—Jamás había oído de ella —dijo Carlos.

—¿Es muy malo? —preguntó Karina.

El doctor les miró de hito en hito, lo que contribuyó a la tensión imperante.

—Puede llegar a serlo, dependiendo de la severidad. Por fortuna, parece que estamos ante un caso leve, aunque todavía es necesario realizar una nueva batería de exámenes para determinarlo a ciencia cierta. En esta enfermedad, los vasos sanguíneos de los riñones se dañan y tienden a inflamarse, lo cual afecta la función de filtrado del órgano. El problema es que, en algunos casos, esto puede conducir a un fallo renal e incluso amenazar la vida…

Un grito de Karina le interrumpió. Carlos Luis la abrazó, tratando de calmarla.

—Estoy tan solo explicándoles el síndrome, no creo que sea el caso de su hijo, no hay necesidad de alarmarse. Como les acabo de decir, parece un caso leve, el cual con tratamiento podría remitir completamente.

—¿Y si no remite? —preguntó ella, entre sollozos, abrazada a su marido, dándole la espalda al galeno.

—Esperemos lo mejor. En cualquier caso, siempre hay opciones—. Carlos Luis le indicó por señas a Bernard que no continuase, a lo que este hizo un gesto de impotencia. Parker sabía que ante un fallo renal, la mayoría de las veces un trasplante podía ser la única opción disponible, lo cual no pensaba discutir en ese momento. Sintió que el mundo se le venía encima.

—Quiero hablar con el chico —dijo el médico.


Manuel estaba contándole, animado, los detalles de su encuentro en la Dirección a John, quien había despertado. La palidez de su piel se perdía entre las sábanas blancas y con un cabello amarillo casi blancuzco, solo sus intensos ojos azul agua daban color a la escena. Ambos callaron cuando ingresó la pequeña comitiva liderada por el doctor Bernard, quien se presentó ante el joven.

—¿Es tu hermano? —preguntó, señalando a Manuel.

John asintió con la cabeza.

—No, pero es como si lo fuera —terció su amigo.

—¿Has notado una disminución en la cantidad de orina? —preguntó el doctor.

—Ahora que lo dice, sí, aunque no me detuve a pensar en ello.

El doctor asintió, pensativo.

—¿Eso es muy malo? —intervino Karina.

—¿Qué es lo que tengo, doctor? —preguntó John, quien se asustó al ver la cara de circunstancia de todos los adultos presentes.

—Tienes lo que se denomina el Síndrome Urémico Hemolítico, hijo…

—¿Qué? —preguntó John, cuya tez perdió otro tono de color—. ¿Qué es eso? Suena como algo terrible.

—No te preocupes, te vamos a poner un tratamiento y te vas a poner bien. Hemolítico viene del latín *hemos*, que significa sangre y *lítico* significa destruir. Por lo tanto este síndrome hace que los eritrocitos, o glóbulos rojos de la sangre se destruyan, pudiendo causar daño en los vasos sanguíneos de los riñones. Es una condición delicada que hay que tratar, pero en la mayoría de los casos, la recuperación es completa.

John se tapó la boca con su mano derecha, casi en pánico.

Karina hizo lo posible por contener las lágrimas.

Manuel observaba, sin saber qué hacer. Puso una mano en el hombro de su amigo.

—¿Pe-pero me va a recetar unas pastillas y ya? —preguntó John.

—No, hijo, por los momentos, quiero que te quedes aquí, en observación.

—Mañana tengo que ir a la escuela —replicó.

—Eso no va a pasar —intervino la doctora DiGiacomo—. Debemos comenzar a pasarte fluidos para evitar que tus riñones sufran —continuó, buscando la aprobación del doctor, quien asintió.

—¿Cuándo cree que le podrán dar de alta? —preguntó Carlos Luis.

—Tenemos que ver como evoluciona, es pronto para decirlo —contestó la doctora.

—¿Pero estamos hablando de un día, una semana? —dijo Karina.

—No lo sé, el monitoreo continuo nos lo dirá. Por ahora vamos a pasarlo a una habitación —dijo Bernard, mientras garabateaba unas anotaciones en la tablilla. Karina trató de ver lo que escribía, pero su letra era ininteligible.

Sendas lágrimas se abrieron paso por el rostro de John.

—No te preocupes, te traeré las tareas —dijo Manuel, tragando duro.

Los días se convirtieron en semanas y estas en meses. No queriendo arriesgarse a un daño mayor en los riñones de John, el doctor Bernard le había colocado en diálisis peritoneal. La función de los riñones es eliminar los desechos de la sangre y cuando estos no pueden realizarla adecuadamente, como era el caso, se tiene que buscar un método de remplazo. En eso consiste la diálisis, la cual puede hacerse a través de la sangre, a lo que se le llama hemodiálisis, o por medio de una sonda a través de la cual circula un líquido purificador hacia el abdomen, haciendo que el tejido que le reviste actúe como filtro, quitando los desechos. Luego de un tiempo determinado, el líquido fluye hacia afuera del abdomen y es descartado. A este procedimiento se le llama diálisis peritoneal.

Karina se había instalado en el hospital, donde pasaba todo el día. Sin el gimnasio y con la preocupación de la enfermedad de su hijo, sentía que se estaba volviendo loca. Estaba irritable y comenzó a reclamar a su esposo que no pasase más tiempo allí, lo que era injusto, ya que él iba del trabajo al hospital a diario. Siempre ofrecía quedarse en la noche, pero ella no lo permitía, pues tan solo uno podía hacerlo y no quería despegarse de la cabecera de la cama.

Manuel iba todas las tardes con las asignaciones de la escuela, lo que brindaba a John algo de consuelo ya que compartía un buen rato con su amigo, quien le contaba cada detalle de lo que ocurría en el instituto. Había ganado algo de peso, no solo por la inactividad sino porque el líquido purificador contiene gran cantidad de azúcar. Le preguntaba a los doctores constantemente cuando le darían el alta, pero estos no querían correr riesgos. A pesar de que le aseguraban que su recuperación sería completa, estaba muy deprimido. Gracias a que el año escolar estaba terminando cuando comenzó su infierno, logró salvarlo. Carlos Luis le aseguraba que para el inicio del nuevo año se encontraría en excelentes condiciones, aunque él no estaba tan seguro.

Únicamente Jennie, la chica que le perseguía y dos de sus compañeros del equipo de fútbol aparecieron a visitarle, ella en varias ocasiones, pero John no se sentía cómodo en su compañía. Manuel no quería jugar en las finales de la liga de fútbol, pero John logró convencerle. Igual, a falta de su liderazgo, perdieron cada uno de los partidos, quedando en último lugar.

Bernard había asignado el caso al doctor Raúl Estrada, un venezolano que había llegado huyendo de la terrible crisis humanitaria que enfrentaba la nación suramericana, recién graduado con honores en un postgrado de Urología en la prestigiosa Universidad de Harvard. Con apenas treinta recién cumplidos, al principio Karina le miraba con recelo debido a su juventud, pues pensaba que no estaba a la altura para cuidar a su pequeño, pero demostró no solo su valía como médico, sino su alta calidad humana. Pasaba bastante tiempo con John, explicándole hasta los más mínimos detalles, siempre tratando de mantenerle en actitud positiva. Era quien lograba los mínimos niveles de optimismo que el muchacho aún exhibía.

Al fin, luego de tres meses de hospitalización, fue dado de alta, bajo una dieta estricta y teniendo que regresar cada siete días para confirmar el progreso de su recuperación. El doctor Estrada les dijo que había que tener mucho cuidado. No les iba a mentir, era posible una recaída. La juventud y la buena salud de John le habían salvado, pero todavía no era hora de cantar victoria, aunque sus riñones parecían estar funcionando de manera normal.

# 3

Los tres meses que duró la hospitalización pasaron factura a la humanidad de Karina, quien parecía haber envejecido varios años. Carlos Luis estaba preocupado ya que la relación entre ellos no era igual desde que John enfermó. Suponía que sería una fase que superarían al igual que lo hicieron cuando perdieron a la bebé en gestación. También sentía pena por su hijo, quien había desperdiciado sus vacaciones postrado en una cama. Apenas le restaban tres semanas antes de volver a la escuela. Se le ocurrió una posible solución a todos esos problemas, pero tendría que contar con la aprobación del doctor Estrada, por lo que decidió ir a verle.

John siempre había querido conocer *Disney World*, al igual que cualquier otro niño, pero nunca había tenido la oportunidad pues a Carlos le era muy difícil tomar vacaciones, siempre persiguiendo su ascenso, sin contar el costo que implicaba el viaje. Sus salidas siempre se limitaban a visitas a la cabaña y otras excursiones cercanas. Ahora, con su nuevo cargo, las cosas iban mucho mejor, lo que le permitía afrontar los costos. Aparte de ser una buena oportunidad de reconectar con Karina, sentía que el joven lo merecía luego de lo que le había sufrido los últimos meses.

Al principio a Estrada no le pareció una buena idea, pero al considerarlo con detenimiento, se convenció de que podría ser una excelente herramienta para levantar el ánimo del alicaído muchacho, quien a pesar de que no lo exteriorizaba, no dejaba de pensar que su condición iba a regresar. Total, serían solo siete días, el control podría hacerse la mañana antes del vuelo y todo seguiría su curso normal. Aunque la dieta que seguía John no era tan estricta como al principio, estaba claro que en un viaje como ese, la comida saludable era una opción poco viable. Carlos le aseguró que su esposa se encargaría de la dieta, era lo que menos le preocupaba. Esperando que Karina no estropease sus planes, hizo las reservaciones de antemano para que le fuese más difícil negarse. Esa tarde, cuando llegó a casa, encontró a su hijo y a Manuel distraídos con sus videojuegos, mientras Flaqui les observaba desde la alfombra. Karina, quien preparaba la cena, no se había quejado del gato desde que habían regresado del hospital, tratando de que su hijo se sintiese lo más a gusto posible.

—Les tengo una sorpresa —dijo tan pronto llegó.

—¿Qué es? —preguntó John, apenas apartando la mirada del televisor.

Karina siguió en sus quehaceres, sin interesarse.

—Ven, mi amor —le dijo Carlos.

Ella se acercó, secando sus manos en un paño de cocina.

—¡Nos vamos a Disney World! —dijo Carlos, blandiendo las reservaciones.

—¡Síííííí! —gritó John, asustando al gato, quien dio un brinco.

Carlos no había visto luz en sus ojos desde antes de que le internasen.

—Pero, ¿crees que será buena idea? ¿Y el tratamiento? —preguntó Karina.

—Lo he conversado con Estrada y nos ha dado luz verde. Ella le miró como preguntándole por qué no lo había consultado primero con ella. Carlos se encogió de hombros, y acercándose, le dio un beso en la boca. Al menos no parecía estar oponiendo resistencia, lo cual era un avance.

—¿Puede ir Manuel con nosotros, verdad? —preguntó John con naturalidad.

No había pensado en ello ni por un instante, aunque era lo lógico. Todo lo hacía por y para John, pero quizás no tendría sentido para él si no podía disfrutarlo en compañía de su inseparable amigo, que no había faltado al hospital un solo día desde que le internaron.

—Por supuesto, hijo, Manuel es de la familia —improvisó, mientras mentalmente sacaba la cuenta de cuanto más le iba a costar, pero la felicidad de su hijo no tenía precio. Manuel, que no había abierto la boca, dejó ver toda su dentadura al tiempo que chocaba la palma de John quien le ofrecía los cinco.

—Muchas gracias, señor Parker —dijo, emocionado.

—¿Cuándo nos vamos? —preguntó John.

—En cinco días —contestó Carlos y ambos chicos aplaudieron.

—¿Cinco? —preguntó Karina —. Pero antes tendría que arreglar todo, mira como estoy —dijo, abarcando con su mano todo el cuerpo y luego el cabello. Al fin mostraba algo de ánimo.

—Te las arreglarás, cariño —dijo Carlos, volviendo a besarla.

Los chicos salieron corriendo hacia el computador para investigar en internet sobre las posibilidades. John tenía tanto tiempo planeándolo en su cabeza que no podía creer que estuviese a punto de hacerse realidad.

Manuel llegó a su casa nervioso. Lo único que podría estropear la alegría que le producía el viaje al que le habían invitado era una negativa de su padre. Le sorprendió que aceptase sin condiciones y más aún que se ofreciese a pagar sus gastos.

Karina y Carlos Luis, luego de discutir por un buen rato, concluyeron que la mejor opción era ir hasta *Milwaukee* —desde donde tomarían el vuelo a Orlando— en el automóvil de él y utilizar las opciones de parqueo de tiempo prolongado. Por $5.95 al día, evitarían el gasto de más de $200 que implicaría tomar un Uber ida y vuelta desde *Middleton*. Luego de que el doctor Estrada diera su visto bueno tras examinar a John en el *Meriter*, mientras ella se quejaba de que iban a perder el vuelo y él aseguraba que llegarían con suficiente tiempo, arribaron al aeropuerto *General Mitchell* al mediodía. El vuelo de Delta estaba programado para la 1:01pm, por lo que a las doce y treinta fueron llamados a abordar. Ni John ni Manuel habían subido jamás a un avión, lo que le agregaba más excitación al momento, si es que eso era posible.

Luego de una escala de una hora en Atlanta, llegaron al Aeropuerto Internacional de Orlando a las seis y cuarenta de la tarde. Carlos Luis estaba muy contento al ver la alegría reflejada en la cara de su hijo. Al fin volvía a parecer el chico alegre que siempre había sido. Ambos jóvenes estaban extasiados con la magia del sitio, que desde ya dejaba ver que la mano de *Walt Disney* estaba detrás de todo aquello. Luego de recoger el vehículo que habían rentado, tomaron rumbo — esta vez haciendo uso del GPS integrado— hacia el hotel, en plena *International Drive*, el centro neurálgico de la ciudad. El calor era infernal: aunque la temperatura era de treinta y cuatro grados centígrados, la sensación térmica pasaba los cuarenta. No estaban acostumbrados al calor (en Wisconsin la temperatura media anual era de unos siete grados y en los peores momentos del verano rara vez superaba los veintiséis) pero a los chicos, bañados en sudor, parecía no importarle.

Al llegar a las habitaciones —habían reservado dos, pues Carlos esperaba recobrar el tiempo perdido con Karina— los adultos se instalaron frente a los aparatos de aire acondicionado, los cuales, por fortuna enfriaban al máximo, mientras que los muchachos pidieron permiso para irse a recorrer la avenida, donde la actividad era intensa.

—No sé si deberían andar por allí a estas horas —dijo Karina.

—Déjalos, no hay ningún peligro, la calle está llena de gente —intervino Carlos.

—No pongan el aire muy fuerte cuando regresen, pueden resfriarse —replicó ella.

Sin esperar otra recomendación, John se dio la vuelta y se llevó a Manuel a rastras.

Mientras ellos exploraban las maravillas de aquella avenida —aunque consultadas mil veces en internet, no era lo mismo verlas en persona, pues ni las imágenes más poderosas podían reflejar el ambiente que allí se vivía— sin lograr decidirse por dónde comenzar, Carlos Luis y Karina se entregaban a la pasión. Tenían tres meses sin consumar el acto sexual y lo necesitaban con desespero. Se esforzaron al máximo y a pesar de que ya no tenían veinte, el desempeño de ambos fue sobresaliente. Al finalizar la sesión, cayeron rendidos en una reparadora siesta. Eran casi las once cuando Karina abrió los ojos y justo cuando se iba a empezar a preocupar porque en la habitación contigua donde se alojaban John y Manuel el teléfono repicaba sin respuesta, escuchó sus risas en el pasillo.

—¿Comieron algo? —les preguntó.

—Tienes que ver la noria a la que nos acabamos de subir —dijo su hijo, negando con la cabeza—. En realidad ni me acordé de la comida.

—También entramos en una casa volteada —agregó Manuel.

—¿Cómo volteada? —preguntó ella.

—El techo es el piso y viceversa, y dentro es… bueno, tendría que verla.

—¿Qué tal si vamos a comer algo? —preguntó Carlos, quien despertó por el ruido. Todos estuvieron de acuerdo, cada uno agotado, aunque por razones distintas. Les sorprendió el hecho de que a pesar de no ser tan tarde, en una ciudad llena de turistas a reventar, casi todos los restaurantes estaban cerrados. Esperaban que todo abriera las veinticuatro horas, pero la realidad era otra. Luego de manejar un buen rato, esta vez sin hacer uso del GPS, "para conocer más" según Carlos

Luis, terminaron en un *IHOP* que sí trabajaba las veinticuatro horas. John se empeñó en comer tostadas francesas con fresas, lo cual alarmó a Karina, pero, quizás ablandada luego del vigoroso encuentro con su marido, aceptó a regañadientes, con la condición de que no consumiese grasas al día siguiente. Luego de una abundante cena, regresaron al hotel en busca del reparador sueño, necesario luego de un día de tanto ajetreo.

Pasaron una semana estupenda. Apartando el bochornoso calor y el hecho de que en los parques las filas para entrar a las atracciones eran interminables, la experiencia en conjunto renovaba el alma. El organismo de John no había dado ninguna señal de enfermedad, el color le había vuelto a la cara y su ánimo era inmejorable. Manuel no paraba de sonreír, se notaba a leguas que estaba viviendo una de las mejores —si no la mejor— vivencias de su corta existencia. Las cosas entre Carlos Luis y su esposa mejoraron mucho. A pesar de que él todavía sentía un dejo de aspereza en la relación, las maratónicas sesiones de sexo habían ayudado.

Visitaron *Universal Studios*, donde los chicos se extasiaron con el área dedicada a Harry Potter, uno de los ídolos de su infancia. Gritaron a más no poder en las montañas rusas, a las cuales Karina no quiso subir por miedo a que le pasara algo. Luego tuvieron un día más relajado (en realidad un poco aburrido para los muchachos) en *EPCOT Center*. Al día siguiente fueron a *Animal Kingdom*, el parque que más le gustó a Karina. También visitaron *Sea World* y pasaron un día en la bahía de *Tampa* donde fueron a *Busch Gardens*, el paraíso de las montañas rusas. Karina preguntó si tanto movimiento no haría daño a los riñones de John y Carlos Luis le aseguró que no (no estaba seguro, pero era lo que le decía la lógica) pues no quería interrumpir la felicidad de su hijo. También fueron a dos de los parques acuáticos. Habían explorado buena parte de las atracciones que la ciudad tenía para ofrecer (y gastado una ingente cantidad de dinero solo en entradas a los parques) aunque la afluencia de visitantes en el verano no permitía visitarlas todas.

—Y pensar que todo esto se debe a un ratón —dijo Carlos Luis mientras recorrían la autopista en dirección al aeropuerto.

—¿Cómo así? —preguntó Manuel.

—Hace apenas cinco décadas esta ciudad era un lugar donde se cultivaban cítricos, que casi nadie conocía, hasta que Disney decidió convertirla en el hogar de *Mickey Mouse*. Hoy en día su aeropuerto es uno de los más activos del país, recibiendo más de sesenta millones de personas al año. Leí que en los parques de Disney entra tanto dinero, que debajo de los mismos existe un nivel subterráneo donde se recolectan todos los billetes recibidos bajo la supervisión del Departamento del Tesoro, los cuales, una vez contabilizados se incineran para volver a emitirlos como billetes nuevos. Al parecer, sacarlos del parque, dada su cantidad, sería no solo un riesgo para la seguridad sino que el volumen lo haría impráctico. No sé si será cierto o no, dado que hoy en día la mayoría del dinero que se maneja es plástico, pero en cualquier caso, es una buena historia —contestó Carlos Luis con una sonrisa en la cara. Sentía que las cosas no podían ir mejor.

—Ah, que tonto, no lo relacioné —contestó el chico, riendo.

—Para que aprendan como la determinación de una sola persona puede cambiar el mundo y la economía de toda una región —filosofó Carlos.


El primer día del nuevo año escolar, el décimo, apenas a tres años de ingresar en la universidad, se sentía un poco nervioso, aunque lo esperaba con ansias, luego de más de cuatro meses sin asistir a clases.

Se levantó un poco antes de lo habitual y como todas las mañanas, lo primero que hizo fue ir a orinar. Notó que el flujo de su orina había disminuido considerablemente, pero lo atribuyó a que quizás no había consumido suficiente líquido el día anterior, cosa que no era nada recomendable luego de su enfermedad. Sin darle importancia, se dedicó a arreglar sus útiles escolares, no quería que nada empañase aquel día.

Cuando llegó a la escuela, encontró todo igual al último día que había estado allí, cuando se desmayó. Algunos de sus compañeros del fútbol se le acercaron, queriendo saber si se iba a reincorporar al equipo, aunque ninguno se interesó por su salud. Tan solo Jennie le preguntó cómo se sentía y lamentó no haberle visitado durante las vacaciones; había pasado el verano con unos familiares en New York, y le dijo que no había dejado de pensar en él durante todo ese tiempo. Manuel sonrió al ver la cara de su amigo, quien se sentía incómodo cada vez que la chica le abordaba.

Rieron cuando M cambió de dirección al verles, ya con la nariz compuesta. Si de algo estaban seguros era de que al chico no se le volvería a ocurrir siquiera gastarles una broma. Debía haber quedado traumatizado luego del golpe que le había asestado Manuel, el cual confesó que lo había propinado con toda su fuerza y no se arrepentía de ello.

Las clases transcurrieron como de costumbre. Manuel, quien prefería las matemáticas, no paraba de bostezar durante la clase de Biología, la materia preferida de John. El entrenador se contentó mucho cuando le dijo que estaba listo para incorporarse a los entrenamientos, esperaba que ese año lograran el tan ansiado triunfo. Estaba seguro de que si John no hubiese enfermado serían los campeones actuales, ya que habían ganado con mucha facilidad todos los partidos de la fase preliminar, excepto en el que John había mostrado los primeros síntomas de su dolencia.


Carlos Luis salía de almorzar pizza en su ciudad favorita, luego de una agitada mañana de trabajo, cuando comenzó a repicar su teléfono. Cuando estaba punto de dejar que la llamada se fuese al buzón de voz, decidió tomarla. Al ver que el identificador ponía "Phillip" en la pantalla, pensó en ignorarlo, pero igual tendría que llamarle de vuelta. Si de algo estaba seguro, era de que no llamaba para saludar.

Su relación con Felipe, su hermano mayor, a quien todos llamaban Phillip, se limitaba a lo único que tenían en común, la propiedad conjunta de la cabaña. Ni siquiera se reunían durante las fiestas, habían transcurrido al menos cinco años desde la última vez que se vieron. La misma historia se repetía con Sofía, su hermana menor. Su padre había sido un historiador enfocado en España, por lo que sus tres hijos tenían nombres de la realeza española.

—Felipe, tiempo sin saber de ti —dijo al contestar la llamada. Sabía que le molestaba que le llamasen por su verdadero nombre. Los tres hermanos, con un año de diferencia entre ellos, habían tenido una relación normal hasta que entraron en la adolescencia. A partir de allí, sin que nunca supiera la razón, le habían apartado. Suponía que se debía a que él era el más inteligente y por tanto, favorito de su padre, pero nunca lo había confirmado. Lo cierto es que, aunque no tuvo la fortuna de concluir sus estudios, al menos había salido adelante en la vida, mientras que ellos se habían dedicado a exprimir a sus padres hasta que ambos murieron y jamás se preocuparon por estudiar. El varón vivía de la caridad de sus amigos y su hermana se había casado con un corredor de bolsa. Tenía dos hijos de edades similares a la de

John, y aunque vivían en New York, eran pocas las veces que los primos tenían contacto.

—Es así, he estado ocupado —contestó y a Carlos se le vino a la mente preguntarle de quien se estaba aprovechando, pero lo dejó pasar. Prefirió quedarse callado hasta conocer la razón de su llamada. Tras un silencio incómodo, Felipe continuó—: Te llamo porque tu hermana y yo hemos estado hablando y nos parece que es tiempo de que solucionemos el asunto de la cabaña.

Carlos no se sorprendió, sabía que por allí debía venir la llamada. El "asunto" era que lo más seguro su hermano estuviera sin dinero para comprar drogas (las pocas veces que le veía se le notaba a leguas que era un adicto) y hubiera convencido a Sofía de que era hora de que le presionasen más de lo que ya lo habían hecho. Entendía a la perfección que la propiedad les pertenecía a los tres y no tenía ningún inconveniente con que se alojasen en ella cuando quisieran, pero estaba seguro de que a su padre no le hubiese gustado que la convirtiesen en nada que no fuese un lugar de reunión familiar. Eran muchos los veranos y navidades que habían pasado allí cuando niños y para su padre, igual que para él, era un lugar que debía pertenecer a la familia. Sin embargo, aún no se había terminado de enfriar su cuerpo cuando ya ellos estaban haciendo planes para la propiedad.

—Felipe, creo que hemos hablado extensamente sobre el tema, no pienso que fuese la voluntad de nuestro padre que la convirtiésemos en hotel —replicó Carlos, seco.

—No leí nada en su testamento que dijese cuál era su voluntad sobre el tema. Lo cierto es que él ya no está y creo que poco le importará lo que hagamos con ella. Es injusto que tú seas quien la disfrute cuando nos pertenece a los tres…

—Pueden disfrutarla cuando gusten… —le interrumpió Carlos Luis.

—No tengo ni el interés ni el tiempo. He iniciado conversaciones con una empresa hotelera que se puede encargar de las renovaciones necesarias y también de manejarla desde el punto de vista administrativo. ¿Sabes que nos pueden quedar más de $500 por noche? —interrumpió Felipe a su vez.

—Y una mierda —contestó Carlos, exasperado—. He dicho que no mil veces.

—La verdad es que en este punto, me sabe a culo lo que hayas dicho. Somos dos contra uno. Para que no pienses que hay mala fe, te doy hasta Enero, casi seis meses, para sacar de allí lo que sea tuyo —

replicó, cortando la llamada. Carlos Luis sintió una impotencia mayúscula, le hubiese gustado tenerlo enfrente en ese momento para hacerle entender de la única forma que se puede hacer entender a un bruto. Caminaba por *Lakeshore Drive* y en un arranque de rabia, lanzó su teléfono al Lago *Michigan*, de lo que se arrepintió al instante. Tenía las orejas rojas y su rostro se había transformado en una máscara de furia.

Cuando llegó a casa, tres horas más tarde, se sorprendió al no encontrar la camioneta de Karina en el camino de la entrada. Tampoco estaba John, tan solo Flaqui, quien lo recibió con un maullido que ya reconocía como la alarma del felino cuando quería que le alimentasen. Fue a echar mano a su celular, cuando recordó su estúpida reacción. En esos momentos el aparato estaría congelándose en el fondo del lago a doscientos cincuenta kilómetros de allí. Tomó el teléfono local para llamar a Karina, quien contestó al primer repique.

—¿Dónde estabas? Tengo horas llamándote —fue su saludo, con voz áspera.

—Mi teléfono… se descompuso —abrevió—. ¿Qué ocurre?

—Es John otra vez, estoy en el hospital.

Carlos sintió un nudo en la garganta y le flaquearon las piernas.

—¿Hospital? Pero si es mañana que le toca control, se…

—Tuve que traerle de emergencia, otra vez los riñones.

—¿Pe-pe-ro que tiene? —tartamudeó.

—No lo sé, el doctor está con él y no me dejan entrar.

—¿Estrada?

—Sí, mejor mueve el culo y vente inmediatamente —replicó ella con rabia.

—Voy para allá —dijo, cortando la llamada.

No podía creer que lo que parecía un día promisorio se hubiese convertido en un calvario. Solo esperaba que John estuviese bien. Lo de la cabaña pasó de *ipso facto* a segundo plano; se lamentó de haber botado el teléfono, pero igual nada podría haber hecho desde allá. Ahora lo único que importaba era la salud de su hijo.

Karina daba vueltas en la Sala de Espera cual leona enjaulada. Cuando Carlos llegó, en vez de abrazarle, le miró con unos ojos que parecían reflejar odio, como si él fuese el culpable de lo que estaba ocurriendo.

José Miguel Vásquez González

—¿Dónde está John? —preguntó Carlos.

—Nada todavía —contestó ella, sorbiendo una lágrima.

Carlos fue a abrazarle, pero ella se apartó.

—¿Qué te ocurre?

—Nada, nada —dijo, volteándose mientras se secaba las lágrimas con la mano.

—¿Estás molesta conmigo? Te expliqué que se me dañó el teléfono.

—Sí, ya me lo dijiste —dijo ella.

—No es momento para el drama. Voy a buscar a Estrada —dijo, abandonando la sala a pasos rápidos hacia el área médica, mostrando su carnet al hombre que vigilaba la entrada por la que Karina no había logrado pasar. Justo cuando recorría el pasillo, el doctor apareció a través de una puerta.

—Doctor, le estaba buscando.

Al ver la expresión de pesar en la cara del galeno, se le vino el alma al suelo.

—Señor Parker, me temo que no le tengo buenas noticias—. Carlos miró a través de la ventanilla de la puerta por la que había salido el médico y pudo ver a su hijo en una camilla. No alcanzaba a ver su rostro, pero sí la vía intravenosa que le habían colocado.

—¿Qué ocurre? ¿John está bien? —preguntó, aunque se temía la respuesta. El doctor, tomándole por el hombro, le invitó a sentarse—. ¿Es tan grave así? —preguntó. Estrada asintió levemente y Carlos vio tristeza en sus ojos. Sabía que no era hombre de andarse con rodeos, lo cual era preferible en esos casos.

—Los riñones de John... fallaron —dijo, simplificando—. Estamos ante una falla renal severa. Es necesario realizar un examen más profundo, pero me temo que el estado de deterioro es muy avanzado.

—Pe-pero si hace una semana estaba bien —replicó Carlos.

—Lo sé, yo mismo lo examiné, pero a veces ocurre de esa manera. Es una condición que se puede desarrollar con mucha rapidez. En realidad, no me lo esperaba, se había recuperado tan bien...

—¿Y eso qué significa? —le interrumpió Carlos, con un tono rudo del cual se arrepintió al instante. Por un momento había sentido que era culpa del médico, pero luego recordó lo bien que este siempre había actuado. No era momento de buscar culpables, sino de buscar soluciones. En cualquier caso ya habría tiempo para eso más adelante.

—La falla renal aguda ocurre cuando los riñones pierden repentinamente su habilidad de filtrar los desechos de la sangre, lo que puede ocasionar que niveles peligrosos se acumulen en el organismo,

50

alterando el balance sanguíneo. Lo importante es lograr que los riñones no sufran daño permanente. En muchos casos, sobre todo en pacientes con buena salud, la condición es reversible—. Carlos se quedó pensando, pellizcando la punta de su quijada entre el índice y el pulgar, sopesando la gravedad de lo que estaba escuchando. Al fin, con una voz que comenzaba a quebrarse, preguntó:

—¿Cuál es el peor escenario?

—No creo que debamos entrar en ese terreno —contestó Estrada. Al ver que Carlos Luis todavía esperaba una respuesta, continuó—: los pulmones pueden llenarse de líquido, creando complicaciones respiratorias; el pericardio podría inflamarse, generando dolores de pecho. La musculatura puede debilitarse al perderse el balance de electrolitos en la química sanguínea, pero lo peor es el daño permanente de los riñones, lo cual puede llevar a diálisis permanente para evitar la muerte del paciente.

Carlos se cubrió el rostro con las manos y sus ojos se humedecieron por primera vez desde que John cayó enfermo. Tenía que ser fuerte y no dejarse derrotar por el pesimismo, estaba seguro de que John lo superaría. Necesitaba creerlo y aferrarse a ello con todas sus fuerzas so pena de perder la cordura.

—¿Cómo piensa proceder? —preguntó, con voz pausada. No quería que el doctor supiese que estaba a punto de irrumpir en llanto, aunque a estas alturas, debería ser más que obvio para él.

—Por los momentos, estoy pasándole suero para mantenerlo hidratado mientras lo preparan para diálisis. Esta vez vamos a recurrir a hemodiálisis, al menos por los momentos. Como le dije, hay que evitar a toda costa que los riñones sufran más daño.

—Entiendo —dijo Carlos, asintiendo—. ¿Puedo verlo? —preguntó.

—Sí, claro. Vamos —dijo el médico, levantándose.

—Doctor, mi esposa está allá afuera. ¿Podría usted hablar con ella?

—Por supuesto. ¿Quiere qué le espere?

—No, creo que en el estado en que ella se encuentra, se sentiría mejor si usted trata de calmarla. Adelántese mientras hablo con mi hijo y en un rato le alcanzo.


Sintió un profundo dolor al verle en la cama, al verle tan indefenso con los ojos cerrados entre el mar de aparatos que piaban como aves de mal agüero. Al acercarse a la camilla donde yacía, John abrió los ojos y le sonrió, aunque era una sonrisa triste, forzada, tan solo la activación de sus músculos faciales, no acompañada con los ojos, cuyo azul se veía triste. Había heredado sus hoyuelos, pero ni siquiera ellos le ayudaban a disimular lo que sentía. El muchacho tomó su mano sin proferir palabra y él tampoco supo que decir, incapaz de encontrar palabras de consuelo dentro de su desespero, sin contar con que sospechaba que si abría la boca se desmoronaría, algo que no podía permitirse. Tenía que ser su roca y estaba seguro de que si se derrumbaba, John iría detrás. Se mantuvieron así durante un rato, comunicándose con la mirada, una comunicación más fuerte que la que podrían transmitir mil palabras. Al cabo de un buen rato, el joven, luego de tragar duro, se atrevió hablar:

—El doctor dice que mis riñones fallaron.

—Quédate tranquilo, todo va a estar bien.

—Papá, nadie puede vivir sin riñones.

—Él dijo que podía ser algo pasajero, que la condición era reversible.

—También me lo dijo a mí, pero creo que es solo una estadística.

—No. Tú eres joven, fuerte y saludable. Sé que te vas a recuperar.

—Me dijo que tengo que comenzar de nuevo la diálisis.

—Lo sé, pero será temporal y ayudará a curarte —dijo Carlos Luis, tratando de creérselo, lo que se le hacía cuesta arriba. Bastante había leído al respecto y sabía que las posibilidades de recuperación eran pocas. Le pidió un milagro a un Dios en el que no creía, le pidió que moviese los hilos que tuviese que mover si de verdad era tan todopoderoso, que quitase ese yugo de la espalda de su hijo. Cayó en cuenta de que estaba apretando la mano del muchacho con demasiada fuerza y disminuyó la presión. Le invadió una nueva oleada de rabia, de la del peor tipo, la que no está dirigida a nada ni nadie en particular, sino a todo en general. Por un momento pensó que nada le relajaría más que tomar todos aquellos aparatos y estrellarlos contra las paredes uno a uno, destruir todo hasta que no le quedase fuerza en el cuerpo, aunque eso no solucionaría nada.

—Papá… no quiero morirme, todavía no.

—No digas eso, no vas a morir —respondió, saliendo de sus cavilaciones—. Ahora es que te queda vida por delante.

—Yo también he investigado. No solo es que mis riñones no funcionen, tal vez se recuperen, pero luego se volverán a dañar de nuevo, como ya pasó. Lo sabes tan bien como yo. Tengo miedo… —dijo John, con la voz quebrada y le abrazó con mucha fuerza. Carlos le apretó contra sí, haciendo un vano esfuerzo por contener las lágrimas.

Ambos lloraron en silencio y Carlos sintió que era un llanto purificador, le ayudaba a liberar la presión que sentía en el pecho, que no era nueva, la había sentido desde el día que le dieron el primer diagnóstico. Le servía de catarsis, pero pensó que tendría tiempo de llorar más tarde, cuando estuviese solo; por ahora lo que importaba era subirle el ánimo a su hijo.

—Te juro que no voy a permitir que eso suceda.

—No tienes idea de cuánto quisiera creerlo, papá.


Cuando Karina llegó —precedida por el doctor Estrada—, padre e hijo, ya superada la crisis emocional, continuaban mirándose en silencio, sin nada más que agregar. Ella se había lavado la cara y aunque ya no lloraba, sus párpados hinchados la delataban. Carlos supuso que el médico le había pedido que no hiciera una escena delante del joven, quien ya bastante deprimido se encontraba. Ella le abrazó, colmándole de besos y él se refugió en sus brazos, todavía con los ojos húmedos.

—¿Cómo te sientes? —le preguntó.

—Ahorita bien, creo que el doctor me drogó lo suficiente.

—No juegues con eso —le regañó y John se encogió de hombros.

—El doctor me dice que vas a pasar la noche aquí, cariño.

—Yo me puedo quedar con él —saltó Carlos de inmediato.

—Tienes que trabajar mañana —replicó ella.

—No importa, puedo irme en la mañana desde aquí.

—¿Má? —intervino John.

—Dime, cariño.

—¿Te importaría si hoy se queda papá conmigo?

—Claro que no, si así lo quieres, cariño —contestó, mirando a su esposo, quien notó de nuevo un dejo de algo que no sabía si era rabia, impotencia, u otro sentimiento que no reconocía en la mujer que había amado durante casi la mitad de su vida y la justificó pensando que era su reacción al estrés. Hizo una nota mental para investigar si podía guardar alguna relación con lo que se denomina estrés postraumático, tan en boga luego de las incursiones de los americanos en el Medio Oriente. Pensaba que si habían superado el incidente de la bebé que no llegó a nacer, también lo lograrían en esta ocasión. Era cuestión de darle tiempo y espacio.

—La vez pasada tú siempre te quedaste conmigo —argumentó John.

—No hay problema, mi amor —contestó ella con voz amarga.

—Total, se supone que nada más pasaré una noche aquí. No quiero perder clases y Raúl me dijo que pasado mañana podría ir —dijo el joven, recuperando un poco el ánimo. Había establecido un nexo con el joven doctor que le permitía llamarlo por su nombre de pila.

Estrada asintió, aunque no se le notaba muy convencido.


Por más que el doctor Estrada hizo su mejor esfuerzo por conservar la calidad de vida de su joven paciente, la diálisis —aunque puede prolongar mucho la vida de los pacientes renales— es un procedimiento que altera su rutina, trayéndoles muchas limitaciones.

Tenía que ir al hospital tres veces por semana, donde permanecía cuatro horas conectado a la máquina que extraía su sangre para purificarla y luego la volvía a introducir en su organismo. Manuel le acompañaba y utilizaban ese tiempo para hacer sus tareas, que eran bastantes en el décimo grado. Aunque se acomodaron los horarios para que no afectasen sus clases, tuvo que abandonar el equipo de futbol nuevamente —tan solo asistió al primer entrenamiento antes de que los riñones le pasasen factura— lo cual representaba un fuerte golpe psicológico para John. Por más que trató de convencer a Manuel, este también lo abandonó; en solidaridad con su amigo decía que el juego había perdido toda la diversión.

Las relaciones entre Carlos y Karina seguían tensas, cada uno afectado de distinta manera por la enfermedad de su hijo. Ella pasaba la mayoría del tiempo malhumorada y tendía a enredarse en una discusión por el más mínimo detalle, mientras que él hacía su mejor esfuerzo por comprenderla, aunque ya la situación estaba escalando a niveles que no le parecían saludables. Por otro lado, él se había obsesionado con la enfermedad de John y dedicaba todo su tiempo libre a investigar en la internet, queriendo empaparse de hasta el más mínimo detalle, bajo la absurda pretensión de que de alguna forma podría colaborar en la mejoría de su hijo. En realidad no era más que una válvula de escape a la impotencia que sentía, pero no estaba de más conocer los detalles de aquel terrible flagelo que amenazaba con hacer añicos su familia.


Luego de un mes entero sometido a diálisis, la salud de John no mejoraba. Carlos Luis mantenía la esperanza de que la condición desapareciera así de improvisto como había llegado, pero el doctor

Estrada le aseguraba que no funcionaba en la dirección inversa, cosa que él mismo había corroborado a través de su extensa investigación de bibliografía médica. Un mes podría ser poco, pero él sentía cada día como un año.

Tenía gran confianza en el doctor, pero a pesar de ello, desesperado, decidió consultar con un nefrólogo —con quien había tejido amistad en el Chicago *Memorial* en el curso de sus indagaciones, buscando una segunda opinión—, el doctor Mullen. No dijo nada a Karina ni a John, mucho menos a Estrada, ya que no quería que sintiese que no valoraba su esfuerzo y dedicación al caso. Aunque no pudo hacerse con el historial médico completo, le llevó una buena muestra de los resultados de los exámenes. Mullen, tras analizarlos a conciencia, corroboró la apreciación de Estrada y le aseguró que él no hubiese podido hacerlo mejor.

Luego de una junta médica entre Estrada y Bernard, quien seguía de cerca la evolución del joven, Karina y él fueron llamados a una reunión.

—Dado que no hemos obtenido progresos en la condición de John y considerando su juventud, creo que es hora de pensar en la posibilidad de un trasplante —dijo Bernard.

—¿Trasplante? —preguntó Karina, ahogando un grito.

—Estoy de acuerdo —dijo Carlos, a quien no le sorprendió en lo absoluto.

—Quiero que me entiendan, aún tenemos tiempo, pero debemos ser precavidos. En estos casos, lo común es investigar si existe compatibilidad con alguno de los familiares, ya que ingresar a la lista de espera puede ser un proceso largo y frustrante —dijo Bernard.

—Estoy dispuesto —dijo Carlos.

—Por supuesto, yo también —le secundó Karina—. ¿Cualquier riñón serviría?

—No cualquiera. Para que funcione hay que realizar una serie de exámenes que determinan la compatibilidad entre el donante y el receptor. Se comienza con exámenes de sangre, para ver si los tipos de sangre son compatibles, algo que se llama compatibilidad ABO. Luego se realiza el test de tejidos, en el cual se analiza el número de antígenos que ambos comparten. Cada persona posee seis antígenos, heredados de sus padres, pero esto no quiere decir que sean idénticos. El mejor escenario ocurre cuando los seis coinciden entre receptor y donante, aunque en el caso de que el donante sea un pariente no es necesario un apareamiento perfecto. En general, es preferible un donante vivo con coincidencia en un antígeno que el que provenga de alguien que haya fallecido y tenga seis coincidencias. La última de las pruebas se hace sobre la sangre, se denomina emparejamiento cruzado, permite determinar si el organismo del receptor atacará al riñón trasplantado. Si al realizar el emparejamiento no hay reacción, la cirugía se puede realizar. En caso contrario, no se puede, ya que el organismo receptor rechazará el riñón. Deben realizarse otros exámenes, pero la sangre es el punto de entrada. Espero no haberlos aburrido con la lección de medicina, pero es importante que entiendan el proceso. Igual, Raúl podrá aclararles en detalle cualquier duda. En cualquier caso, lo que quiero es que guardemos ese as bajo de la manga. Todavía tengo la esperanza de que los riñones de John recuperen su funcionalidad. Si lamentablemente determinamos que esto no ocurrirá, podemos proceder con el trasplante.

—¿Por qué no proceder con el trasplante de una vez? —preguntó Karina.

—Un trasplante de riñón no es cualquier cosa, existe el riesgo de que el organismo lo rechace, incluso si hay buena compatibilidad, así como otras complicaciones. Sin embargo, de ser necesario, puede llegar a ser una solución definitiva —intervino el joven doctor.

—He leído que existen casos en los que el riñón trasplantado vuelve a fallar —dijo Carlos.

—En efecto, si la condición se debe a un factor externo al sistema renal *per se*, pero no nos adelantemos, es una precaución que nos gustaría tomar para cubrir todos los flancos —dijo Bernard.


John y Manuel jugaban una partida de fútbol en la consola mientras Karina preparaba la cena, cuando comenzó a repicar el teléfono local.

—Es Estrada —le dijo Carlos Luis a Karina—. Doctor, dígame que me tiene buenas noticias —dijo al responder. Luego de escuchar un rato en silencio, Karina supo por la cara de su marido que no las había —. No, en realidad no se me ocurre más nadie. Karina es hija única y yo tengo dos hermanos, pero… es como si no los tuviese.

—No somos compatibles, ¿verdad? —preguntó ella tan pronto finalizó la llamada.

Carlos Luis negó con la cabeza.

—Dijo que en tu caso los tipos de sangre no son compatibles, mientras que en el mío se presenta un emparejamiento cruzado positivo, lo que significa que el organismo de John atacaría al riñón y de ninguna forma podría adaptarse a él. Sin embargo, me parece haber leído en algún sitio que hay un procedimiento innovador que permite que se realicen trasplantes en ciertos casos de incompatibilidad. Luego le echaré una ojeada, aunque me temo que ellos deben conocer el estudio —dijo Carlos Luis, decepcionado y cabizbajo.

—¿Por qué no llamas a tu hermana la zorra o al malviviente de Felipe? —preguntó Karina con amargura en su voz.

—Ni lo sueñes —replicó Carlos Luis, quien tenía la esperanza de que alguno de los dos fuese compatible, pues en la mayoría de los casos, al menos uno de los dos progenitores lo es. Nunca le había contado la última discusión con su hermano, la cual, de hecho, archivó en su memoria y no había vuelto a recordar hasta ese momento.

—¡Pero es su sobrino! —gritó Karina, alterada.

—Te lo explico en tres palabras: les vale mierda —replicó Carlos, frustrado.

Al recibir las primeras calificaciones del nuevo año escolar, las notas, tanto de John, como de Manuel, habían bajado. Las de Manuel, un poco, las de John, de forma drástica. Si bien no eran los mejores de la clase, las notas de ambos se mantenían siempre dentro del percentil 10, por lo que se les consideraba excelentes estudiantes. Por primera vez, las de John se encontraban fuera del mismo.

—¡Mierda! —exclamó Manuel al mirar su boletín.

John vio las suyas y dobló la hoja sin decir nada.

—Déjame verlas —dijo Manuel, entregándole las suyas.

—No vale la pena —contestó John, encogiéndose de hombros.

—¡Dame acá! —replicó Manuel, arrancándole la hoja. John tomó las de él, resignado, aunque se quedó viendo la cara que iba a poner su amigo cuando mirase las suyas. Percibió la sorpresa en su cara, la cual disimuló de inmediato.

—Ah, no te preocupes, ¿qué más da? —dijo, sin ver las de él todavía.

—Cierto, gran cosa.

John enarcó las cejas al mirar las de su amigo.

—Es mi culpa —dijo, entregándole la hoja.

—Claro que no, este año las cosas son más difíciles.

—No te engañes, sabes muy bien que no es eso.

—Ya sacaremos mejores —contestó Manuel, encogiéndose de hombros.

—No es justo, no quiero arrastrarte hacia mi desgracia.

—No hables así. Sabes que me importa un carajo.

—Tú sabes que de esto depende nuestro futuro —dijo John, blandiendo la hoja con las calificaciones—. Bueno, por lo menos el tuyo, creo que el mío… ya no importa.

—¡No digas eso! —reaccionó Manuel, molesto.

—No nos engañemos, Manuel. Tú sabes lo que me espera.

—¡No! Te vas a curar, estoy seguro —replicó Manuel con la voz quebrada.

—Pues no lo estés, porque hace rato que dejé de creerlo —dijo John, resignado.

—¡Te tienes que curar! ¡Tienes que hacerlo! —gritó Manuel y le abrazó, llorando.

—Qué más quisiera, qué más quisiera —dijo John, asustado—. En cualquier caso, si llego a morir, quiero que sepas que siempre has sido y siempre serás mi hermano. Creo en la vida después de la muerte y si me toca irme, tengo la seguridad de que nos volveremos a encontrar.

—No te vas a morir, ya te lo dije. Sabes también que eres mi hermano y te prohíbo que te mueras. ¡Te lo prohíbo, carajo!

Se miraron a las caras y no fueron capaces de contener la risa. Al menos el ánimo les había subido aunque fuese un ápice. *Ojalá fuese tan fácil*, pensó John.


No les quedó otro recurso que ingresar a John en la lista de los que esperan un riñón para trasplante. Fallada la vía expedita, que era tomar uno de algún familiar, el proceso se convertía en una tortura. La lista de los que esperaban era interminable y el caso de John no tenía ninguna característica que le permitiese avanzar en ella aunque fuese algunos puestos. Podía vivir con diálisis permanente hasta que le tocase su turno. Esa era la visión de los que administraban la funesta lista. Pero para Carlos Luis, eso no era una opción. Había estudiado con cuidado los posibles efectos secundarios de la diálisis y a pesar de que no era ni hipocondríaco como Karina, ni pesimista, solo con echar un vistazo a las estadísticas concluyó que la cantidad de personas que mueren a la espera de un riñón es alarmante.

No podía permitir que eso le ocurriese a su hijo.

El tiempo de espera podía alcanzar los cinco años; más, en algunos casos.

Por otro lado, aunque la diálisis era una gran tabla de salvación y un invento que había prolongado la vida de millones de pacientes, no era ninguna panacea. Tenía una serie de efectos secundarios quizás aceptables para pacientes adultos que ya hubiesen recorrido la mitad de su vida, pero que en alguien con la juventud de John podrían llegar a ser devastadores. Las posibles consecuencias, entre las que se encuentran calambres musculares, presión arterial alta o baja, problemas de sueño por apnea o piernas inquietas, picazón, anemia, enfermedades óseas o sobrecarga de líquidos, era muy larga para el gusto de Carlos Luis. Casi todas ellas podían ser combatidas, pero a costa de la disminución de la calidad de vida del paciente.

Pero uno de estos efectos le preocupaba en particular, señalado por Estrada, quien suponía que sus razones tendría. Se trataba de la calcificación vascular, que se produce cuando las células musculares de las arterias acumulan calcio y adquieren características más propias del hueso que del músculo, perdiendo la elasticidad que necesitan para contraerse y transmitir el pulso, lo que deriva en hipertensión y otras alteraciones cardiovasculares. El punto álgido es que a diferencia de los otros efectos, los médicos no conocen bien qué desencadena esta dolencia, lo que dificulta aplicar una terapia preventiva realmente efectiva. Aunque el doctor le habló del descubrimiento de un grupo de científicos españoles que podría evitar la condición, no quería que la vida de su hijo dependiese de métodos experimentales.

Por más que John se hiciese el valiente y estuviese llevando el proceso con un estoicismo admirable, le conocía muy bien y sabía que la procesión iba por dentro. La depresión competía con su sistema renal a ver que lo mataba primero. Era la cruda realidad y no tenía sentido engañarse.

Así fuese lo último que hiciese en su vida, estaba dispuesto a devolver la sonrisa a su hijo. También a salvar su matrimonio. Aunque en ese momento no tenía cabeza sino para pensar en la salud de John, lo que ocupaba su mente durante todo el día, añoraba el apoyo de Karina, su amor. Sabía que parte de la culpa de lo que ocurría era suya, pues había dejado de prestar la debida atención a su esposa al tener la cabeza en otro lado, pero ella tampoco colaboraba. En vez de unirse más a él, lo que les hubiese proporcionado fuerza a ambos para enfrentar juntos la adversidad, lo que hacía era apartarle. Mientras más trataba él de acercarse, más lo alejaba ella.

A pesar de que trataba de disimularlo, estaba distraído en el trabajo.

No le había contado a nadie en la empresa el trance por el que estaba atravesando, le gustaba mantener completamente separado el trabajo de su vida personal.

Se estaba convirtiendo en un autómata, casi no comía y durante las pocas horas que pasaba en la cama, no lograba dormir. Cuando lo hacía era a través de un duermevela que no le proporcionaba a su cuerpo el descanso que necesitaba. Las ojeras hacían un gran contraste con su tez blanca. Se encontraba cansado durante el día y sentía que le faltaba el aliento, pero haciendo de tripas corazón, no desfallecía. Gracias a los tres vendedores que tenía bajo su control, medio lograba mantener la cuota de ventas asignada, pero estaba muy lejos de ser el vendedor estrella que había sido. Pronto lo notarían, pero se encargaría de eso llegado el momento.

El único que intuyó que algo le estaba ocurriendo era Joaquín, quizás el más observador y perceptivo de todos los que trabajaban allí. Gracias a que la mayoría siempre estaba en movimiento, entrando y saliendo, visitando a los clientes, le era más fácil disimular su terrible rendimiento. Pero el muchacho, al que no se le escapaba detalle, lo abordó una mañana mientras se servía la cuarta taza de café:

—Jefe, ¿le ocurre algo? —le preguntó.

—No, nada, ¿por qué lo dices?

—Es que lo veo, no sé… distinto.

—Nada, estoy bien, gracias por preguntar —replicó Carlos, esquivo.

—Puede confiar en mí, a veces necesitamos de alguien que escuche.

—Gracias, pero como te dije, estoy bien.

—No lo parece con esas ojeras, sin contar con que ha perdido al menos diez kilos.

—He tenido una migraña que me ha estado fastidiando, pero ya se pasará.

—Hmmm, ¿seguro? Parece que fuese algo más, digo, por como arrastra los pies.

—La migraña es una perra —replicó, forzando una sonrisa.

—Ya, entiendo. En cualquier caso, si necesita cualquier cosa, acá estaré.

—Te lo agradezco, Joaquín. Lo tendré en cuenta.


Mientras seguían transcurriendo los días, observaba con desespero deteriorarse la salud de su hijo, apagarse la luz de sus ojos, ver como el alma se le escapaba del cuerpo. La impotencia que sentía era demasiado grande, sin poder hacer nada para subsanarlo. *¿O si puedo?*, se preguntó. Había tenido toda la paciencia del mundo, seguido todos los canales regulares, respetado al pie de la letra las indicaciones de los médicos. Había confiado en el sistema, pero este le había defraudado y si a algo no estaba dispuesto, era a poner en juego la vida de su hijo.

John Parker viviría.

No importaba lo que le costase.

Pensó, con una mezcla de tristeza e ironía, que se debería hacer una nueva enmienda a la Constitución donde se estableciese que el fin justifica los medios. Estuviese o no en la carta magna, se apegaría a ella. El sistema le había robado la esperanza, pero no permitiría que le robase la voluntad. Si nadie podía velar por su hijo, él lo haría. Una lucha interna en la cual una parte de su ser le decía que continuase a la espera, que las cosas que suceden siempre son las mejores; mientras que la otra le decía que a nadie le importaban un carajo John, él, ni Karina, por lo que era su obligación cambiar la ecuación. Sabía que no iba a ser fácil, también que tendría que cruzar líneas que no deberían cruzarse, pero no tenía alternativa. Aunque no era la mejor forma, las consecuencias las enfrentaría luego. No le temblaría el pulso y no escatimaría esfuerzos para lograr su cometido.

Si el sistema no colaboraba, habría que torcer el sistema.

Carlos Luis Parker tenía muy claro lo que tenía que hacer.

# 4

Tratando de entender mejor la enfermedad que aquejaba a su hijo —con la tonta esperanza de encontrar algo que se le hubiese escapado a los doctores— Carlos Luis se había topado con varios artículos que mencionaban el tráfico de órganos. Aunque sabía que era una posibilidad latente, estaba consciente de que se trataba de algo oscuro y con muchas implicaciones —tanto éticas como morales— por lo cual no se había detenido a considerarlo ni por un instante.

Hasta ahora.

Había tomado la firme resolución de que, si el sistema no era capaz de proveer una solución, habría que forzarlo a que lo hiciese. No tenía ni la influencia ni el poder para hacerlo, pero sí para tomar un atajo. Aunque dicho atajo implicase caer en la ilegalidad, se escudaba en su nuevo mantra acerca de que el fin justifica los medios. Comenzó a buscar información ya no desde la óptica médica, sino más bien acerca de cómo acceder a ese mercado de órganos. Se le revolvía el estómago con tan solo pensar en la criminalidad asociada con dichas prácticas, pero suponía que habría un punto medio en el cual apoyarse. Es *vox populi* que existen organizaciones criminales que trafican órganos, los cuales —por supuesto— no obtienen de pacientes fallecidos quienes noblemente dispusieron que partes de su cuerpo tuviesen utilidad una vez apagadas sus vidas. Esos entraban en el sistema y se asignaban de una forma justa, forma que ya había concluido que no salvaría a John. Los que se conseguían en el mercado negro con toda seguridad provenían de personas que, por necesidad, incluso tal vez por ambición, decidían poner a la venta partes de su cuerpo, en el mejor caso. Pero no era necesario ser muy perspicaz para intuir que también podrían provenir de individuos que fuesen forzados a hacerlo. Lo que descubrió cuando comenzó a investigar sobre ese sórdido mundo era mucho peor. Niños secuestrados a quienes le arrancaban las córneas. Personas de los más bajos estratos sociales —los más indefensos del esquema social— que desaparecían sin que sus familiares pudiesen alzar la voz. Desplazados incapaces de pagar el peaje que les exigían los piratas de caminos secuestrados, para luego ser desmembrados y sus órganos, subastados. Las historias, que se multiplicaban en un sinfín de artículos, exponían las atrocidades que un grupo de individuos eran capaces de cometer por un puñado de dinero. Algunas eran simples leyendas urbanas como la del hombre que conquista a una bella mujer en un bar y despierta a la mañana siguiente en una bañera repleta de cubos de hielos sin un riñón. No era ilógico suponer que en un mundo donde los dos extremos de la población estaban tan alejados, los más ricos se valiesen de los más pobres para satisfacer sus necesidades, pues ocurre en todos los ámbitos, desde los que explotan a quienes tienen hambre con salarios miserables en zonas donde escasea el empleo, hasta los turistas sexuales que satisfacen sus perversiones con los cuerpos de aquellos que de haber tenido elección, hubiesen elegido otro camino. Así que nada tenía de extraño que cuando alguien con los suficientes recursos económicos necesitaba, digamos un corazón, un páncreas o un riñón, recurriese a algún mercader, quien a cambio de una cantidad que no le importaba desembolsar y excusándose en el hecho de no conocer su procedencia, lo obtuviese sin detenerse a mirar atrás. Por supuesto que la cosa no termina ahí. Para que ese "mercado" pueda funcionar, se tiene que haber tejido todo un entramado que involucra médicos, enfermeras, laboratoristas, hospitales y en algunos casos, sobre todo en los países menos desarrollados, hasta autoridades. Y es que en nuestro mundo actual globalizado, alguien que necesite un corazón en California, puede obtenerlo de algún desafortunado en Sinaloa, México o incluso en Taipei, China.

Aunque estaba conmocionado luego de leer todas esas barbaridades por más de tres horas, sabía que sus opciones, o mejor dicho las opciones de John, mermaban con cada pulso del reloj; eso fue lo que motivó a Carlos Luis a explorar las posibilidades. Al darse cuenta de que no tenía idea de por dónde comenzar, que los traficantes de órganos no se anuncian en las páginas amarillas y que nadie lista un riñón en *Ebay*, una sonrisa triste se dibujó en su rostro. La internet ofrece muchas posibilidades y decidió comenzar con *Facebook*. No sabía si era cierto que el FBI leía todas las conversaciones en la red social y aunque sospechaba que era otra teoría conspirativa más, curándose en salud, creó un perfil falso desde el cual investigar. No albergaba mucha esperanza, pero había que intentarlo. Y en ese caso, pensó que hacerlo con un disfraz era lo más sensato.

Para la red social sería John Smith, de 25 años, residente de Gary, Indiana. Se describió como soltero, en una relación y seleccionó como hobbies la lectura, el tenis y el patinaje sobre hielo. Con un clic se convirtió en economista, sin indicar donde había cursado estudios. Completó su perfil con una foto sacada de la red, esperando que no llegase hasta los ojos de su dueño. Agregó fotos de varios destinos turísticos, un par de mascotas y ya parecía una persona real. No era un usuario experto de Facebook, pero su afición por la fabricación de cerveza le había puesto en contacto con la aplicación. John le había enseñado a explorar los grupos para intercambiar opiniones y exhibir sus logros, lo que le permitió unirse a varios de salud, medicina, bienestar y algunos otros de interés general con su perfil falso. Envió solicitudes de amistad a muchos de los miembros de los grupos a los que se había afiliado y al instante comenzaron a llover notificaciones de personas aceptándole como amigo. *Qué fácil es trenzar una amistad hoy día*, pensó con ironía.

Compuso un mensaje que publicó en cada uno de los grupos, el cual decía:

*"Alguien sabe cómo conseguir un riñón de manera legal??"*

No era un hombre de beber whisky, lo suyo era la cerveza. Pero en esos momentos sintió que necesitaba algo más fuerte. Cuando vio la hora se dio cuenta de que eran pasadas las cinco de la madrugada y fue en busca de un escocés que guardaba para ocasiones especiales. Mientras tomaba el primer trago pensó que si alguna ocasión no era especial era esa, pero, encogiéndose de hombros, tomó un segundo trago y se sirvió un tercero, doble esta vez, el cual llevó consigo al estudio para que le ayudase a navegar hacia el amanecer.

Al regresar, se sorprendió al ver cuatro pequeñas ventanas que titilaban en la parte inferior del navegador. Cuando abrió la primera, descubrió que un tal Omar había respondido su mensaje:

*"Necesita vender riñón, cuanto ofrece?"*

Petrificado, apuró la mitad del trago. Se preguntó si sería alguien jugándole una broma, pero al abrir el perfil de Omar encontró que vivía en el estado de *Bihar*, en India (o al menos eso decía.) Las manos le comenzaron a sudar, nervioso. No sabía si contestar o ignorarle, por lo que decidió pasar a la segunda ventana. Lo que allí decía era todavía más sorprendente:

*"Señor Smith, tengo cuatro personas dispuestas a vender los suyos. Podemos hacer un buen negocio, creo que podría conseguir a otros. Escríbame"*

El mensaje venía de un tal Cristopher Longhorn quien, sin duda, le había confundido con un traficante de órganos, lo cual no hizo más que aumentar su estado de nerviosismo. De un trago acabó con el contenido del vaso. En la tercera ventana, Sarah, indignada se explayaba en insultos a lo largo de veinte líneas en las cuales intentaba impartir una lección de moralidad acerca de porqué la donación de órganos debía hacerse de manera legal en vez de tratar de explotar a un desafortunado que tuviese que recurrir a desprenderse de una parte de su cuerpo por un apuro económico. De inmediato le contestó, diciéndole al principio con mucha educación que lo único que hacía era recopilar información, ya en el medio preguntándole qué si acaso no sabía leer, que había especificado DE MANERA LEGAL, para cerrar con broche de oro con un "de paso, si no tiene nada mejor hacer, vaya usted a lavarse el culo", lo que le produjo un ataque de risa incontrolable, cortesía del alcohol que ya recorría sus venas a placer.

El último mensaje provenía del señor Karlsson, de Estocolmo y era el más decente:

*"Soy un hombre de 58 años, bastante saludable, pero con muchas deudas. Mi tipo de sangre es A+ y estaría dispuesto a negociar uno de mis riñones. No veo nada malo en ello si esto va a ayudar a alguien y resuelve mis problemas. Estoy abierto a negociar"*

Quedaba inmediatamente descartado ya que el tipo de sangre de John era B, por lo que la sangre del donante tenía que ser B o AB para superar el primero de los tests de compatibilidad. Le contestó que no buscaba comprar un riñón, pero que igual le agradecía su tiempo y le deseó suerte. Ese último mensaje le había brindado un minúsculo rayo de esperanza, no todo parecía estar podrido aunque así lo pareciese. El mensaje de Longhorn simplemente lo ignoró. Quedaba Omar. Movido por la curiosidad le preguntó por qué quería vender su riñón y este contestó que era muy pobre, estaba en una situación desesperada pues su padre estaba enfermo y no tenía como afrontar los gastos. Le deseó que su padre se recuperase sin mencionar posibilidad alguna que le hiciese pensar que estaba interesado en su órgano. Llegaron tres mensajes nuevos, pero ya comenzaba a filtrarse la claridad del amanecer por la ventana del estudio y el licor le había dado sueño, una sensación que tenía tiempo sin experimentar, por lo que decidió descansar aunque fuese una hora antes de ducharse para ir a la oficina. Karina, revolviéndose inquieta entre las sábanas, abrió un ojo hinchado y de inmediato se volteó, dándole la espalda.

Se supone que el buen whisky no produce resaca, pero Carlos Luis sentía que la cabeza le iba a explotar. Pasó la mañana visitando dos hospitales y la tarde haciendo papeleo. Desde que era supervisor, tenía que dedicar buena parte de su tiempo a elaborar informes, recopilar datos de ventas, preparar presupuestos y coordinar el trabajo de los vendedores a su cargo, sumado a la atención de sus propios clientes, lo que constituía una carga enorme de trabajo. Carga que hubiese sido fácil de soportar bajo otras circunstancias. Estuvo todo el día dando vueltas a lo ocurrido durante la madrugada. Sospechaba que podría haber algo allí, pero no tenía idea de cómo capitalizarlo. Eran demasiadas variables que controlar. Joaquín se acercó a su oficina —había pasado de un cubículo a una oficina, la cual hasta ventana tenía — a actualizar algo en su computador, momento que aprovechó para estirar las piernas y tomarse otro *Tylenol*. Si la vez anterior el joven había notado que no estaba en la mejor de las condiciones, no quería ni imaginarse que podría estar pensando ahora, cuando en realidad estaba hecho mierda. Al verlo allí, seguro de lo que hacía mientras sus dedos volaban por el teclado y escuchaba música a un volumen tan alto que escapaba de sus audífonos, Carlos Luis pensó que si alguien podría guiarle a través del enrevesado mundo en el que se estaba sumergiendo, era ese nerd experto en computadores. Sin embargo, no quería violar la regla sagrada de mezclar lo personal con el trabajo. *¡Qué carajo, que se joda todo!*, pensó.

—Joaquín —dijo.

—¿Sí? Dígame —respondió el joven, quitándose los auriculares.

—¿Sabes de *Facebook*? —le preguntó, sin estar seguro de cómo abordarle.

—Por supuesto, ¿qué necesita?

—En un caso hipotético, ¿qué tan seguro sería hacer un negocio con alguien a través de esa red? Con un desconocido, me refiero —preguntó, sin exponer ningún detalle.

—Todo depende. Estamos hablando, hipotéticamente, claro —replicó, con una sonrisa pícara—, ¿de comprar drogas o de contratar a una acompañante?

—Nada de eso —contestó riendo—. ¿Por qué a ustedes es lo primero que les viene a la cabeza?

—¿Cuando dice ustedes, a quiénes se refiere?

—A los jóvenes, por supuesto —contestó Carlos.

—Es que no se me ocurre otra cosa, todo lo demás está en *Amazon*.

—Ojalá.

—Necesito más información para emitir una opinión, es una pregunta amplia.

—Haz tu mejor estimado, digamos que es una pregunta general.

—Yo no lo haría —contestó de inmediato.

—¿Por?

—Demasiados factores. No hay a quien reclamar, la mayoría de los que por allí pululan solo están buscando hacerse con el dinero de otros, podría ser algo ilegal, qué sé yo, demasiadas cosas. Como dije, todo depende de qué se trate, pero mi primera reacción sería no meterme allí… a menos que sea algo muy puntual, como intercambiar un bien o servicio por dinero, en persona, o algo por el estilo.

Carlos Luis no podía negar que el chico tenía razón y eso que no había tocado siquiera la punta del iceberg. Tuvo el impulso de contarle la verdad, pero no lo conocía, no sabía si podría llegar a utilizar esa información en su contra en un futuro, sumado a otra serie de peros que se apilaban como las moscas sobre la mierda. Por otro lado, le inspiraba confianza. Su mirada era sincera y de alguna manera, sus palabras le tranquilizaban.

—Supongo que eres una persona sin prejuicios, ¿estoy en lo cierto?

—Totalmente —contestó Joaquín, asintiendo.

—Si te cuento algo, ¿prometes no repetirlo jamás?

—Por supuesto, ¿de qué se trata? —preguntó, intrigado.

A pesar de que su oficina era privada, las paredes eran demasiado delgadas para el gusto de Carlos y aunque eran casi las seis, todavía había bastante actividad alrededor.

—No creo que sea buena idea hacerlo aquí. ¿Tienes planes?

—¿Planes? —contestó, soltando una carcajada—. Más allá de mirar pornografía y comer comida congelada, no tengo nada para hoy —continuó, todavía riendo.

—Vayamos a tomar algo y así podemos conversar. ¿Te animas?

—¿Por qué no? —contestó Joaquín, encogiéndose de hombros.

Carlos Luis se sintió como un hipócrita —luego de haberle preguntado a Joaquín si no tenía prejuicios— al cruzar casi toda la ciudad para llevarle a un bar que quedaba alejado de la vista de cualquiera que le pudiese conocer. Sentía pena de que lo viesen entrar con el joven, quien a pesar de que no lo exteriorizaba, era abiertamente gay.

Durante el camino le había contado, a manera de introducción, la serie de eventos ocurridos desde el día que John se desmayó hasta su inclusión en la lista de quienes esperan por un donante de riñón. Al llegar, se sentaron en un apartado, bastante lejos de los ojos y oídos de las pocas personas que frecuentaban el local. Hasta los momentos no le había mencionado nada acerca de lo que había iniciado la noche anterior, lo cual ya tenía rato rondando en su mente. Ordenaron sendas cervezas, Joaquín una *Bud Light* y Carlos Luis una *Heineken*.

—No quiero que repitas nada de lo que te he contado hasta ahora, para mí la privacidad es muy importante —dijo Carlos—, pero lo que vas a escuchar a continuación es información muy sensible, así que te agradezco la máxima discreción.

—Seré una tumba —dijo Joaquín, levantando la mano izquierda y llevando la derecha a su corazón.

—Así lo espero. Si repites algo, tendría que matarte —bromeó Carlos, aunque su mirada decía lo contrario, por lo que el joven se puso serio y asintió.

—Bueno, no le demos más vueltas, ¿de qué se trata?

—Como ya te dije, confiar en que mi hijo va a ascender en la lista y va a obtener el riñón que le va a devolver su salud es una utopía. Me imagino que habrás escuchado que allí afuera existe todo un mercado de órganos.

—Un mercado negro.

—¿Qué opinas de eso? —preguntó Carlos, midiendo al joven.

—Pienso que tiene muchas aristas. Sé que es ilegal en muchos sitios, pero al menos en Irán no lo es. Hay…

—¿Estás seguro? —preguntó Carlos Luis, sorprendido de que él no lo supiese.

—Claro que sí, allí se permite el comercio de órganos, aunque no sé hasta qué punto en un régimen como aquel eso sea algo de fiar.

—¿Quieres decir que cualquiera puede ir y comprar, digamos, un riñón?

—No sé los detalles, pero me inclino a pensar que es más factible para un iraní que para un extranjero, habría que ahondar en el tema para estar seguro. Gracias al cielo que no he necesitado ninguno —dijo Joaquín y de inmediato se dio cuenta de que la broma no era la más apropiada—. Disculpe, no…

—Ya, no te preocupes, no pasa nada —le interrumpió Carlos. En cualquier caso, mi pregunta va en otra dirección. ¿Piensas que está mal tratar de comprar un riñón? —Si su respuesta era positiva, no tenía sentido continuar.

—Depende. Como dije, hay muchas aristas. ¿Me parece mal cuando sacrifican a un inocente contra su voluntad para entregarle sus órganos a alguien? Obvio que sí. ¿Está mal tratar de conseguir un riñón para alguien como su hijo, si se hace de forma consensuada? No lo creo.

Carlos asintió. Pensaba lo mismo, así que al menos en ese aspecto, coincidían.

—Bien. La cosa es que estuve investigando un poco y se me ocurrió entrar al *Facebook* a ver que conseguía. Escribí un mensaje…

—¿Público? —le interrumpió Joaquín.

—Sí, lo escribí en varios grupos… —El hombre se interrumpió cuando el chico se golpeó la frente con la mano—. ¿Qué? —preguntó.

—Espero que no habrá puesto que está buscando comprar un riñón…

—Claro que no, ni que fuese estúpido. Además, tomé la precaución de crear una cuenta ficticia antes de hacerlo —dijo Carlos Luis y se quedó mirando al chico, como esperando que reconociese lo listo que había sido. En vez de ello, el joven soltó una carcajada, diciendo:

—Disculpe que me ría. ¿Usted piensa que alguien lo iba a buscar por su nombre cuando cada criminal que opera allí lo hace bajo un nombre falso?

—Bueno, fue una precaución, en el momento me pareció sensato. ¿Cómo te pueden identificar? —preguntó, sonrojándose.

—Cada computador, para conectarse a la internet, tiene una dirección, su dirección *IP*, un número unívoco que le permite a la red entregar los contenidos solicitados en los lugares adecuados. A través de esta dirección, se puede determinar la ubicación geográfica del computador que solicita la información. Esto es una simplificación, pero da una idea de por dónde va la cosa.

—Entonces, ¿cómo es que existen delitos informáticos? —preguntó

Carlos,

—Se dice que quien inventó la regla, inventó la trampa —contestó Joaquín—. Hay formas de falsear esa información, se llama enmascarar el *IP*. Pero, volvamos a lo que nos interesa. Explíqueme que fue lo que hizo.

Carlos le contó en detalle cada uno de los pasos que había dado, le habló de las respuestas recibidas y de cómo había contestado los mensajes. Las manos le comenzaron a sudar, pero al menos el dolor de cabeza había desaparecido. Pidió con una seña al mesonero otro par de cervezas.

—Por fortuna no cometió ninguna idiotez —dijo Joaquín, lo que alivió a Carlos, quien para entonces se encontraba bastante preocupado—. Es muy posible que el mensaje acerca de varias personas interesadas en vender sus órganos fuese un *honeypot*.

—¿Un honey-que-mierda? —preguntó Carlos.

—Las organizaciones que combaten los delitos informáticos, especialmente el *FBI*, tienden trampas para atraer a los ofensores, por ejemplo, en este caso, si usted hubiese estado interesado en iniciar o continuar una operación de tráfico de órganos, y el mensaje que le enviaron fuese una trampa, que es lo que se conoce como *honeypot*, ellos hubiesen presentado una oferta difícil de resistir, atrayéndolo hacia ellos, e inmediatamente sería capturado.

—¡Mierda! ¡Mierda, mierda, mierda! —dijo Carlos Luis—. ¿Crees que estoy en problemas? —preguntó, asustado.

—Claro que no —dijo Joaquín, haciendo un gesto con su mano restándole importancia—. Primero que nada, no cometió usted delito alguno y segundo, tienen bastantes crímenes de los que ocuparse para ponerse a dar palos de ciego.

—Gracias —dijo Carlos, apurando el contenido de su cerveza y ordenando un nuevo par, aunque la de Joaquín, casi sin tocar, se calentaba en la mesa.

—¿Quieres comer algo? —preguntó al acercarse el mesonero con las libaciones—. Últimamente tengo poco apetito, pero hoy muero de hambre.

Ordenaron parrilla, papas al horno y ensalada.

—Si vamos a hacer esto, hay que hacerlo bien —dijo el joven.

—¿Vamos? —preguntó Carlos Luis—. Solo quise tu opinión porque sé que conoces de computadoras, pero no sería capaz de involucrarte en algo como esto. Sabes tan bien, quizás mejor que yo, lo peligroso que puede llegar a ponerse.

—¿Y? —preguntó Joaquín, encogiéndose de hombros.

—Que no me perdonaría que te metieses en un problema por mi culpa.

—Señor Parker, usted no llegaría ni a la esquina. Mandarlo solo a esta aventura sería como permitir a un niño cruzar una autopista con los ojos vendados… —Carlos lo fue a interrumpir, pero el joven levantó la mano— …de noche —agregó, emitiendo una nueva carcajada.

—Puedes llamarme Carlos o Carlos Luis, como gustes y tutearme —dijo el hombre, conmovido por sus palabras—. Sin embargo, no lo sé, no me siento bien involucrándote en algo tan delicado, eres apenas un muchacho…

—Tengo veintitrés —le interrumpió.

—Pareces de quince.

—Me lo han dicho —replicó Joaquín. Aunque no se le quitaba de la cabeza que el chico le miraba con ojos lujuriosos, sabía que lo respetaba. Se notaba que era una buena persona. Quizás la desesperación le hacía razonar de esa manera—. Lo cierto es que, si piensas hacer algo, aunque sea solamente investigación, quiero que lo hagas bajo mi supervisión, al menos hasta que aprendas lo básico.

—Con una condición. Si en algún momento lo que voy a hacer te hace sentir incómodo o piensas que estoy traspasando alguna línea, ética o moral, no me juzgarás, sino te apartarás y me dejarás seguir el camino que elija. Para mí esto no es un juego y estoy dispuesto a llegar hasta donde tenga que llegar, sin importar las consecuencias. Por otro lado, si en algún momento te digo que no quiero que sigas, porque considero que no es justo arrastrarte conmigo hacia el infierno, te apartarás sin rechistar. ¿Estamos? —dijo Carlos, ofreciéndole su mano y mirándole fijamente a los ojos.

—Así será —dijo, Joaquín, estrechándosela.

—¿Cuál es el próximo paso?

—Sé que es una pregunta retórica, pero, ¿Sabes lo que es *Tor*?

—¿Un superhéroe? ¿El del martillo?

—Lo supuse —dijo el joven, riendo—. ¿La internet profunda?

—Ni la más remota idea —replicó Carlos con honestidad.

—La internet que conoce la mayoría de la gente, la que se accede a través de *Google*, representa el cuatro por ciento de toda la red, es decir que por cada cien páginas que existen, tan solo seis están disponibles al público.

—¿Y las otras noventa? —preguntó Carlos, luego de emitir un

silbido de asombro.

—Noventa y cuatro. Son las que conforman la *web* profunda. No todas son acerca de drogas y pornografía. También hay de falsificadores, asesinos a sueldo y otras —dijo Joaquín, riendo—. No, en serio, muchas de las páginas que no son accesibles al público pertenecen a las redes financieras, los bancos, las agencias de inteligencia o servidores privados, entre otros. La internet tiene una función mucho más importante que ver videos de gatos y enterarse de los últimos chismes de la farándula. A todo el entramado que no es público es lo que se conoce como la internet profunda. Ahora, dentro de esta, existe lo que se conoce como *Darknet*, o red oscura. Es allí donde se mueve el crimen organizado, principalmente porque a diferencia de las páginas públicas, que son fáciles de trazar, es decir saber dónde se encuentran alojadas, quién las visita y que hacen en ellas sus visitantes, en las páginas de la red profunda, todo se maneja de forma distinta, las direcciones están encriptadas y son prácticamente imposibles de localizar, garantizando el anonimato y la privacidad de sus visitantes y creadores.

—Ahora que lo dices, recuerdo haber leído algo acerca de un sitio que se llamaba… no recuerdo… sé que era algo con *silk*.

—*Silk Road* —completó Joaquín —. Quizás el sitio más famoso de la red oscura, conocido como el *Amazon* de las drogas ilegales, desmantelado por el *FBI*, aunque luego reabrió, hasta ser clausurado definitivamente en 2015. Su creador se encuentra pagando una condena de 30 años.

—Increíble lo que hace la ambición —dijo Carlos Luis, negando con la cabeza.

—No has visto nada. Como te podrás imaginar, es necesario que utilicemos esa parte de la red para conseguir lo que buscas.

—¿La oscura? —preguntó Carlos.

—Es la única forma —contestó Joaquín, encogiéndose de hombros.

—Da como miedo, ¿no? —preguntó el hombre.

—Quien a hierro mata no puede morir a sombrerazos —replicó el chico, riendo.

—Bueno, se hará lo que se tenga que hacer.

—Vamos —dijo Joaquín, levantando su vaso para ofrecer un brindis.

—¿A dónde?

—A buscar en la internet profunda, ¿dónde más?

—¿Y cómo vamos a hacer eso?

—Vamos a mi casa, ya verás.

Carlos pidió la cuenta. Antes de ese día, el solo hecho de que el chico lo invitase a su casa le hubiese ofendido, pero estaba convencido de que se convertiría en la ayuda que necesitaba para salvar a su hijo.

Cuando dieron las nueve de la noche, John, extrañado de que su padre no hubiese llegado, fue en busca de su madre, a quien encontró acostada en la cama mirando la televisión.

—¿Tienes idea de por qué papá no ha llegado? —le preguntó.

—No —contestó ella, negando con la cabeza, sin apartar la vista del aparato—. Supongo que estará con... —se interrumpió en medio de la frase— ...trabajando, digo.

John, quien era muy perspicaz, se le quedó mirando y dijo:

—Má, ¿está todo bien entre ustedes dos?

—Sí, cariño, claro que sí, ¿por qué lo preguntas? —contestó, mirándole.

—No lo sé, solo pregunto —replicó John, encogiéndose de hombros.

—No te preocupes por nada. Estamos algo estresados porque queremos que te recuperes pronto, mi amor.

—Okay —contestó John, a pesar de que el tono de su madre no le convencía.

—¿Y tú, te sientes bien? —preguntó ella, cambiando el tema.

—He estado mejor, pero en general, sí, me encuentro bien.

—Gracias a Dios. Deberías acostarte para que tengas un buen descanso.

—En un rato lo haré. Mañana tengo un *quiz* de mate, voy a repasar un poco primero y luego me acuesto —contestó el joven. Aunque no les había dicho nada acerca de sus bajas calificaciones, se sentía como si les hubiese defraudado, por lo que, a pesar de no tener ánimo, se estaba esforzando por subirlas.

Tras dos rápidas paradas, la primera para recoger el vehículo de Joaquín en *MDT Medical Supplies* y la segunda para abastecerse de cerveza, ya que no tenía sino ligeras en su apartamento, arribaron a la vivienda del joven, localizada en *University Avenue*. Carlos se sorprendió al encontrarse en un apartamento que no superaba los treinta metros cuadrados, un tipo estudio en el cual una pared de altura media separaba el dormitorio del resto. Lo que más le llamó la atención fue que aparte de un sofá de dos puestos que tenía todo el aspecto de provenir de una venta de garaje, el mobiliario consistía en una larga mesa sobre la cual reposaban tres monitores conectados al menos a dos computadores junto a una serie de aparatos que no podía identificar. Joaquín pasó un suiche maestro, lo que ocasionó que toda la parafernalia cobrase vida al instante, emitiendo luces verdes y rojas que titilaban en rápida secuencia mientras la manzana aparecía en las tres pantallas.

—Me siento como en un capítulo de Star Trek —comentó Carlos Luis.

—Disculpa el desorden —replicó el joven, recogiendo lo que podía, latas de cerveza y cajas de pizza vacías, ropa sucia y un largo etcétera —. Con mi sueldo de pasante, apenas puedo permitirme un lugar como este. En cualquier caso, por $649 al mes, no está tan mal —continuó, como si eso justificase el desorden en el que vivía.

—Nunca entendí por qué eres un pasante. ¿No tienes suficiente tiempo en la empresa como para tener un puesto fijo?

—Díselo a la rata miserable de Kennedy. Cualquier día de estos le mando a la mierda y veremos cómo va a hacer para mantener a flote sus sistemas —contestó Joaquín. Antes lo pensaba, pero ahora Carlos estaba seguro de que el joven valía mucho más que el sueldo que percibía, el cual, por respeto, no se atrevió a preguntar.

—No te preocupes, te va ir bien —dijo, dándole una palmada en el hombro—. Necesito orinar, ¿hay un baño aquí? —bromeó Carlos.

—Tampoco así —contestó Joaquín, riendo—. Por allá —le dijo, señalando hacia el dormitorio que se encontraba detrás de la única pared. El dormitorio consistía en un colchón —el cual, al menos se veía de buena calidad— mientras que una caja de Amazon fungía de mesa de noche, sobre la cual se encontraban el cargador del teléfono y un reloj despertador que discordaba con toda la tecnología presente en el minúsculo apartamento.

—¿Qué haces? —preguntó al volver de vaciar su vejiga. Joaquín se encontraba tecleando como un poseso mientras miraba una página en la pantalla que lucía como las salas de chat de inicio de los noventa.

—Espera un segundo —contestó, levantando el índice. Cuando terminó de escribir el mensaje, giró su silla e invitó a Carlos a sentarse. Este miró en derredor y no vio dónde. Carlos le ofreció su silla, mientras arrimaba una caja de madera que extrajo de debajo de la mesa y se sentaba sobre ella—. No me acordaba que tenía que comenzar con un *tour* acerca de lo que es la internet profunda —dijo, tomando un segundo teclado y pulsando una tecla, lo que dio vida al segundo monitor—. Señores, amárrense los cinturones, porque nos acercamos a una zona de turbulencias —dijo, acercando su mano derecha a la boca como si se tratase de un micrófono de avión e imitando la voz de un asistente de vuelo.

—Deja la payasada y pongámonos a trabajar —dijo Carlos Luis, riendo.

—Esto es lo que se llama el *Hidden Wiki*, que podríamos llamar wiki escondido. Como en *Wikipedia*, ¿sabes? —preguntó, a lo que Carlos asintió—. A diferencia de la internet normal, donde buscas en *Google* lo que necesitas, acá las direcciones cambian constantemente, lo que hace difícil que un buscador pueda seguirles el ritmo. Por ello, se ha creado este directorio, que es el punto de entrada para quien no tiene la experiencia o no sabe hacia dónde dirigirse con exactitud —continuó, mientras en la pantalla aparecía una página muy similar a las de *Wikipedia*, es decir, puro texto sobre fondo blanco sin florituras o interfaces sofisticadas—. Sin embargo, desde acá podrás acceder casi que a cualquier cosa. Tenemos servicios financieros, donde puedes lavar bitcoins, comprar cuentas de *PayPal* robadas, tarjetas de crédito clonadas, billetes falsos. Luego tienes servicios comerciales, como explotación sexual, mercado de armas y municiones, documentación falsa, y lo que más se mueve allí abajo, las drogas. Acá puedes conseguir lo que desees, de forma rápida, segura y anónima —continuó Joaquín, mientras iba señalando las secciones en la página.

—Guao —dijo Carlos Luis, sorprendido.

—También hay una sección de activismo político, desde donde se intercambian archivos censurados, puedes ordenar sicariatos, incluso hasta de políticos. La anarquía es la reina de la internet profunda. También consigues un espejo de *WikiLeaks*, libros pirateados, y lo que no puede faltar, páginas eróticas en las cuales conseguirás lo que se te ocurra, pedofilia, zoofilia, *snuff*, violaciones, no existen límites morales. Por supuesto si necesitas un *hacker*, acá lo puedes contratar, y créeme que los hay por montones —dijo, con una risa nerviosa.

—Supongo que tú eres uno de ellos.

—Lo soy, pero solo hago tonterías. Descubrir la clave de la chica que persigue un adolescente, intervenir correos electrónicos y cosas de poca monta. Nunca nada que pueda ser considerado moralmente inapropiado —aclaró—. Quizás lo más feo que he hecho es darle acceso a alguien a la cámara del computador de otro. Comprenderás que no puedo vivir del sueldo de *MDT*, con esto me redondeo, quizás el doble, algunas veces el triple —se justificó.

—No te estoy juzgando —le dijo Carlos, al ver que se había sonrojado—. ¿Quién garantiza que una vez que contrates a alguien para un trabajo no te van a estafar?

—Nadie, por supuesto. Acá todos quieren hacerse con tu dinero. Por eso hay que ir con pies de plomo. Existen organizaciones que se encargan de crear los mercados, es decir, admiten a los "vendedores", los que ofrecen un bien o servicio, y los ponen en contacto con los "compradores". Las más serias, y para ello existe un ranking público, ofrecen lo que se llama *escrow*. Lo que hacen es funcionar como intermediarios, es decir, una vez que vas a realizar una transacción, les entregas el dinero y una vez verificado que la transacción se ha completado con éxito, ellos pagan al proveedor, por supuesto quedándose con una comisión. De esta manera, ambas partes están seguras de que no van a ser estafadas.

—Excelente —dijo Carlos—. Ahora, me imagino que utilizas esta red para ofrecer tus servicios. Aparte de eso, ¿qué más haces en ella? No es necesario que contestes si te hace sentir incómodo, es pura curiosidad.

—Investigar, aprender. De vez en cuando me provoca un porrito y acá consigo la marihuana. También he comprado éxtasis, pero hasta allí.

—Okay —dijo Carlos.

—¿Qué? —preguntó Joaquín—. No me irás a decir que nunca la has probado.

—La marihuana sí, claro, cuando adolescente. El éxtasis jamás.

—Entiendo. Un día te daré una —bromeó Joaquín.

—Por lo pronto busquemos una cerveza, replicó Carlos.


Karina abrió los ojos y se dio cuenta de que se había quedado dormida con el televisor encendido. El reloj marcaba la una y veintidós. El otro lado de la cama estaba vacío y supuso que su marido no había regresado, pues de haberlo hecho al menos hubiese apagado el aparato. De todas formas, se levantó a ver si se encontraba en el estudio.

Luego de comprobar que tampoco estaba allí, se asomó el garaje para confirmar que el vehículo de Carlos brillaba por su ausencia. Su primer impulso fue llamarle al celular, pero se contuvo. No sabía si preocuparse, pero era muy extraño que no hubiese aparecido todavía. Él no era hombre de estar en bares ni de retrasarse sin avisar. *Supongo que se habrá conseguido a una puta y se estará revolcando con ella*, pensó. Se asomó a la habitación de John, quien roncaba envuelto entre las sábanas. Se dirigió a la cocina a tomar un vaso de agua y cuando atravesaba la sala, un sonido casi le produce un infarto. A la luz de la luna vio al gato correr hacia el jardín: le había pisado la cola y el animal había chillado en respuesta. Se sentó en la cocina todavía con el corazón acelerado. Se preguntó si le habría pasado algo. *No, debe ser lo que pensé*, concluyó luego de sopesarlo por un instante y regresó a la cama.

Carlos Luis acribilló a preguntas a Joaquín. Estaba fascinado con aquel mundo que se escondía a la mayoría de los mortales. Se sentía, por un lado, privilegiado de estar conociendo todo aquello y por otro, asqueado, al ver los límites a los que había llegado la humanidad. También aliviado porque lo que se disponía a hacer podía considerarse una bagatela comparado con quienes abusan de infantes o contratan a un sicario.

—Creo que he entendido los fundamentos. Ahora, no vi ninguna sección allí que nos pueda ayudar a conseguir lo que estoy buscando.

—Estábamos en el *tour* de bienvenida —contestó Joaquín—. Ahora vamos a entrar en materia. Creo que conozco a la persona indicada—. De inmediato se puso a teclear, mientras Carlos Luis observaba, expectante. En la pantalla se veía lo que suponía era un foro. Joaquín, quien se escondía tras el seudónimo *2qt2bTrue*, escribió:

*"Ando en busca de un riñón. Legal. ¿Quién sabrá de esto?"*

El joven le explicó que le había enviado un mensaje privado a un *hacker* de su entera confianza, quien conocía a demasiada gente de los bajos fondos.

—¿Y si nos conecta con alguien… con un criminal? —preguntó Carlos.

—No te preocupes. Por eso escribí "legal". Acá, aunque no lo creas, la ética es importante. Si no hubiese puesto esa palabra, te aseguro que ya alguien del tercer mundo estaría huyendo de un mercenario —dijo, riendo.

—Espero que así sea —replicó Carlos, nervioso.

Una cerveza más tarde llegó la respuesta, la cual provenía de un tal *DreadJim*:

*"ShadyBob es el hombre. Ya le dije que le ibas a contactar"*

—¿Cuánto crees que costará? —preguntó Carlos Luis.

—No tengo la más remota idea —contestó Joaquín—. Pero averigüémoslo.

De nuevo comenzó a teclear y a moverse entre ventanas a una velocidad que impedía al hombre seguirle el ritmo. Al cabo de un momento, le mostró una ventana. Al ver su contenido, Carlos se llevó la mano a la frente, derrotado.

—¿No cuentas con ese dinero? —preguntó el muchacho.

En la pantalla se veía lo que parecía ser el menú de un restaurant de poca monta. Estaban listados los principales órganos del cuerpo, y en el aparte de riñones, decía que podían costar entre quince y trescientos mil dólares.

—Creo que a duras penas podría llegar a la cota inferior —dijo Carlos Luis quien, obsesionado con la idea de salvar a su hijo, no se había detenido a pensar que lo que se planteaba costaría dinero, que por supuesto el seguro médico no iba a cubrir. En caso de conseguirlo, ya sería bastante difícil justificar su procedencia, pero suponía que lo podría manejar. Su situación financiera no era, lo que se puede llamar próspera. Tenían algunos ahorros, pensando en la universidad del chico y en la vejez de ellos, pero no creía que pudiese disponer de más de veinte mil dólares, y eso con la venia de Karina.

—Eso puede ser un problema. Uno grave. Igual, no nos adelantemos, ya veremos.

—Exacto. Tocar no es entrar —replicó Carlos, cabizbajo.

Joaquín abrió una nueva ventana, en la cual tipeó:

*"Necesito conseguir un riñón para salvar una vida. Tiene que ser 100% legal. Es para un gran amigo, no disponemos de muchos fondos"*

El cursor quedó titilando. El sistema indicaba que *ShadyBob* no estaba en línea.

Carlos se sorprendió al ver el reloj. Eran pasadas las cinco de la mañana.

—Te puedes quedar a dormir. Yo puedo tomar el sofá —dijo Joaquín.

—¿Quieres que mi esposa me mate? —respondió Carlos, tratando de dar jocosidad a su respuesta, pero aparte de cansado, se sentía derrotado.

—Mejor te quedas, creo que estás unas cinco cervezas sobre el límite permitido.

—Voy muy cerca, no te preocupes. Nadie me va a detener a esta hora.


Carlos Luis abrió la puerta con el mayor sigilo posible, con la esperanza de que su esposa se encontrase aún dormida. No tenía ganas de dar explicaciones, mucho menos de tratar de explicar lo inexplicable. Sin embargo, la encontró sentada en el sofá justo enfrente de la entrada, con una taza de café en la mano. Se acercó a ella, cuya cara era de pocos amigos y fue a besarla, pero ella se apartó, diciendo:

—Apestas a cerveza. ¿Dónde estabas? —en tono de reclamo.

—Estaba trabajando —fue lo único que atinó a decir.

—¿Ahora tienes el turno de la noche? —preguntó con ironía.

—No, amor, es que… me quedé… resolviendo…

—Ya déjalo. Lo que me gustaría saber es si te fuiste a buscar una mujerzuela porque te cansaste de mí o porque ya no voy al gimnasio —le interrumpió con tono amargo.

—Claro que no. ¿Qué dices, es qué te volviste loca?

—No se me ocurre otra explicación para que un hombre llegue a su casa casi al amanecer, hediondo a cerveza y con la corbata deshecha. Si eso es estar loca, llévame al manicomio. Lo más triste es que mientras yo me estoy muriendo por dentro sin saber cómo ayudar a mi hijo, tú… mejor déjalo.

Carlos no sabía qué hacer, pero tras sopesar las alternativas, quizás era mejor que creyese que le engañaba a decirle que estaba tratando de conseguir un riñón para su hijo en la red oscura. Estaba seguro de que no lo entendería. Sin embargo, dijo:

—Buscaba una solución para el problema de John —comenzando a molestarse.

—Tremendo comodín. ¿Pensabas seducir a una puta y robarle el riñón luego de revolcarte con ella?

—Pues no sería tan mala idea —replicó, subiendo el tono—. Pero no, no era lo que estaba haciendo. Estaba… —se interrumpió, admitiendo que Karina tenía todas las razones y una más para desconfiar, lo que hizo que lo bajase. Lo último que tenía era ganas de caer en una discusión estéril—. Cariño, por supuesto que no te estoy engañando. Sabes muy bien que sería incapaz. Solo te pido que tengas confianza en mí, estoy haciendo algo que, si funciona, nos va a solucionar la vida —dijo, sin atreverse a revelar más detalles.

—Da igual, me voy al gimnasio —dijo ella, levantándose y dejándolo allí. Al menos era un avance, había abandonado el gimnasio desde la enfermedad de su hijo y Carlos estaba seguro que le haría bien distraerse un poco. Necesitaba descansar aunque fuese una hora antes de prepararse para ir a la oficina, se encontraba al extremo del agotamiento.

Llegó a la oficina pasadas las diez de la mañana, tarde para él que siempre estaba en su escritorio antes de que diesen las nueve. Buscó a Joaquín, pero no consiguió ni rastros. Le preguntó a la recepcionista, quien dijo que aún no había llegado. Supuso que estaría durmiendo luego del maratón de la noche anterior.

Por fortuna, ese jueves no le tocaba visitar a ningún cliente, por lo que se refugió detrás de su escritorio pretendiendo leer algo, aunque en realidad dormía despierto. Su mente era incapaz de procesar información. Armado con un termo de café, decidió dejar pasar el tiempo permaneciendo lo más quieto posible a ver si su organismo recuperaba un poco de energía. Cerca del mediodía apareció Joaquín con unos lentes de sol un poco grandes para su marco facial, lo que le daba un aspecto gracioso.

—Me contestó. Dice que puede conocer a alguien con las características que buscamos, quedó en avisar al final de la tarde —dijo, casi en un susurro, aunque no había nadie cerca de la oficina.

—Perfecto. Nos tocará esperar —replicó Carlos.

—Tengo que actualizar varias máquinas y reemplazar un enrutador; espero estar libre para cuando llegue la respuesta. Sería bueno que nos reuniésemos al final de la tarde para trazar un plan de acción.

—Por supuesto —dijo Carlos Luis. El tema del dinero agregaba una preocupación a la lista, pero había tratado de posponerlo lo más posible. Después de almuerzo se pondría a evaluar las opciones, aunque sin conocer el monto sería muy difícil. Emitió un largo suspiro y decidió continuar en el estado de semi-meditación en que se encontraba antes de que apareciese Joaquín.

Al salir de la oficina, Carlos y Joaquín acordaron ir directo al apartamento del joven. Ambos estaban intrigados por ver si *ShadyBob* había respondido, aunque eso no les impidió hacer una parada para comprar más cerveza, Joaquín dijo que las iban a necesitar. Tan pronto la ristra de equipos de computación cobró vida entre el titilar de bombillos y ruido de ventiladores, ambos se acercaron a la pantalla, expectantes. Una ventana se levantó y Joaquín, asintiendo, la abrió. El mensaje decía:

*"Creo que tuviste suerte. Oportunidad 12k. Sabes cómo proceder. Solo mi fee de intermediario, Jim dijo que lo suyo va por la casa ;-)"*

Carlos Luis se quedó mirando el mensaje, intrigado. La cara de Joaquín le decía que eran buenas noticias y creía que entendía, pero este enseguida se lo aclaró:

—En efecto, tiene razón, creo que tuvimos suerte. Quita esa cara de que no entendiste nada —dijo, riendo—. Dice que hay un candidato y que nos va a costar doce mil, menos de lo que estimamos. La forma como se manejan las cosas en este universo, es que cuando alguien te consigue un contacto, debes cancelarle el 10% del valor del contrato —continuó, haciendo comillas con las manos cuando pronunció la palabra contrato— antes de que te den la información. En casos como este, en que hay un segundo intermediario, la comisión sería doble, el diez para cada uno. *DreadJim* maneja grandes negocios, por lo que no está reclamando su diez por ciento, lo cual seguro es una minucia para él.

—Me parece justo —dijo Carlos Luis, sacando su tarjeta de crédito y ofreciéndosela al muchacho, quien le miró a punto de estallar en carcajadas mientras negaba con la cabeza—. Guarda eso, así no se hacen las cosas aquí.

—¿A qué te refieres? —contestó Carlos, extrañado.

—Usar una tarjeta de crédito es el equivalente a regalar tu identidad, es muy peligroso, además, nadie quiere que puedan trazarlo, lo que es factible una vez que reciba el pago. Acá todo se maneja con *bitcoins*.

—¿Bitcoins? —preguntó, sorprendido.

—No me vas a decir que no sabes lo que es el *bitcoin* —preguntó Joaquín, con los ojos como platos.

—Por supuesto que lo sé —contestó el hombre, apenado—.

Tampoco soy tan ignorante, pero digo, de dónde carajo voy a sacar yo *bitcoins*. No tengo ni la más remota idea de cómo obtenerlos, mucho menos manejarlos.

—No te preocupes —dijo Joaquín, abriendo una ventana para consultar el precio de la criptomoneda—. El diez por ciento de doce mil es mil doscientos, dividido entre nueve mil ochocientos —dijo, mientras introducía los números en la calculadora— es 0.12244 *bitcoins*, digamos 0.123.

—¿Qué haces? —preguntó Carlos Luis, mirándole cual espectador de un partido de ping-pong, mientras el joven alternaba entre las ventanas.

—La conversión para pagar y así obtener la información —dijo, con naturalidad—. Ahora buscamos la dirección de la billetera digital de *ShadyBob*, la introducimos junto al monto y... —se interrumpió justo cuando su dedo índice estaba a punto de impactar contra la tecla *Enter*—. Queremos hacer esto, ¿verdad? —preguntó.

—Sí, claro que sí —contestó Carlos— pero, ¿de dónde están saliendo los mil doscientos dólares?

—De mis ahorros en *bitcoin*. Ya me los pagarás luego.

—Aaaah —dijo Carlos—, entiendo. Gracias, me da vergüenza contigo.

—Déjalo —replicó Joaquín, haciendo un gesto despectivo con la mano—. Ahora somos socios del crimen —dijo riendo—. ¿Le doy? —preguntó, señalando con su boca el dedo que aún pendía sobre la tecla.

—Dale —contestó Carlos, encogiéndose de hombros.

Una vez que se completó la transacción, el joven envió un mensaje a Bob diciéndole que había enviado el pago junto con el identificador de la transacción.

—Bebamos una cerveza mientras nos llega la info.

Apenas estaban destapando las bebidas cuando un sonido indicó que había llegado un mensaje. Tras chocar su botella con la de Carlos, regresó al escritorio.

*"Señor Ahmadi. 309-1234747. 100% limpio, todo legal. Indicar que vas de parte de ShadyBob"*

*Esto no puede ser tan fácil*, pensó Carlos Luis. Se secó las manos sudorosas en la pernera de los pantalones y sintió el galopar del músculo cardíaco en su pecho. La saliva se le había secado a tal punto que cuando se pasó la lengua por los labios le pareció que se trataba de una lija.

—¿Qué te ocurre? Estás blanco como un papel —dijo Joaquín.

—¿No será una trampa?

—No lo creo, pero vamos a hacer unas averiguaciones antes de llamar. Puedes tener la seguridad de que ellos no nos van a enviar a una emboscada, tengo plena confianza en Jim, he hecho muchas cosas con él, además de que su reputación es impecable. Sin embargo, hombre precavido vale por dos —dijo mientras volvía al teclado y comenzaba de nuevo a teclear como si no hubiese mañana.

—Es que todo esto me hace sentir paranoico. Tengo la sensación de que alguien nos observa —dijo Carlos, en medio de una risa nerviosa.

—Me pasaba al principio, pero relájate —replicó el joven—. Conseguí un Ahmadi, J., en *Peoria, Illinois* con el número de teléfono que nos proporcionaron, así que al menos por ese lado podemos estar tranquilos. Deja ver… —hizo una pausa mientras continuaba realizando búsquedas. Al cabo de uno instantes, continuó—: …no le ubico redes sociales. El apellido es iraní, según lo que veo aquí. Creo que es hora de que hagamos la llamada.

—¿A-a-ahora? —tartamudeó Carlos.

—No, la semana que viene —replicó Joaquín con ironía.

—Pero, no deberíamos… este…

—¿Qué? —le interrumpió el joven, impaciente.

—Nada, nada, es que estoy nervioso —admitió el hombre, apenado.

—¿Quieres que llame yo?

—No, tengo que hacerlo yo, no sabrías que preguntar.

—Claro que sí. Estado de salud y cuando le podemos extirpar el órgano.

—Muy gracioso. No es tan simple. Deja que me acabe la cerveza y llamo.

—Estoy bromeando. Tómate tu tiempo, tienes que mostrarte seguro.

Una vez terminó con la botella, luego de escuchar las recomendaciones de Joaquín, quien impartía instrucciones como si fuese un experto negociador, tomó aire y marcó el número, con el teléfono en altavoz. Al cuarto repique, un hombre contestó:

—Ahmadi —dijo, a secas.

—Buenas noches, soy John Smith, llamo de parte de *ShadyBob*.

—Ah, sí, sí, ya. Usted diría —replicó, con un marcado acento extranjero.

—Entiendo que tiene algo que necesito, señor Ahmadi.

—¿Está segura que no es policía?

—Por supuesto que no, Bob me dio su número.

—Ah, bien, muy bien. Es por el riñón, ¿sí?

Joaquín contuvo la risa. Hablaba como un personaje de dibujos animados.

—Exacto. Necesito saber por qué quiere venderlo.

—Ah, no es mío riñón, es de mi sobrino Esmail.

—¿Y por qué quiere Esmail vender su riñón?

—Mejor se lo comunica, él está acá.

Ambos se miraron. En el fondo se oyó una conversación en otro idioma.

—Buenas noches, soy Esmail. Disculpen a mi tío —dijo, en un español perfecto.

—No se preocupe —dijo Carlos. La voz era la de un hombre joven—. Le preguntaba a su tío la razón por la que está dispuesto a vender su riñón.

—Logré salir de Irán hace poco, pero mi esposa y mi hija no. Necesito el dinero para pagar a un contacto que las sacará del país y las hará llegar a América.

—Antes que nada, ¿sabe cuál es su grupo sanguíneo?

—Sí lo sé, es AB negativo—. Carlos le mostró el pulgar a Joaquín y preguntó:

—¿No le parece que un riñón es un costo muy alto?

—Puedo vivir sin un riñón, pero no sin ellas. No sé si tendrá usted hijos o esposa, pero si los tiene, debería entender que desprenderse de un riñón es nada por la vida de ellos. Si está al tanto de la situación de mi país, sabrá que ellas corren peligro, mucho peligro, por eso recurro a esto y necesito hacerlo rápido.

—Entiendo —replicó Carlos, quien entendía mucho mejor de lo que Esmail se imaginaba—. Me dijeron que el costo va a ser doce mil, ¿cierto?

—Sí, es justo lo que necesito, ni un dólar más. En mi país es legal vender un riñón, pero apenas se obtienen cuatro mil por él y eso con suerte. Sacar un pasaporte puede ser más costoso, irónico, ¿no?

—Ciertamente lo es —contestó Carlos, quien sintió pena por el hombre. A Joaquín se le había borrado la risa del rostro—. Estoy de acuerdo con el monto, pero lo más importante es ver si su riñón es compatible con el de… verificar si es compatible. Para ello necesito una muestra de sangre.

—Comprendo, no tengo inconveniente. Solo tengo tres condiciones, la primera es que necesito verle a la cara, quiero estar seguro de que esto no es una estafa. Me perdona usted, pero estoy acostumbrado a ser estafado. La segunda, necesito que me entregue como prueba de buena fe, la mitad por adelantado. Puede estar seguro de que no le voy a engañar. De hecho, le voy a dar mi dirección, bueno, la de mi tío que es donde estoy viviendo y supongo que, si llegó a mí de la forma en que lo hizo, tendrá maneras de asegurarse de que no le vamos a jugar sucio. La última condición es que debemos hacerlo mañana, estoy, como le dije, desesperado.

Se volvieron a mirar. Carlos le preguntó con las manos que pensaba y el joven le respondió encogiéndose de hombros con un pulgar arriba.

—Perfecto, allá estaré mañana con el dinero y con material para una muestra de sangre. ¿Me puede facilitar la dirección?

—Claro, es el 111 de *Fantasy Avenue, Peoria, Illinois*, 61625. ¿La tiene?

Joaquín le mostró en la pantalla que era la misma dirección que había encontrado.

—Sí, perfecto. ¿A qué hora le vendría bien?

—Mientras más temprano mejor.

—Deme un segundo para consultar en el mapa a ver cuánto tiempo me tomará llegar hasta allá —dijo, mientras Joaquín ya estaba resaltando la ruta en *Google Maps*. Le mostró cuatro dedos, uno por cada hora de camino. Hizo una rápida cuenta mental—. Creo que puedo estar allá sobre las dos de la tarde.

—Suena perfecto para mí —contestó Esmail.

—Allá nos veremos —dijo Carlos, finalizando la llamada.

—Lo único que no me gusta es lo de llevar seis mil dólares —dijo el joven.

—A mí tampoco me gusta mucho, pero son sus condiciones. No creo que se trate de un engaño, sonaba realmente desesperado.

—Me encantan los viajes por carretera, sobre todo en días laborales —dijo Joaquín, aplaudiendo y riendo al mismo tiempo.

—Creo que debería ir solo…

—Sobre mi cadáver —le interrumpió el muchacho—. Aunque todo parezca fácil, debemos tomar precauciones. Tú entrarás solo, pero yo debo estar cerca por si algo pasa.

—¿Qué podría pasar?

—Tantas cosas, no se me ocurre una en particular en este momento

—replicó.

—Hay algo que me preocupa. No había pensado en ello hasta ahora, ya que lo veía como una posibilidad remota. Pero es hora de hacerlo. Supongamos que, en efecto, el riñón es compatible. Es necesario extraerlo y luego trasplantarlo. Puede ser un problema. Sabemos que es algo totalmente ilegal y no estoy seguro de que Estrada se vaya a prestar para ello. Eso, asumiendo que el seguro cubra el costo de la operación, que según me dijeron, puede llegar al medio millón.

—Es un gran problema —dijo Joaquín, tras emitir un largo silbido.

—Creo que le puedo convencer. A primera hora iré a hablar con él.

—No pensarás decirle como lo conseguimos, ¿verdad?

—Ya te dije que no soy idiota —replicó Carlos, exasperado.

—¿Y el dinero?

—Pasaré por el banco, esa cantidad la puedo retirar sin problemas. O casi.

—¿Cómo casi?

—Siempre que mi esposa no lo note.

—¡Uy! —dijo el muchacho, arrugando el entrecejo.

—Creo que tenemos un plan.

—Sí. ¿Qué decimos en la empresa?

—Repórtate enfermo. Yo diré que voy directo a Chicago.

—¿A qué hora pasarás por mí?

—Tan pronto vaya al hospital y al banco. Calculo antes de las diez.

Ya eran casi las nueve de la noche y Carlos decidió que era hora de regresar a casa antes de que las cosas se pusieran más difíciles allí. Se encontraba optimista por primera vez en mucho tiempo. Quizás al fin pudiese dormir tranquilo aunque fuese una noche; temía que la excitación pudiera arruinarle el descanso, pero estaba tan agotado, física y emocionalmente, que no veía la hora de llegar a la cama.


A las siete de la mañana estaba en el estacionamiento de la clínica, café en mano, a la espera de que llegase el doctor Estrada. Cuando vio su carro ingresar al estacionamiento, se apuró para alcanzarlo justo cuando se bajaba.

—Buenos días, doctor —le dijo, con su amplia sonrisa de vendedor.

—Señor Parker —contestó el médico, extrañado—. ¿Ocurre algo?

—No, todo está bien. Necesito hacerle una consulta.

—Por supuesto, usted dirá.

—En el caso hipotético de que yo consiguiese un donante, ¿qué tan fácil sería realizar el trasplante?

—¿Un donante vivo? —preguntó.

—Sí, vivo.

—Bueno, no es el procedimiento usual, puede ser un problema —dijo el doctor, mirando para los lados, algo nervioso—. Cuando quien dona es un familiar, no hay problema, pero hay un control estricto por el tema del tráfico de órganos.

—Déjeme eso a mí, se podría demostrar que el donante es voluntario, y que realiza la donación por compasión con mi hijo, aparte...

—No diga más nada —le interrumpió—. Nadie más que yo desearía que apareciese un donante y no nos vamos a engañar pensando que la lista lo va a proveer en el corto plazo, pero hay una línea ética que no me gustaría cruzar. Por ello, mi consejo es que en el caso hipotético que menciona se haga realidad, esta conversación nunca ocurrió. Yo haré lo imposible para que se realice el trasplante.

—Perfecto, es lo que quería escuchar, que tenga usted un excelente día.

Carlos Luis se fue en busca de su vehículo a paso apurado.


Antes de las nueve y treinta, había culminado las diligencias. Joaquín debía estar durmiendo ya que su celular estaba apagado y no respondía el timbre. Cuando estaba comenzando a preocuparse —producto de la paranoia que le embargaba—, el joven abrió la puerta, con el cabello, que siempre llevaba pulcramente arreglado, completamente revuelto.

—Cúbrete un poco —le dijo Carlos al ver que apenas llevaba unos boxers.

—Disculpa —contestó, apenado—, me quedé dormido.

En menos de veinte minutos estaban en camino hacia *Peoria, Illinois*, donde Carlos Luis esperaba conseguir la solución a su problema. Durante las casi cuatro horas de camino escucharon música de los ochenta, en medio de un día espléndido, lo que interpretaron como un buen augurio. Al dar con el 111 de *Fantasy Avenue*, siguieron calle abajo, reconociendo el terreno y buscando un lugar estratégico para que Joaquín esperase, el cual consiguieron a la sombra de un gran roble a unos ciento cincuenta metros de la casa, desde donde se divisaba la entrada, que era el único acceso a la vivienda.

Con el dinero en un bolsillo de su chaqueta —sesenta billetes de cien, recién salidos del banco— y un *kit* para tomar la muestra de sangre en el otro, Carlos Luis tocó el timbre cuando faltaban cinco minutos para las dos.

—Buenas tardes —dijo el joven delgado con una incipiente barba que abrió la puerta, extendiendo su mano—. Mucho gusto, soy Esmail.

—John Smith —dijo Carlos, estrechándosela.

—Adelante —dijo el joven, invitándole a pasar.

La modesta vivienda se encontraba limpia y muy ordenada. Un hombre robusto, con una barba bastante crecida y una panza que dejaba ver que se había acostumbrado al estilo de vida americano, aspiraba de un narguile y tan pronto le vio, se acercó a saludar. Tras intercambiar cortesías, Jahangir, como se llamaba el señor Ahmadi, tío de Esmail, dijo:

—Gracias por venir, le ruega ayude a mi sobrino—. Carlos asintió, dedicándole una sonrisa. Esmail le invitó a sentarse en una pequeña sala mientras el tío regresaba a su pipa de agua.

—Siento mucho la situación que estás atravesando, espero que podamos ayudarnos mutuamente. Yo también tengo un grave problema, el cual, si todo sale bien, me ayudarás a solucionar. ¿Cómo está tu salud? —se interesó Carlos Luis.

—Como una roca, jamás me enfermo —replicó Esmail.

—Excelente, es un buen comienzo.

—¿Trajo el dinero?

—Acá está —dijo, colocando el sobre en la mesa. El joven comprobó su contenido sin detenerse a contarlo—. Sacó el *kit* de su otro bolsillo y se colocó los guantes. El joven estiró su mano y Carlos, apelando a los conocimientos básicos que adquirió en la facultad, localizó la vena sin dificultad y llenó dos tubos de ensayo con su sangre.

Un vehículo se detuvo por un momento en la casa situada a la izquierda de la de Ahmadi para que bajasen dos hombres y luego arrancó. Joaquín, quien se encontraba en alerta máxima, siguió sus movimientos. Cuando les vio ingresar al sendero por el que había entrado su amigo minutos atrás, se preocupó. Trató de tranquilizarse pensando que podían ser otros familiares, por su aspecto parecían del Medio Oriente.

Mientras Carlos Luis sellaba los tubos, sonó el timbre.

Jahangir dijo algo en un idioma que Carlos no comprendió.

—No, no espero a nadie más —respondió Esmail, levantándose.

Apenas abrió la puerta, uno de los hombres le empujó, haciéndole trastabillar e ingresó a la vivienda, lo que Joaquín no podía ver desde el ángulo en que se encontraba. Lo que sí vio fue al otro hombre mirar a los lados antes de unirse a su compañero, pero podría no significar nada.

—¿Qué ocurre? —preguntó Esmail. El hombre habló en una lengua que sonaba como árabe y le volvió a empujar, haciéndole caer —. ¿Qué quiere? —preguntó desde el suelo. El segundo hombre había sacado una pistola enorme y le golpeó con la cacha en el rostro, por donde comenzó a sangrar de inmediato.

Carlos Luis se levantó al escuchar el alboroto y se acercó a la entrada al mismo tiempo que Jahangir. El primero arrastró a Esmail por el cabello hasta la sala. Al ver la pistola, Ahmadi levantó las manos. Carlos Luis se quedó petrificado. Uno de los hombres vino hacia él mientras el otro le apuntaba con la pistola. Le cachearon para asegurarse de que no iba armado y le obligaron a sentarse en el sofá de un empujón. Jahangir aún permanecía con las manos levantadas.

—¿Dónde están las armas? —preguntó el de la pistola a Esmail, agresivo.

—¿Armas? No sé de qué hablas —contestó, cubriéndose con la mano la mejilla, por donde sangraba profusamente. El acompañante fue directo a la mesa y tomó el sobre con los seis mil dólares, guardándolo en su bolsillo.

—Por favor no nos matan, se lo ruego —imploró Ahmadi. El hombre que acababa de tomar el sobre se dirigió hacia él y le golpeó la cabeza con la cacha de la pistola, dejándolo inconsciente.

—¿Y tú que haces aquí, americano? —le preguntó a Carlos, quien hacía lo posible por no llamar la atención, sobre todo luego de percatarse de que el otro hombre también había desenfundado su pistola—. ¿Eres el que vende las armas?

—No, para nada, solo estoy de visita —respondió con voz temblorosa.

Joaquín decidió acercarse, aunque eso no era parte del plan. Tenía un mal presentimiento y desde donde se encontraba estaba de manos atadas. Con sigilo se fue aproximando, pendiente en caso de que regresase el vehículo del cual habían bajado los hombres.

Uno de ellos, el más atlético de los dos, el que había dejado inconsciente a Jahangir, se acercó con violencia y fue a golpearlo en la cara, pero Carlos reaccionó cubriéndose con las manos recibiendo el impacto en la cabeza, aunque con menos fuerza de la que pretendía el malhechor. Esmail aprovechó mientras el hombre agredía a Carlos y levantándose, le propinó una patada, lo que hizo que tropezase con la mesa y cayera al suelo, perdiendo el arma cuando trató de conservar el equilibrio.

—¡La pistola, agárrala! —le gritó Esmail a Carlos Luis, mientras forcejeaba con el otro hombre, al cual estaba tratando de desarmar.

Ya Joaquín se encontraba a menos de veinte metros de la casa cuando escuchó el sonido de un disparo, lo que le heló la sangre.

Al terminar las clases del día, John y Manuel se acercaron al campo de fútbol, donde sus ex-compañeros de equipo estaban entrenando y se sentaron en las gradas a verlos con añoranza.

—No entiendo por qué no juegas —dijo John.

—Ya te lo dije mil veces. Me sentiría como un traidor si lo hiciese.

—Claro que no, me gustaría que lo intentases. Podríamos hasta ganar.

—Sabes que si tú no estás en el equipo no hay ni la más mínima posibilidad.

—Ni que fuese Messi.

—Para esta liga, casi que lo eres.

—¡Ojalá! Si por lo menos pudiese jugar —dijo John con tristeza.

—Pronto lo harás. Lo haremos, estoy seguro de ello.

—Me encanta tu optimismo, pero sabes que no será así.

—Claro que será, ¿por qué lo dices?

—Cada día lo veo más lejos. Sospecho que cada sesión de diálisis me resta un poco de vida. Lo veo en las caras de mis padres. Creo que hasta están peleados por mi culpa.

—No creo que la diálisis te reste vida. ¿Cómo que peleados?

—Lo veo en el rostro de mi madre. Aunque trate de disimular cuando la miro, su cara de culo es un poema. Mi padre parece un zombi.

—En cualquier caso, no creo que sea tu culpa. Habrán discutido por algo.

—No. Ayer los oí. Ellos no se dieron cuenta y tampoco logré entender todo, pero estoy seguro de que escuché mi nombre.

—No te preocupes por eso, ya pasará. Me imagino que están bajo mucha presión, pero sé que se resolverá. Rezo todas las noches por ello.

\* \* \*

No sabía qué hacer. Lo lógico sería llamar a la policía, pero aparte de que no sabía si había tiempo, tendrían que dar muchas explicaciones. Lo único que importaba era que Carlos Luis estuviese bien, si algo le pasaba no se lo perdonaría jamás. Él lo involucró en esto; pensó en enviarle un mensaje a Jim, pero tampoco era una solución práctica. Necesitaba sacar a su amigo de allí, y si tenía que entrar, lo haría sin importar las consecuencias.

Carlos quedó paralizado al ver como el hombre con el que forcejeaba Esmail le disparó a quemarropa y no se atrevió a moverse a recoger la pistola, lo que hubiese sido la decisión inteligente. Pero en ese momento todo pasaba frente a su vista como en cámara lenta. Al escuchar el disparo, el hombre que yacía en el suelo se levantó, recuperó su arma y se dirigió de manera apresurada hacia la entrada, tras su compañero. Cuando Carlos Luis le vio voltear la cabeza, estuvo seguro de que el hombre le iba a disparar también, por lo que cerró los ojos esperando el impacto de la bala. Aquel se decidió por Jahangir, quien seguía inconsciente y ofrecía un blanco fácil. Observó con horror como el hombre le apuntaba a la frente y metía una bala entre sus dos ojos.

Joaquín se encontraba ya a diez metros cuando escuchó el segundo disparo. Se agachó por reflejo, aunque sabía que el disparo venía de adentro. Vio como los dos hombres salían a la carrera, con la suerte de que escaparon hacia la derecha mientras él se aproximaba por la izquierda y ni siquiera le vieron. En caso contrario, la historia sería otra. Al ver que se alejaban, arrancó a la carrera hacia la casa.

La puerta estaba abierta y cuando entró consiguió a Carlos Luis tratando de reanimar a Esmail, quien había caído contra el respaldar del sofá. Su cabeza reposaba en el asiento en medio de un charco de sangre que provenía de su región abdominal. Carlos Luis le miró con impotencia. Joaquín tomó el pulso del joven iraní y de inmediato negó con la cabeza.

—Está muerto —dijo, con pesar.

Al ver los ojos vacíos de Ahmadi, no fue necesario tomarle el pulso.

—Vámonos de aquí —dijo Joaquín a Carlos, quien seguía en estado de trance.

—Pero… —quiso decir. Joaquín le interrumpió:

—¡Vámonos! Antes que llegue la policía. ¿Tocaste algo? —preguntó.

Carlos, tratando de superar la impresión, lo pensó.

—Los tubos de ensayo —dijo, y de inmediato los recogió del piso.

—¿Algo más? —preguntó el joven. Carlos negó con la cabeza.

—Vamos —dijo Joaquín tomándolo por el brazo, obligándolo a apartar su mirada de Esmail.

# 5

Joaquín salió de la casa de Ahmadi —quien yacía inerte al igual que su sobrino— y miró a ambos lados de la calle. Aunque el vecindario estaba totalmente desierto, rezó porque no fueran el blanco de alguna mirada indiscreta. Casi tuvo que arrastrar a Carlos, quien había regresado al estado de shock.

—Dame las llaves —le dijo.

—¿Ah? —contestó el hombre, aturdido.

—Las llaves, dámelas. No puedes manejar en ese estado.

Carlos se las entregó como un autómata. Joaquín arrancó el vehículo y al llegar a la esquina dobló a la izquierda, abandonando la calle por la que habían huido los criminales. Lo último que quería era encontrarse con ellos. Carlos aún miraba hacia atrás, como si pudiese hacer algo por ayudar a los infortunados iraníes.

—¿Estás bien? —le preguntó el joven.

Carlos Luis se limitó a encogerse de hombros.

—¿Qué pasó allí? ¿Quiénes eran esos hombres?

—No lo sé —dijo luego de un rato—. Pero mataron a ambos.

—Eso ya lo sé, pero, ¿por qué? —dijo Joaquín, haciendo un esfuerzo por mantener el aplomo, sospechando que podía derrumbarse en cualquier momento, tan pronto la adrenalina remitiese. Guiaba el automóvil con manos temblorosas y dio un largo rodeo para evitar la autopista. No paraba de mirar por el retrovisor a la espera de que en cualquier momento apareciese una patrulla.

—¿Estamos en problemas? —preguntó Carlos con la mirada fija al frente.

—Creo que no, todo parece tranquilo —contestó, tratando de convencerse de ello.

—Se llevaron el dinero —dijo Carlos.

—¿Qué? —preguntó Joaquín—. ¿Cómo?

—Estaba sobre la mesa y el hombre lo tomó. ¿Crees que haya sido una trampa?

—No lo sé, pero no lo creo. Bueno, no sé ni qué pensar, pero ya no importa.

—Cierto. Pensé que me iban a matar y no iba a poder ayudar a John —dijo Carlos, bajando la cabeza y pasando su mano por el lugar donde había recibido el golpe.

—¿Qué es eso? —preguntó Joaquín al ver el chichón que se le había formado en la cabeza—. ¿Te golpearon?

—Sí —respondió, sin levantar la cabeza.

—Déjame ver —dijo el joven—. ¿No habrás sangrado, verdad? —continuó, asustado—. Eso sí que sería un problema, un muy jodido problema.

—Al parecer no —replicó Carlos Luis luego de pasar su mano por el área.

—Menos mal —dijo Joaquín, dejando escapar el aire de sus pulmones—. Lo que nos falta es que hubieses esparcido tu ADN por toda la jodida escena. —El cielo, que era de un azul intenso cuando venían, se había tornado negro, presagiando tormenta. Esta vez parecía un mal augurio—. Vamos a alejarnos de aquí y luego paramos a comprar algo para ponerte en ese golpe.

—Pongamos la mayor distancia posible con… aquello. Joaquín… ¿somos unos criminales?

—Claro que no, ¿por qué lo dices?

—Me siento culpable de la muerte de ese chico. Su esposa…

—Ya, déjalo. No tenemos nada de culpa —le interrumpió el joven. Carlos se cubrió la cara con las manos y comenzó a llorar. Joaquín dejó que se descargase, tal vez le serviría de catarsis. Él también quería llorar, pero alguien tenía que mantener el control, por lo que se quedó en silencio tratando de relajarse a través de la respiración. A pesar de que era paranoia pura, agradecía tras cada milla que dejaban atrás en la Interestatal 39 sin encontrar un puesto de control policial, incluso se alegró cuando se desató la tormenta. Tenía que conducir pegado al volante ya que a pesar de que eran apenas las cuatro de la tarde la visibilidad era casi nula.

—Ese riñón pudo haber servido —dijo Carlos, cuando al fin hubo sacado de su sistema buena parte de las emociones.

—Lo sé, pero la fortuna no nos sonrió en esta oportunidad.

—Digo que lo hubiésemos podido tomar.

—¿Del cadáver? —preguntó Joaquín, sorprendido.

—Claro —dijo Carlos, encogiéndose de hombros.

—¿Te volviste loco? ¿Se lo sacábamos con un cuchillo de la cocina y lo envolvíamos en un paño? ¿Le… —Joaquín se interrumpió al darse cuenta de que no era momento para ironías. Carlos Luis estaba muy afectado.

—Tienes razón, pero…

—No te preocupes, ya encontraremos otra solución —le interrumpió Joaquín.

—No lo sé, me siento derrotado—. Un trueno que parecía un rugido siguió a un rayo que iluminó la carretera e impactó contra un árbol que cayó partido a la mitad unos cincuenta metros a su derecha. El viento movía el vehículo a placer y comenzó a caer granizo, el cual se estrellaba contra el parabrisas como enormes agujas, reduciendo aún más la escasa visibilidad. *Beloit Rest Area 5 miles* indicaba un aviso en la carretera.

—Vamos a parar en el área de descanso, es muy peligroso conducir en medio de esta tormenta —dijo Joaquín, prendiendo las luces de emergencia.

Una alerta de tornado había sido emitida para la ciudad de Middleton, donde llovía con una fuerza descomunal.

—Doctor, están llamando del *Chicago Memorial*. Hay un problema con su última Orden —le dijo la recepcionista a Kennedy.

—Pues hable con Parker, es su cliente —contestó el hombre, malhumorado.

—Estoy tratando de llamarle, pero no logro comunicarme.

—¿Dónde se supone que está?

—Dijo que iba para allá, pero al parecer nunca llegó.

—Bueno, resuelva como pueda. No, espere, páseme la llamada.

A pesar de que ninguno de los dos tenía apetito, compraron dos sándwiches en la máquina expendedora y dos cafés, los cuales se sentaron a medio probar en una de las mesas que no se encontraba a merced del clima.

—Creo que pasaremos un buen rato aquí —dijo Carlos Luis al ver la cortina de agua y hielo que les rodeaba. Ambos se sobresaltaron cuando una sombra que se movía con velocidad llegó a su lado.

—Pueden darme algo de comer, por favor —dijo el hombre que había llegado a la carrera. Ambos se miraron, extrañados. Estaba completamente empapado y el cabello le cubría casi la totalidad del rostro. Cuando se lo apartó, se dieron cuenta de que se trataba de un joven que no superaba la edad de Joaquín.

—¿Que te ocurrió? ¿Por qué estás así? —le preguntó este.

—Tuve que correr —dijo, tratando de recuperar el aliento—. La tormenta está muy fuerte y... se cayó un árbol, menos mal pude... llegar hasta aquí.

—¿Llegar desde dónde? —preguntó Carlos.

—De allá —dijo el muchacho, señalando un conjunto de árboles cercano.

—¿Y qué hacías allí?

—Ahí vivo —respondió el joven, sentándose en un banco frente a ellos—. Pero no he comido y tengo mucha hambre.

—¿Cómo que vives ahí? No veo ninguna casa —preguntó Joaquín. En ese momento cayeron en cuenta de que se trataba de un indigente —. ¿Vives con quién?

—Vivo en un refugio entre los árboles, pero todo se inundó. Soy Chris —dijo.

Carlos le ofreció su sándwich, el cual el chico atacó con hambre voraz.

—¿Qué edad tienes, hijo? —preguntó Carlos Luis.

—Dieci... diecinueve —respondió, luego de pensarlo un poco. Joaquín le entregó su emparedado, que apenas había tocado, al ver que el de Carlos había desaparecido.

—¿Y tu familia? —preguntó Carlos.

—No tengo —respondió Chris mientras un trueno retumbaba en el cielo.

Carlos Luis y Joaquín se miraron a las caras.


Cuando la llamada fue a dar por enésima vez al buzón de voz, Karina estuvo a punto de estrellar su teléfono contra la pared, solo se contuvo al ver la preocupación en la cara de John.

—No creo que las líneas estén funcionando con esta tormenta, má.

—No puedo creer esta mal... —se interrumpió Karina. Los viernes era el día en que John terminaba las clases más tarde, por lo que su diálisis estaba programada para las cinco de la tarde. Era ella quien lo llevaba a las sesiones, pero viendo el estado del clima y la forma en que rugía el viento, decidió llamar a su marido, pues le daba miedo manejar en esas condiciones, pero no lograba comunicarse, ajena a lo que Carlos estaba viviendo.

—Llama al hospital y reprográmala para mañana —dijo el chico.

—Claro que no, eso no se puede dejar pasar, iremos de cualquier manera.

—Si quieres yo manejo —bromeó el joven.

—El día que los cerdos vuelen —contestó ella, sin verle la gracia.

—Llamemos a un Uber —dijo Manuel.

—No es mala idea. Me da terror manejar así.

Ya John se encontraba ordenando el servicio desde su móvil cuando comenzó a sonar el teléfono fijo. Ella le hizo señas de que esperase mientras contestaba la llamada.

—Váyase usted a la mierda —dijo, colgando el teléfono con fuerza. John se le quedó mirando, sorprendido—. Otro vendedor —dijo ella, encogiéndose de hombros.


Aunque las condiciones no habían mejorado mucho, decidieron continuar el camino, previendo que otros árboles podrían caer impidiéndoles el paso si continuaban esperando. Al menos había dejado de caer granizo.

—Pobre chico —dijo Joaquín, refiriéndose al indigente, al cual habían comprado dos sándwiches más y dos latas de refresco.

—Así es, que injusta es la vida —replicó Carlos Luis.

—En efecto, con toda la vida por delante y sin futuro.

—Claro, pero estaba pensando en otra cosa. La vida de mi hijo corre peligro, mientras este joven tiene sus riñones intactos.

—Me parece que sus problemas son mayores, desde pescar una pulmonía hasta ser atacado por un oso. Bueno no creo que haya osos entre esos árboles, pero seguro que hay animales peligrosos… culebras, qué sé yo.

Otro rayo que parecía una terminación nerviosa iluminó el firmamento, al cual siguió una explosión dantesca. La rama de un árbol se derrumbó con un crujido y un vehículo que venía en sentido contrario tuvo que maniobrar con rapidez para esquivarlo. Vieron, espantados, como perdía el control y venía directo hacia ellos. Joaquín tuvo que girar a su derecha, entrando en la orilla de grava, lo que le hizo perder el control también. Gracias a esto, al derrapar hacia la derecha se salvaron por escasos centímetros de impactar de frente contra el otro automóvil. Otra rama que había caído les detuvo cuando estaban a punto de salirse de la carretera. Joaquín vio por el retrovisor como el otro vehículo daba vueltas, con la suerte de que no llegó a volcarse. Con el corazón desbocado trató de dar retroceso, pero quedaron atascados. Tuvieron que bajarse en medio de la lluvia y luego de mucho esfuerzo lograron regresar el vehículo a la vía. Estaban empapados y sudando —peligrosa combinación— sin contar con que el dolor de cabeza de Carlos iba de mal en peor. Joaquín optó por quitarse la camisa y ponerla en la salida de la calefacción.

—He estado a punto de morir dos veces hoy —dijo Carlos Luis—, no sé si atribuírselo a la suerte, a Dios o al azar, pero lo voy a interpretar como un mensaje del destino, que me dice que tengo que continuar, que tengo que lograr que John viva a como dé lugar. Te había dicho que lo iba a conseguir sin importar lo que tuviese que hacer y luego de lo de Esmail estaba dudoso, con ganas de rendirme, pero ahora sé que no puedo, mi vida no vale nada si no logro que mi hijo se recupere.

—Tranquilo, te dije que ya conseguiremos la manera —dijo Joaquín, poniéndole una mano en el hombro—. ¿Crees que sería buena idea que parásemos en un motel mientras pasa la tormenta? Me parece que estamos retando al destino.

—Continuemos, no estamos tan lejos —dijo Carlos Luis—. ¿Quieres que maneje?

—No, puedo hacerlo —contestó en medio de un estornudo.


Nada le estaba saliendo bien a los Parker ese día. Luego de esperar al Uber por más de cuarenta minutos, al fin salieron hacia el hospital, con el tiempo justo para llegar a la cita, en medio de un vendaval.

A menos de un kilómetro del centro médico, sintieron un golpe.

—¿Qué ocurre? —preguntó Karina al chofer.

—Un caucho —contestó el hombre, mirándola por el retrovisor.

—¿Cómo que un caucho? —preguntó ella.

—Pinchado. Debemos haber pisado un clavo o algo.

—¿Puede continuar?

—No, se destrozaría el caucho —dijo el hombre.

—Bueno, bájese y cámbielo, ¿qué espera?

—¿Con esta lluvia? —preguntó.

—Sí, ¡hágalo ya! —le gritó Karina.

—Má, estamos muy cerca, podría ir trotando hasta allá —dijo John.

—Estarás loco —dijo ella, sacando el móvil para volver a llamar a Carlos.

Tras ponerse un impermeable, el hombre bajó a regañadientes.

—¡Mierda! —dijo ella luego de que la llamada volviese a ir al buzón de voz.


La lluvia no cedía y Joaquín estaba agotado por la experiencia vivida, además del esfuerzo extra para evitar cualquier obstáculo, luego del susto que habían pasado.

—Creo que podría darle una vida mejor —dijo Carlos Luis, casi para sí mismo.

—¿De qué hablas? —preguntó Joaquín.

—A ese chico, Chris.

—Sigo sin entender.

—Como tú mismo dijiste antes, él no tiene futuro.

—Correcto, pero, ¿qué se puede hacer?

—Podría hacer que su vida fuese más fácil, conseguirle un trabajo, alimentarlo.

—¿Te vas a meter a altruista?

—No, por supuesto que todo tiene un costo.

—¿A qué te ref... —se interrumpió en medio de la frase y se le quedó mirando fijamente. Al ver la expresión en su rostro, dijo—: ¡no!, ¡no, no!. ¿Estás loco?

Carlos asintió con la cabeza lentamente. —Es muy probable —dijo.

—No puedes quitarle el riñón a ese muchacho.

—Quitarle es una palabra muy dura. Más bien me refiero...

—No me vengas con esa mierda —le cortó Joaquín—. Él no está en...

—Espera —le interrumpió Carlos a su vez—. Piénsalo por un momento. Escucha antes de decir nada. Si sigue como está, viviendo de la caridad de otros, lo mejor que le puede ocurrir es que envejezca sin haber conocido lo que es vivir de verdad. Por otro lado, si se le brindase la oportunidad de estudiar, de tener un techo firme, podría convertirse en alguien de bien, al menos con un futuro. Es casi un niño, ¿no te parece?

—No sé —replicó Joaquín—. Meternos en eso sería harina de otro costal.

—Por supuesto, sé que lo es. No te estoy pidiendo que lo hagas. Lo haría solo.

—Claro que no. Ya llegamos hasta aquí, y por mi culpa casi te matan. Me siento pésimo por haberte hecho pasar ese mal rato.

—Al contrario, te estoy muy agradecido. No tienes la culpa de nada, solo hiciste lo que te pedí. De hecho, pienso que tuvimos la mala suerte de que esos hombres se presentasen justo en ese momento, no creo que nos hayan tendido una trampa. Si lo que querían era el dinero, con interceptarnos tenían. Recuerda que te dije que si en algún momento no estabas de acuerdo con lo que decidiese hacer, lo entendería perfectamente. Es mi problema y yo debo resolverlo.

—Carlos Luis, no creo que esa sea la vía.

—Estoy abierto a escuchar opciones.

Ambos se quedaron en silencio.

John y Manuel habían terminado sus tareas y se encontraban mirando videos graciosos en Instagram cuando se acercó el doctor Estrada.

—¿Cómo te sientes campeón? —preguntó a John mientras le revolvía el cabello.

—Fastidiado de todo esto, pero bien —respondió.

—Tremenda tormenta, estamos a punto de colapsar.

—Doctor Estrada, gusto en verle —dijo Karina, acercándose.

—Igualmente, pasaba por aquí y entré a saludar. ¿Y el señor Parker?

—No lo sé, he tratado de hablar con él, pero las comunicaciones están imposibles, supongo que en cualquier momento llamará. Tuvimos que venir en un Uber.

—Hay que tener mucho cuidado, sobre todo luego del alerta de tornado.

—Espero que aparezca pronto.

—Dígale que necesito hablar con él.

—Puede decirme a mí, doctor.

—No se preocupe, quiero responderle algo que me preguntó el otro día. Bueno, sigo con mis rondas, estamos cortos de personal —dijo y luego de estrechar la mano de John, se marchó. Karina se quedó pensando qué tendría que decirle a su marido que no había querido comentar con ella; esperaba que no fuese algo malo.

Ya estaban a menos de veinte kilómetros de Middleton y el cielo seguía descargando su furia, parecía que jamás dejaría de llover.

—Hipotéticamente hablando, ¿cómo lo haríamos? —preguntó Joaquín.

—De nuevo te digo que no quiero involucrarte en esto. No le he dado forma aún, pero lo primero sería ver si al menos la sangre es compatible.

—Pero no lo puedes llevar a un laboratorio, es muy arriesgado. Pareciera que su último baño fue hace dos años.

—Por supuesto que no. El grupo sanguíneo se puede determinar con una gota de sangre en cinco minutos utilizando un reactivo, es un procedimiento muy simple.

—Ajá, supongamos que es del mismo tipo, ¿piensas convencerlo de que se presente voluntariamente como donante?

—No lo sé, sería una posibilidad, aunque remota. Me imagino que las personas como él no confían en extraños, es lo lógico.

—Obvio, tienen que haber aprendido que de ello depende su vida. ¿Entonces?

—Estaba pensando en algo más radical. Sé que suena como una locura, pero es cuestión de afinar los detalles. Yo tengo una cabaña en Wisconsin Dells, ¿sabes lo qué es? —preguntó, a lo que el joven asintió —. Bueno, se me ocurre llevarlo allá, mientras se realizan los otros exámenes de compatibilidad, esos no hay forma de hacerlos sino en un laboratorio, tal y como íbamos a hacer con Esmail —continuó, persignándose— que en paz descanse.

—Es decir secuestrarlo, ya que estamos.

—Bueno, no diría…

—Es secuestro, Carlos —le interrumpió.

—Bueno, sí, técnicamente lo es. Pero una vez allí, puedo convencerlo de que le podría ayudar y quizás él, en agradecimiento…

—No nos engañemos, así no vamos a llegar a ningún lado, Carlos.

—Como te dije, todavía habría que darle forma al plan, pero de lo que estoy seguro, una vez afinados los detalles, si todo saliera bien y lograse que su riñón termine en mi hijo, es de que su vida daría un vuelco de ciento ochenta grados; es lo que me hace pensar que el plan es viable. Un bien mayor para él, sin perder nada.

—Perdiendo un riñón, querrás decir.

—Eso no le va a afectar su calidad de vida.

—Supongamos que es así. Ahora, si no llega a ser compatible, ¿qué, lo echamos a la calle? ¿Gracias por tus servicios, que te vaya bien?

—Supongo que habría que devolverle a su entorno, compensarle de alguna manera, pero no nos adelantemos.

—Claro, después de que nos haya visto la cara, con lo que podrían darnos… no sé cuánto tiempo en prisión, por secuestro.

Al fin llegaron a Middleton. La lluvia había amainado un poco, pero las calles se encontraban inundadas. Al llegar a su apartamento, Joaquín estacionó el vehículo.

—Te dejo y sigo —dijo Carlos Luis.

—No puedes llegar a tu casa en ese estado, a menos que quieras contestar muchas preguntas. Entra, vamos a secar esa ropa y a hablar un poco más acerca de esa locura que planteas.

—Cierto, pero hagámoslo rápido, quiero llegar a casa antes que Karina y John, quien debe estar a punto de terminar su diálisis.

Cuando entraron en el apartamento, Joaquín se despojó de toda su ropa sin ninguna vergüenza. Carlos Luis desvió la mirada mientras el joven se ponía un short y una franela.

—Dame tu ropa, la meteré en la secadora.

—Dame algo para cubrirme —dijo el hombre, apenado. El joven le lanzó una toalla y Carlos se metió al cuarto de baño, de donde salió con su ropa en la mano y el paño alrededor de la cintura.

—Déjame llevar esto a la secadora y ya vuelvo —dijo Joaquín riendo. La secadora comunitaria, que funcionaba con monedas, estaba tres unidades a la derecha de su apartamento—. Sírvete una cerveza o lo que quieras.

—¿Tienes algo un poco más fuerte?

—En el gabinete hay una botella de whisky.


Tras servirse un generoso trago de whisky, Carlos Luis decidió ver si tenía algún mensaje mientras esperaba a Joaquín. No se acordaba de que lo había apagado mientras los malhechores sometían a Ahmadi, previendo que una llamada inoportuna pudiese incrementar sus problemas. Cuando el aparato volvió a la vida, no paraba de pitar. Una ristra de mensajes, algunos de la oficina, pero la mayoría de Karina —los que realmente le preocuparon, pensando que algo podría haberle ocurrido a John— desfilaron por la pantalla. Justo cuando se disponía a escuchar los mensajes en su buzón, el aparato repicó, causándole un sobresalto. Era Karina, por lo que contestó de inmediato.

—¿Dónde estás? —preguntó ella a modo de saludo.

—¿Qué ocurre? —preguntó a su vez, haciendo caso omiso a su

pregunta, pues no tenía ninguna respuesta preparada.

—Ocurre que se está cayendo el cielo y tuve que venir al hospital en un taxi porque no me atrevía a manejar y tengo todo el día llamándote y no ha habido jodida forma de comunicarme contigo, solo eso —dijo, irritada.

—No tenía señal, vengo regresando de Chicago y la vialidad está hecha un desastre, sin hablar de las comunicaciones —improvisó.

—Necesito que nos vengas a buscar, no pienso volver en otro taxi —demandó ella en tono imperativo—. ¿Qué tan lejos estás?

—Depende del tráfico, cuarenta minutos, una hora tal vez, es difícil decir —replicó, calculando el tiempo que tardaría en secarse su ropa.

—Bueno, acá te espero —dijo, terminando la llamada abruptamente.


Cuando Joaquín regresó, luego de dejar la ropa secándose le contó sobre la llamada. Debía apurase porque estaba harto de discutir con su mujer.

—¿Cómo piensas explicar eso? —le preguntó, señalando el chichón.

—Se me había olvidado y no porque no me duela. Si es que se da cuenta, lo cual dificulto, diré que me cayó una caja encima o cualquier mierda. ¿Se nota mucho?

—Si lo cubres con el cabello, no. Ahora, si te piensas entregar a la lujuria, claro que lo notará —contestó el joven entre risas.

—Ese departamento está cerrado hasta nuevo aviso —replicó Carlos, tratando de animarse, sin lograrlo. Terminó con lo que restaba en el vaso y fue a servirse más.

—En lo que estábamos —dijo Joaquín—. Te decía que en caso de que no sea compatible, o así lo sea, pensándolo mejor, no podemos vivir el resto de nuestras vidas pensando que en cualquier momento nos pueda denunciar por secuestro, o algo peor como tráfico de órganos.

—Tienes razón, hay que pensarlo mejor.

—Podríamos tratar de vendérselo como lo que es, convencerle de que es algo que realmente le conviene, sin mentirle. En caso de que no esté de acuerdo, te aseguro que allí afuera hay muchos como él.

—En eso tienes razón, pero me duele tanto la cabeza que se me dificulta pensar. Creo que lo mejor será consultarlo con la almohada.

Eso, en caso de que logre dormir; después de descansar seguro que lo veremos con mayor claridad.

—Estoy de acuerdo. Vamos a revisar las noticias a ver si conseguimos algo del incidente en *Peoria*.

—Perfecto, eso me tiene preocupado.

Joaquín encendió uno solo de los computadores. Esta vez no era necesario adentrarse en la internet profunda, *Google* bastaría.

—Acá está —dijo Joaquín, y Carlos sintió que el corazón se le iba a salir por la boca.

Un párrafo en las noticias locales relataba:

*"Esta tarde, en Fantasy Avenue, Jaganhir Ahmadi, un inmigrante iraní de 59 años fue asesinado junto a otro hombre del cual no se encontró identificación, por lo que se presume que es un inmigrante ilegal. No se conocen los motivos del crimen y el jefe de la policía local no ha emitido una declaración, pero una fuente que no quiso ser identificada aseguró que por la forma en que había sido ejecutado el de mayor edad, se trata de un ajuste de cuentas."*

—¿Eso es bueno para nosotros, cierto? —preguntó Carlos.

—Para ellos siempre es un ajuste de cuentas —respondió Joaquín, asintiendo.

Quince minutos después de terminado el tratamiento de John, llegó Carlos Luis.

—Papá, qué bueno que viniste —le dijo, abrazándole.

Karina, con el ceño fruncido, apenas le saludó.

—¿Qué le ocurrió, señor Parker? —preguntó Manuel, al ver su aspecto desaliñado.

—Ay, hijo, si supieras. Ha sido un día complicado, tuve que…

—El doctor te estaba buscando —interrumpió Karina—. Dijo que te tenía una respuesta, ¿será que vamos a buscarlo?

—No, no es importante. Estoy agotado, solo quiero llegar a casa, mejor vámonos, luego le llamaré —improvisó Carlos, temiendo que si hablaban con él se fuese de la lengua y Karina comenzase a hacer preguntas.

—¿Y si es importante? —refutó ella.

—No lo creo, en cualquier caso mañana le llamo.

Aunque cayó rendido luego de tomarse una dosis triple de *Tylenol* —la que acompañó con un generoso trago de whisky— el descanso le duró poco; cuando abrió los ojos eran apenas pasadas las once. De allí en adelante, a pesar de que se sentía agotado al extremo, no podía quitarse de la cabeza la imagen del hombre disparando a Esmail, cómo había agonizado frente a sus ojos mientras una sangre negruzca brotaba de su boca; también seguía viendo los ojos sin vida de su tío luego de que le alojasen una bala en medio de la frente. No se quiso levantar de la cama para que al menos su cuerpo se recuperase un poco, si bien su mente no dejaba de trabajar. Pensaba en la mejor forma de abordar el asunto del muchacho, lo que por el momento era la tabla de salvación a la cual se aferraba tratando de mantener la cordura, pero las terribles imágenes seguían danzando en su mente. Seguía convencido de que su plan de intercambiar un riñón del joven por una oportunidad en la vida era mucho más de lo que este obtendría por cuenta propia, aunque reconocía que Joaquín tenía razón, sería difícil convencerle, y secuestrarlo no era —o al menos no debería ser— una opción. Por otro lado, sentía que el mundo se le venía encima, por lo que decidió que lo mejor que podía hacer era ir paso a paso hasta ver donde le llevaba aquello.

Por fortuna Karina no le había dedicado siquiera una mirada, por lo que no había notado el chichón en su cabeza. Se levantó al amanecer, tomó una ducha y con tan solo una taza de café en el estómago, decidió comenzar el día, pues era mucho lo que tenía que hacer. La tormenta había pasado, aunque el cielo seguía encapotado. Esperaba que ese día no fuese tan funesto como el anterior.

Pasadas las ocho llegó a *MDT*, en busca de los reactivos que le permitirían determinar el grupo sanguíneo de Chris. Pensaba que siendo sábado, allí estarían solo los empleados del almacén, pero apenas entró se consiguió de frente con el Director.

—Vaya, Parker, hasta que se dignó a aparecer —le dijo el doctor Kennedy.

—¿A qué se refiere, doctor? —respondió, a pesar de que lo sabía muy bien tras haber escuchado los mensajes que la recepcionista le había dejado en su contestadora la tarde anterior.

—Al nido de avispas que tenemos en el *Memorial*, donde se suponía que estaría usted ayer y adonde no tuvo siquiera la cortesía de llamar —dijo el hombre, a punto de perder la paciencia. Carlos Luis pensó que en ese momento lo más apropiado sería dibujarle en la cabeza una cara triste, pero no era momento para bromas.

—Ah… eso —contestó, rascándose la barbilla tratando de crear una excusa coherente—. Ayer fue un día de perros. Primero se me accidentó el carro y tuve que esperar a *AAA* por horas, cuando al fin lograron reparar un circuito eléctrico y continué el camino hacia Chicago, se desató la tormenta. Tuve que bajar del vehículo cuando me quedé atascado en una carretera secundaria y la rama de un árbol se vino abajo y me golpeó en la cabeza —dijo, apartándose el cabello para que el doctor viera el chichón—. Como comprenderá no pude llegar al hospital y mi teléfono perdió cualquier atisbo de señal, por lo que me fue imposible comunicarme —*nada mal para ser inventado al vuelo*, pensó.

—Entiendo —dijo el hombre— pero no veo como eso nos pone en mejor posición, quedamos bastante mal con ellos—. Carlos había esperado un poco de compasión de parte del hombre, pero estaba claro de que eso no formaba parte de su menú de emociones.

—Justo por eso estoy acá hoy. No se preocupe, yo lo resuelvo —mintió Carlos. Ahora tendría que ponerse a investigar lo ocurrido en vez de postergarlo hasta el lunes.

—Eso espero —contestó Kennedy, entrando en su despacho y dando un portazo.

Enseguida consiguió el error en la orden, tomó lo que le hacía falta y se fue sin hacer ruido para no tener que enfrentarse a Kennedy de nuevo.

—¿Despierto tan temprano? —preguntó a Joaquín. Eran apenas las diez.

—No pude dormir mucho —contestó el joven, encogiéndose de hombros.

—Ni me hables de eso. ¿Estás listo?

—Siempre lo estoy. ¿Listo para qué?

—Vamos a ver si nos topamos de nuevo con Chris.

—¿Ya tienes un plan?

Carlos negó con la cabeza. —Se hace camino al andar, vamos a verificar si de verdad es una opción —dijo, mostrándole los antígenos que llevaba en el bolsillo.


Con el pavimento seco llegaron a la zona de descanso en *Beloit* en menos de una hora y se sentaron en la misma mesa que el día anterior a la espera de que apareciese el chico. Luego de una hora sin que diese señales de vida, concluyeron que era tiempo de marcharse. Cuando se dirigían al vehículo, Chris apareció por detrás.

—¡Hey, acá están mis amigos! —dijo el joven en tono jovial.

—¿Cómo estás? —le preguntó Carlos, extendiéndole la mano.

Llevaba la misma ropa del día anterior y su olor corporal se había incrementado.

—Bueno, al menos no llueve. ¿Qué hacen?

—Estamos haciendo unos experimentos —contestó Carlos Luis.

—¿Cómo así?

—Tomamos muestras de sangre de voluntarios para un estudio médico.

El chico los miró extrañado.

—¿Quieres ganarte diez dólares? —intervino Joaquín, seguro de que el joven no había entendido nada de lo que le había dicho su compañero.

—¿Qué tengo que hacer? —respondió, retrocediendo un paso.

—Solo darnos una gota de sangre —terció Carlos Luis.

—¿Sangre? ¿Cómo? —preguntó Chris, entre intrigado y temeroso.

—Ven —contestó Carlos, dirigiéndose a la mesa donde estaban antes.

El chico los siguió con recelo. Carlos sacó una caja plástica de la cual extrajo una aguja y una lámina de vidrio de las que se usan para el microscopio e invitó al joven a sentarse. Joaquín sacó un billete de diez y se lo entregó, lo que le convenció.

—No te preocupes, ni siquiera te va a doler. Dame tu dedo —dijo.

Luego de pensarlo un poco, acercó su mano tímidamente.

—¡Ay! —dijo el muchacho cuando Carlos le pinchó.

—Listo —dijo Carlos luego de derramar tres gotas sobre la lámina.

—¿Quieres un sándwich? —le preguntó Joaquín a lo que el chico asintió de inmediato—. Ven, vamos a buscarlo —continuó, dejando que su compañero preparase la reacción. Cuando regresaron, con tres sándwiches y dos latas de refresco, la cara de Carlos Luis le dijo que el resultado era positivo, lo que este reafirmó con un leve asentimiento de cabeza, mientras el joven se concentraba en destapar el emparedado. Esperó que el chico comiese mientras pensaba en la mejor forma de abordarlo.

—Has pasado la primera prueba, ahora para ver si eres un buen candidato, es necesario realizar otras. ¿Te gustaría ganar más dinero, digamos cincuenta? —El joven asintió—. Bien, para ello tendrías que venir con nosotros.

—¿Ir? ¿Dónde? —preguntó Chris con el entrecejo fruncido.

—A un lugar donde podamos realizar las pruebas de manera correcta.

—No, no —dijo, levantándose abruptamente—. Yo no voy a

ningún lado, yo…

—Espera —intervino Joaquín, pero ya el chico, tras echar mano del último sándwich, había desaparecido corriendo. Carlos se levantó de inmediato, gritándole que esperase, pero Joaquín le dijo que lo dejase, jamás serviría. Se dejó caer en el asiento, frustrado.

—Pero tiene la misma sangre que John —dijo, consternado.

—Conseguiremos a otro. Recuerda que no queremos secuestrar a nadie —replicó Joaquín. Carlos se llevó las manos al rostro, impotente.

Pasaron varias horas recorriendo metódicamente el área circundante en busca de otro posible candidato. Carlos Luis opinaba que haber conseguido a Chris había sido un golpe de suerte y se reprochaba no haberlo manejado con más tacto. Joaquín se mantenía optimista y decía que era solo cuestión de tiempo antes de que apareciese algún otro. Así recorrieron *Porters*, *Belcrest* y *Crestview* sin suerte, hasta llegar a *Shopiere*, donde avistaron varios indigentes, pero no llegaron a establecer contacto con ninguno. Finalmente en *Afton* lograron hablar con uno que se mostró dispuesto, pero el test dio negativo. Carlos Luis, desesperanzado, propuso dirigirse a las afueras de Chicago, donde la densidad de población era mucho mayor. Antes de hacerlo, pararon en *Janesville* a almorzar, ya que ambos estaban hambrientos. Para no perder tiempo se decidieron por un McDonald's y mientras almorzaban, Joaquín se fijó en un terreno baldío contiguo al establecimiento de donde vio emerger a un niño. Cuando terminaron, decidieron acercarse a explorar. El terreno parecía vacío, pero de la nada apareció un joven, quien se les acercó de inmediato.

—¿Qué se les ha perdido por aquí? —preguntó, observándoles de arriba a abajo. No parecía un indigente, iba vestido con un suéter de rayas y unos pescadores, mientras unos zapatos *Nike* completaban su atuendo.

—Andamos en la búsqueda de voluntarios para un experimento— comenzó Carlos Luis con el mismo guion que había utilizado con Chris —. Se trata de…

—Se las chupo por veinte cada uno —le interrumpió el individuo, que aparentaba unos veinticinco. De unos matorrales salió un hombre gordo subiéndose el cierre y Joaquín y Carlos intercambiaron una mirada—. Pero solo eso, nada de trucos.

—No se trata de nada de eso —dijo Joaquín. Carlos sacó un billete de veinte.

—Solo necesito una gota de tu sangre y luego veremos —intervino Carlos, ofreciéndole el billete.

—No se preocupen, no estoy enfermo —dijo el chico, agarrando el billete por un extremo, el cual Carlos no soltó.

—¿Quieres los veinte por una gota de sangre? —le preguntó.

—Soy George —respondió, encogiéndose de hombros.

Carlos le extrajo la sangre y se sentó en una caja vacía a realizar el experimento.

Al cabo de unos minutos, mirando a Joaquín, dijo:

—Es tipo B, nos sirve—. ¿Cuánto considerarías por irte con nosotros? —le preguntó a George.

—Eso depende del tiempo y de lo quieran que haga —respondió.

—Digamos que quiero que pases la noche con nosotros —Joaquín le miró, sorprendido—. No, no, no es nada de sexo, vas a estar muy cómodo y te aseguro que nada te va a pasar —agregó, apurado.

—Sé defenderme muy bien —dijo el chico, arrogante—. ¿Cincuenta les parece bien? No, ochenta mejor.

Joaquín fue a decir algo, pero Carlos le puso la mano en el pecho mientras con la otra sacaba la cartera—. Cincuenta, setenta, ochenta — dijo mientras contaba los billetes, que luego entregó al joven, quien de inmediato los guardó en su bolsillo.

—Antes que nada, necesito ir al baño, es urgente —dijo George, señalando el *McDonald's*. No voy a escapar, si quiere venga conmigo — continuó, señalando a Carlos.

—Yo le acompaño —dijo Joaquín.

—No, deja que vaya, sé que no nos va a engañar —replicó Carlos.

El muchacho arrancó al trote hacia el local.

—¿Te volviste loco? —preguntó Joaquín tan pronto se hubo alejado.

—No se va a ir, somos su gallina de los huevos de oro.

—No me refiero a eso. ¿Qué piensas hacer?

—Nos vamos a la cabaña, en los *Dells*. No vamos a cometer el mismo error. Primero vamos a mostrarle lo que es la buena vida y luego le hacemos la propuesta. Lo peor que puede pasar es que pierda ochenta dólares.

—Querrás decir cien.

—Es un costo razonable —dijo Carlos, encogiéndose de hombros.


Llegar hasta la cabaña desde *Janesville* les tomaría dos horas. Carlos

Luis había recuperado el ánimo, al menos sentía que se encontraba un paso más cerca de salvar la vida de su hijo. Aprovechó el tiempo para interrogar a George, quien el principio se mostró parco, pero rápidamente fue entrando en confianza. Les contó que cuando tenía apenas catorce años, su padre entró en la prisión por el asesinato de su madre —una adicta a la heroína, según dijo— a la cual apuñaló hasta la muerte cuando la encontró con un extraño encima "por un puñado de dinero". También se había cobrado la vida del pobre infeliz, a quien había visto morir con los pantalones abajo. Sin más familiares vivos, fue enviado a los servicios sociales; allí trataron de conseguirle un hogar de acogida, pero tras cuatro años que describió como un infierno, se liberó del sistema al cumplir los dieciocho, momento desde el cual vagaba por las calles. Había aprobado hasta el octavo grado pero había perdido el interés por los estudios. A Carlos Luis le preocupaba que el joven pudiese estar en drogas, pero este les aseguró que —aparte de un poco de hierba ocasional— nunca le habían gustado pues creció viendo a su madre hacer pedazos su vida por culpa de ellas. También aclaró que no sufría ninguna enfermedad venérea y que a pesar de que muchas veces intercambiaba favores sexuales por dinero —principalmente para comprar ropa y comida— siempre se cuidaba. Además, lo suyo no era el sexo duro, les aclaró a manera de advertencia.

Pararon en *Baraboo* para abastecerse de alimentos, lo suficientemente lejos de la cabaña en caso de que alguien les reconociese, ya que no sabían cómo iba a terminar aquella locura. Carlos permitió que el joven tomase de los estantes del supermercado todo cuanto le apeteciera; al final tuvo que decirle que eran víveres para uno o dos días, no para un mes entero. Al menos el setenta por ciento del contenido del carrito eran azúcares, pero Carlos necesitaba que el muchacho —quien les había dicho que tenía veinte años, pero parecía mucho mayor que Joaquín— se sintiese lo más a gusto posible.

Al llegar a la cabaña, Carlos los condujo de inmediato al sótano e instaló al chico en una de las habitaciones, acondicionada para cuando tenía que quedarse completando una de sus cocciones. George de inmediato se quitó los zapatos y se instaló frente al televisor con una enorme caja de galletas.

—¿Están seguros de que no quieren sexo? —les preguntó—. Total, ya pagaron.

Le volvieron a explicar que ese no era su objetivo, aprovechando la pregunta para informarle que en la mañana le tomarían una muestra de sangre para la siguiente prueba.

—No me gustan las agujas —dijo George.

—Quédate tranquilo, ni siquiera lo vas a sentir —le contestó Carlos.

Mientras el joven se regocijaba frente al televisor, Carlos le mostró a Joaquín su mini-planta de cerveza y luego el resto de la propiedad.

—Dime que sabes cocinar —le dijo.

—Por supuesto que sé cocinar —respondió.

—Muy bien, porque yo no —dijo Carlos riendo.

—Me puedes explicar cuál es el plan. Mejor dicho, ¿tienes uno? Es obvio que pretendes que pasemos la noche acá, pero, ¿y después?

—Iremos viendo. Por lo pronto, voy a extraerle la sangre y llevarla a que la analicen para determinar si son compatibles o estamos perdiendo nuestro tiempo. Al menos, se respondió una de tus interrogantes; si llega a no serlo, lo podemos dejar donde le encontramos y nada habrá pasado. Al menos no seremos culpables de ningún crimen. No tengo idea de cuánto tiempo puede tomar el análisis, pero espero que sea rápido. Mañana a primera hora se lo llevaré a Estrada.

—¿Tú no tienes una familia que te espera?

—Buen punto —dijo, mirando el reloj. Eran las ocho y treinta—. Podría llegar a casa antes de las diez, pero no quiero dejarte solo con él. Parece un chico tranquilo, pero después de esas historias que nos contó, nunca se sabe.

—Prefiero que te quedes, pero no sé si eso pueda enredar más las cosas.

—Ya inventaré algo, total, estoy convertido en un mentiroso profesional.


Mientras Joaquín exploraba el lago desde el patio trasero, Carlos Luis decidió llamar a John. Le gustaría estar con él, pero la tarea que estaba llevando a cabo era prioritaria.

—Hola, pá, ¿cómo estás? —dijo, tras contestar al primer repique.

—Todo bien, ¿tú?

—Un poco mareado y con ganas de vomitar.

—El doctor dijo que era normal, son efectos secundarios de la diálisis. Él hizo una receta con una medicina en caso de que te mareases.

—Sí, pero la tiene mamá y no quiero decirle. Lo haré si empeora.

¿Vienes pronto?

—Estoy haciendo algo que… algo que espero que haga que te mejores. No repitas esto, pero si todo sale bien, pronto todo terminará. Sé que puedo confiar en ti.

—¿De qué se trata? —preguntó el joven, ilusionado.

—No te puedo decir ahorita, pero confía en mí.

—Claro que sí, sabes que lo hago.

—Perfecto. ¿Dónde está tu mamá?

—No sé, creo que en su cuarto, ¿la llamo?

—No, es que creo que no voy a llegar hoy a casa.

—¿Ustedes están molestos, verdad? —preguntó.

—Tenemos algunos problemas, pero todo se va a resolver —dijo. No tenía corazón para mentirle, pero no quería echarle la culpa a Karina.

—Ojalá así sea.

—Yo también lo espero —dijo Carlos, casi en un suspiro.


Joaquín preparó una cena deliciosa. Pollo empanizado y arroz aderezado con vegetales, acompañado de un enorme bol de ensalada César. Agregó crema a unos enrollados de canela refrigerados que parecían caseros. Carlos Luis prefería mantener al chico en el sótano, por lo que bajaron la comida hasta allí. George la engulló como si hubiese estado perdido en la selva por meses.

—¿Te gustó la cena? —le preguntó Joaquín.

—Riquísima —contestó, todavía con la boca llena.

Carlos Luis le trajo una franela, unos shorts y ropa interior de John y le dijo que podía tomar una ducha. El chico arrugó la cara pero tomó las prendas. Dijo que iba a continuar en la TV. Desde que Joaquín le había mostrado *Prime Video*, no paraba de ver capítulo tras capítulo de *The boys*, una serie de superhéroes; no la típica, sino una donde aquellos eran moralmente cuestionables.

Joaquín y él subieron y se dirigieron al patio trasero con una pequeña cava llena de cervezas de su propia producción, las cuales el joven encontró (o al menos eso dijo) muy buenas. Luego de la cuarta, tras un largo silencio, Carlos le preguntó por su familia. Su padre, le contó, era un hombre rico. Tenía veinte concesionarios de vehículos dispersos en *Wisconsin*, *Iowa* e *Illinois*. Todo iba bien hasta que cumplió los dieciséis, cuando decidió hacer pública su orientación sexual. El hombre, un conservador radical le echó de casa a pesar de las súplicas de su madre, quien le continuó ayudando sin que este lo supiera. Viviendo en casa de amigos logró culminar el bachillerato, pero un cáncer fulminante segó la vida de su madre en menos de seis meses, lo cual lo dejó destrozado. Sin recursos y prácticamente huérfano, abandonó los estudios, habiendo aprobado solo dos semestres de Ingeniería Informática. Luego de un año sin rumbo, decidió tomar de nuevo las riendas de su vida, aunque sin la posibilidad de costear su formación, por lo que consiguió un trabajo y dedicó todo su tiempo libre a estudiar por su cuenta. Pronto comenzó a mostrar progresos y poco a poco se convirtió en un excelente programador. Descubrió la internet profunda y logró reunir para alquilar el apartamento que ocupaba en la actualidad. Buscando hacer un poco de curriculum, ingresó a *MDT* en calidad de pasante. Aunque la paga era muy poca, allá tenía la posibilidad de manejar toda la infraestructura tecnológica de la empresa, lo que le había dado mucha experiencia, que esperaba le sirviese más adelante para conseguir una buena posición como gerente de tecnología en una firma importante.

Carlos Luis quedó sorprendido por la historia y sintió ganas de abrazarlo. Sentía remordimiento porque cuando pensaba que el joven lo miraba con lujuria, lo más seguro era que estuviese viendo en él al padre que nunca tuvo, a pesar de que no tuviese la edad para serlo. Lo más impresionante es que se había entregado por completo a la tarea de salvar a John sin esperar nada a cambio.

—¿Te animas a nadar en el lago? —preguntó Joaquín.

—Ni loco, el agua debe estar helada.

—No seas cobarde, eso es bueno para la circulación.

—Primero muerto —dijo Carlos Luis riendo.

—Yo sí —dijo Joaquín, despojándose de la ropa.

Carlos entró a la casa en busca de una toalla.


Cuando bajaron a ver qué estaba haciendo George, quien sin saberlo, estaba encerrado en el sótano —Carlos Luis había puesto el candado desde afuera, como una simple precaución—, este continuaba hipnotizado con la televisión.

—¿Estás cómodo? —le preguntó Carlos.

—Sí, claro. Es el mejor trabajo que he tenido en meses —contestó, riendo.

—¿Necesitas algo? —preguntó Joaquín.

—Podría tomar un refresco y comer más galletas —dijo, apenado.

—Ya te las busco —replicó Carlos, subiendo a la cocina.

—¿En verdad no quieren más nada de mí? —le preguntó George a Joaquín.

—Es verdad. Somos personas de palabra.

—Mejor así —dijo el joven, encogiéndose de hombros—. Ustedes se lo pierden.


Joaquín durmió en el cuarto de huéspedes. Carlos Luis se levantó a las seis de la mañana, luego de haber dormido mejor que la noche anterior y le despertó. Prepararon el desayuno, el cual bajaron al sótano, donde George dormía con el televisor encendido y el control remoto en la mano. Un hilo de baba se deslizaba de su boca abierta. Cuando Joaquín le tocó el hombro para despertarle, dio un brinco, sobresaltado como quien está acostumbrado a mantenerse alerta ante los peligros latentes que le circundan.

—¿Dormiste bien? —le preguntó.

—¿Dónde estoy? Ah, ya —dijo, adormilado.

—Voy a sacarte un poco de sangre antes de que desayunes —le dijo Carlos, quien tenía los instrumentos preparados. El chico se tapó el brazo con la mano.

—¿Está seguro de que no va a dolerme? —preguntó.

—Apenas sentirás un pinchazo —respondió, mientras le colocaba una liga en el brazo. George estaba bastante delgado y le costó conseguir su vena, en parte porque no tenía experiencia realizando el procedimiento, pero tan pronto la consiguió en un momento extrajo la sangre, tras lo cual le colocó un algodón—. Listo, aprieta aquí —le dijo llevando la mano del muchacho al lugar que acababa de tapar.

—¿Eso es todo? —preguntó George, con una sonrisa en el rostro.

—Es todo, ahora ve a desayunar.

El joven se levantó y se dirigió a la mesa, atraído por el aroma del café.


Carlos Luis esperaba que a pesar de ser domingo, el doctor Estrada se encontrase en el hospital. También esperaba, y se lamentó de no haberse instruido más al respecto, que no se necesitase sangre de John para estudiar la compatibilidad. Confiaba en que se pudiese determinar a partir de los exámenes previos, sin embargo no podía hacer nada al respecto. Cuando llegó al centro médico eran cerca de las

114

nueve y una enfermera le dijo que el doctor se encontraba en el quirófano, pero que debía salir pronto. Estaba ansioso por conocer el resultado y a pesar de que todavía existían muchas interrogantes, tenía la esperanza de que fuese por el buen camino.

—Doctor Estrada, buenos días —dijo, abordándolo tan pronto le vio.

—Señor Parker —contestó el médico—. ¿Tiene noticias? —preguntó.

—En efecto —dijo, entregándole los dos tubos de ensayo que contenían la sangre extraída a George. Aunque uno debería bastar, nunca está de más ser precavido, había pensado—. Roguemos que sea compatible.

—Por favor, recuerde lo que le dije el otro día, señor Parker. No solo me estoy jugando mi licencia acá, sino la residencia —dijo Estrada con expresión grave.

—¿Cómo su residencia?

—Me encuentro en medio de una solicitud de asilo, pues las cosas en mi país están muy mal y la más mínima infracción detendría el proceso y haría que fuese deportado. Créame que es lo último que deseo.

—No se preocupe, eso no va a pasar —dijo Carlos, tragando duro. Lo único que le faltaba era que deportasen al doctor por su culpa. Pensó que estaba dejando una estela de destrucción a su paso, pero de inmediato apartó el pensamiento, sustituyéndolo por otro: *El universo tiene que ayudarme, es la mierda que dicen, ¿que si deseas algo de verdad y te enfocas en eso, vendrá a ti?*

—Espero que así sea.

—¿Para cuándo podemos tener los resultados? —dijo, señalando con la boca los tubos de ensayo.

—Los enviaré de inmediato. Supongo que mañana o pasado.

—Trate de que sea lo más expedito posible, se lo ruego. Estoy ansioso y me preocupa que la ventana pueda cerrarse.

—¿A qué se refiere? —preguntó el médico, intrigado.

—Eh… me preocupa la salud de mi hijo, mientras más pronto, mejor —titubeó Carlos. No podía decirle que todo pendía sobre un delgado hilo en el cual se balanceaba un joven inestable, mientras él y Joaquín trataban de mantener firmes sus extremos.

—Haré lo que pueda, le llamaré tan pronto sepa algo.

115

Decidió hacer una parada en casa para ver a su hijo. La sonrisa que traía desapareció cuando vio la cara de Karina al entrar.

—Recordaste que tienes una familia —fue su recibimiento.

—Lo siento, cariño —fue lo único que atinó a decir. Ni siquiera se molestó en tratar de besarla, previendo cuál sería su respuesta.

—Supongo que tus putas te habrán dado un respiro —replicó ella, mientras fingía doblar una ropa para esquivar su mirada.

—Ya te dije que lo que estoy haciendo no tiene nada que ver con eso —dijo en el tono más bajo que podía, casi un susurro, mientras miraba hacia los lados. No quería que John les viese discutir, sabía que le afectaba profundamente.

—¿Entonces de qué se trata? Abandonarnos justo cuando más te necesitamos…

—Ya te lo dije el otro día —replicó Carlos, dominado por la ira. Si de algo no le podían acusar, era de abandonar a su familia. Estaba dispuesto a ir al infierno y volver para protegerla. Esta vez, ni siquiera admitir que Karina merecía más que una explicación sirvió para calmarle. La tomó por el codo y la llevó a la cocina, casi a rastras.

—¡Suéltame, me haces daño! —dijo ella, hecha una furia.

—Te lo dije y te lo voy a repetir una vez más —replicó él, con los ojos desorbitados. Un poco de saliva se acumuló en la comisura de sus labios—. Lo que estoy haciendo, créeme que no quieres saber de qué se trata, tiene el único propósito de salvar a John, aunque al hacerlo es posible que también se salve lo que queda entre nosotros. No puedo creer que puedas ser tan egoísta y no darte cuenta…

—¿Egoísta yo? —le interrumpió—. ¿Tienes las bolas de llamarme egoísta?

—Claro que sí. ¿Cómo es posible que me acuses de infidelidad cuando lo único que hago es rebanarme los sesos para buscar una solución que, como sabes muy bien, no va a llegar por otra vía? Eso sin contar con tu actitud, que te aseguro que no es la mejor…

—No sé ni de qué hablas, ¿acaso eres Dios o *Superman*? ¿Es qué tienes una varita mágica que va a materializar un riñón? —Carlos Luis sonrió para sus adentros, lo que le ayudó a calmar un poco la rabia que sentía. *En efecto, es justo lo que tengo, pero no lo entenderías*, pensó, aunque no lo dijo.

—Puedes confiar en mí si quieres, o puedes pensar lo que se te venga en gana, lo único que te pido es que no te interpongas, tengo suficientes problemas para lidiar con otro —respondió y con las mismas se volteó, dejándola hablando sola. Se fue a la habitación de

John a pasar un rato con él, la razón por la que había ido a la casa.

En la cabaña, todo seguía igual. Encontró a Joaquín leyendo las noticias desde su teléfono.

—¿Cómo está George? —le preguntó.

—Sigue adherido a la televisión. Traté de hablar con él pero no me prestó atención.

—Mejor así. Estrada me dijo que los resultados deben estar el lunes o martes.

—¿Qué vamos a hacer con el muchacho? No es que quiera irse, pero...

—Ya hablaremos con él. Lo necesitamos acá hasta entonces.

—Mira esto —dijo Joaquín, pasándole el teléfono, en cuya pantalla se veía una noticia aparecida en el *Journal Star*, lo que le aceleró el pulso. Decía:

*"El gobierno iraní identificó al fallecido en el tiroteo del pasado viernes. Aseguró que se trata de Esmail Mohammadi, buscado por conspirar contra el gobierno. Según un vocero de la embajada, el hombre era solicitado por los delitos de conspiración para delinquir, traición a la patria y tráfico de armas, entre otros. Las autoridades locales aún no han emitido un comunicado oficial, pero una fuente que no quiso ser identificada aseguró que cualquiera que disienta del régimen en Irán puede ser acusado de esos o aún de peores delitos. Lo que se sabe es que Mohammadi había ingresado al país de manera ilegal. Las investigaciones se encuentran en un punto muerto, por lo que es muy posible que el caso sea cerrado bajo el comodín del ajuste de cuentas..."*

—Creo que por ese lado estamos bien —dijo, sin terminar de leer la noticia.

—Tuvimos suerte, la cosa pudo haberse complicado —dijo Joaquín, asintiendo.

Bajaron al sótano a ver cómo se encontraba George.

—Creo que va siendo hora de que tomes una ducha —le dijo Carlos.

—En un rato lo haré —replicó este, sin apartar la mirada de la TV.

—Vamos a necesitar que te quedes una noche más, si no te importa.

—Para nada, estoy cómodo —respondió el joven, pausando el programa que estaba mirando—. ¿Necesitan que haga algo más? —preguntó.

—Por ahora no, solo hay que esperar a que estén los resultados del examen.

—¿Me van a pagar más? —preguntó. Joaquín y Carlos Luis se miraron.

—Toma —dijo Carlos, entregándole dos billetes de veinte. ¿Suficiente?

El chico los tomó, encogiéndose de hombros y guardó el dinero.


Mientras preparaba la cena, el móvil de Joaquín comenzó a emitir una alarma.

—Oh, oh —dijo al escucharla.

—¿Qué? —preguntó Carlos Luis.

—Problemas. Esa alarma suena cuando se detiene un equipo en *MDT*. Revuelve esto aquí —dijo, entregándole la cuchara, mientras alcanzaba el celular.

—El servidor principal está fallando —comentó, tras manipular el aparato.

—¿Es decir?

—Necesito ir allá a primera hora. Si no, nadie va a poder trabajar.

—Yo también debería ir.

—¿Podemos dejarlo solo?

—No creo que sea buena idea. ¿Cuánto tiempo te tomará repararlo?

—Una hora, a lo sumo dos, depende del daño.

—Ni modo, tendrás que ir tú, es más importante. Cuando regreses, iré yo.

—Puedo salir a las cinco y estar de vuelta como a las nueve.

—Perfecto, así lo haremos. Podría llamar y reportarme enfermo, pero necesito asegurarme de que salga una Orden enorme para un hospital en Chicago, mi mayor cliente, la cual hice mal por estar distraído. Todo esto es demasiado —dijo Carlos, cubriéndose la cara con las manos.

—Lo estás haciendo bien —dijo Joaquín, dándole una palmada en la espalda.

—El sábado traté de arreglarla, pero mi mente estaba en otro lado. No estoy seguro de que lo haya hecho bien y necesito confirmarlo, no quiero problemas con Kennedy.

—Ni menciones a esa rata miserable, me tiene los huevos hinchados.

Una nueva tormenta se había desatado durante la madrugada del lunes. Joaquín dejó *Wisconsin Dells* en medio de un torrencial aguacero que disminuía la visibilidad, por lo que la hora que debía tomarle el recorrido se convirtió casi en dos. Así y todo fue el primero en llegar a la oficina, donde se puso a trabajar de inmediato. La tarjeta madre del servidor principal se había quemado, llevándose consigo dos discos rígidos. Más adelante tendría que averiguar qué podría haber causado el incidente, pero por lo pronto se las arregló con piezas del servidor de respaldo. Esperaba que la fluctuación eléctrica debida a la tormenta no fuese a causar un nuevo daño. Chequeó la fuente ininterrumpida de poder y logró restablecer todos los servicios justo cuando el reloj marcaba las nueve.

John se sentía mareado de nuevo y estuvo a punto de no ir a la escuela, pero prefirió hacerlo antes que ver la cara de su madre toda la mañana, quien a pesar de que trataba de disimularlo, se encontraba de un humor de perros. Se ofreció a llevarlos en el carro debido al inclemente clima, pero armados con sus impermeables y ante la protesta de ella, prefirieron caminar hasta el instituto. Manuel sugirió que se quedasen en su casa, pero John optó por ir a la escuela, el tener algo que hacer a lo mejor hacía que la sensación desapareciese. Le costaba concentrarse e incluso las matemáticas que se le daban tan bien le estaban costando esa mañana.

Mientras Joaquín emprendía el regreso hacia la cabaña en medio de los truenos que explotaban en el cielo y con los limpiaparabrisas sin darse abasto para contener la cortina de agua, Carlos Luis conversaba con George, tratando de establecer lazos que le permitieran, en caso de que se comprobase la compatibilidad con John, poder convencerle para que donase su riñón a cambio de algún beneficio económico, lo cual sabía que no iba a ser tarea fácil, aunque confiaba en persuadir al joven, para quien lo material parecía ser primordial. Se le aceleró el corazón cuando escuchó repicar su teléfono, pensando que podría ser Estrada con los resultados, a pesar de que era temprano para eso. Se decepcionó al ver que le llamaban de la oficina. Era la recepcionista diciendo que el doctor estaba furioso preguntando por él, pues lo de Chicago aún no se solucionaba. Kennedy quería hablar con él, pero Carlos le dijo a la muchacha que se encontraba con un cliente (lo cual era una mentira a medias), que le dijera al doctor que tan pronto terminase iría para allá y lo solucionaría. Al final ella aceptó, a sabiendas de que se tendría que aguantar el chaparrón del hombre.

\* \* \*

*Esmail le perseguía por un largo corredor mientras iba dejando tras de sí un rastro de tripas sanguinolentas. Tenía un enorme hueco en la región media del torso por donde introdujo su mano y extrajo su riñón izquierdo, diciéndole que por favor le pagase la mitad restante. John lloraba mientras Joaquín le abría la espalda con un cuchillo de cocina y sacaba de su interior un riñón negro que despedía un nauseabundo olor, mientras él llegaba con el riñón del iraní en la mano y se lo entregaba a Estrada, quien reía a carcajadas diciendo que el órgano era muy grande para el cuerpo del muchacho, tomaba el cuchillo de Joaquín y le rebanaba un pedazo. George se encontraba desnudo y le ofrecía chupársela al doctor quien le decía que podía hacerlo tan pronto conectase el riñón. Karina aparecía vistiendo tan solo una tanga y restregaba sus tetas contra la cara del joven, pero entraba Jahangir en el quirófano improvisado con los ojos en blanco mientras su masa encefálica rezumaba por el hueco que tenía en la frente, lo que no le impedía tomar a la mujer desde atrás; tras rasgarle su única pieza de ropa, apartaba a John de la camilla, tumbándole al suelo, lo que le arrancaba otro alarido de dolor, acostaba a la mujer y comenzaba a penetrarla con fuerza. Estrada y George aplaudían, mientras Joaquín trataba de incorporar a John y le quitaba el órgano sangrante de la mano al doctor para tratar de introducirlo en el cuerpo del joven. Manuel abofeteaba a Karina, quien aullaba de placer y esta le miraba con rabia. Esmail llegaba arrastrándose, sudoroso, rogando que salvasen a su mujer y a su hija, y comenzaba a golpearle en el hombro…*

—Carlos, despierta —escuchó una voz a lo lejos.

—¿Qué pasó? Ayúdenlo, no dejen morir a mi hijo, por favor —dijo, desorientado, con lágrimas en los ojos, tratando de enfocar a la sombra borrosa que tenía encima.

—Ya está, tuviste una pesadilla —dijo Joaquín, todavía sacudiéndole el hombro.

—Fue terrible, creí que me iba a volver loco —dijo Carlos, incorporándose. Su camisa se encontraba empapada en sudor. Se había quedado dormido en el sillón ubicado en la entrada del cuarto donde George, quien ni siquiera había notado la llegada de Joaquín, continuaba embelesado mirando la televisión.

—¿Qué hora es? —preguntó, todavía desorientado.

Otro trueno explotó en el cielo, haciendo retumbar los cimientos de la cabaña.

—Casi mediodía, me retrasé porque la vialidad está terrible.

Carlos se incorporó rápidamente y tuvo que agarrarse de Joaquín para no caer.

—¿Estás bien?

—Sí, creo que me levanté muy rápido.

—No es prudente que salgas, el clima empeora a cada minuto.

—Tengo que hacerlo, me llamaron y lo de Chicago parece que está peor.

—Inventa una excusa, di que el camino está bloqueado, yo qué sé.

—No, creo que Kennedy no va a aceptar una excusa.

—¿No puedes resolverlo por teléfono?

—Tengo que hacerlo en persona, es grave —dijo, negando con la cabeza.

—Tienes que tener cuidado, hay muchos accidentes en la autopista. Me tomó más de dos horas llegar aquí.

—¿Has escuchado la expresión llueva, truene o relampaguee? Fue inventada para situaciones como esta —dijo Carlos.

El suministro eléctrico falló y George dio un grito desde el cuarto, cuando el sótano quedó a oscuras por casi un minuto, tras el cual volvió la energía en medio del parpadeo de los bombillos.

—Es lo que nos falta —dijo Joaquín.

—Creo que se activó la planta, por eso el parpadeo.

—¿Que autonomía tiene?

—Suficiente, es común el corte de energía, sobre todo durante el invierno.


No tanto por los gritos de Kennedy como por lo que descubrió al revisar en detalle la Orden problemática del *Chicago Memorial*, Carlos Luis Parker supo que ese sería su último día de trabajo en *MDT Medical Supplies*. En un intento desesperado por concretar la venta, había tratado de conseguir un descuento atractivo. Aunque el 5% era su límite permitido, había probado con otros y al final, distraído, se olvidó de volver al cinco, por lo que el presupuesto salió con un descuento del 15%, el cual por supuesto el hospital aceptó de inmediato. La diferencia entre los dos descuentos ascendía a más de $400,000. Cuando el sistema emitió la Orden de Entrega, arrojó un error por la discrepancia en los precios. Al revisarla dos días atrás, pensó que el error estaba en que el presupuesto había sido emitido a nombre de un departamento nuevo del centro médico que aún no había registrado en el sistema y al agregarlo supuso que quedaría solventado. El Director todavía no se había enterado, pero cuando lo hiciera, sería su fin, ya que se vería obligado a asumir el error so pena de perder la relación con el cliente, el mejor de *MDT*.

Esto podría estropear sus planes, pero no estaba dispuesto a perderlo todo.

Se sentó en su escritorio y se dispuso a inclinar la balanza a su favor.

# 6

Carlos Luis encontró a Joaquín tratando de explicarle a George que mientras no se restableciera el servicio de internet, interrumpido a causa de la tormenta, no podría continuar viendo *True Blood*, la serie de vampiros que le mantenía pegado al televisor. Le aseguró que la interrupción no duraría mucho —aunque no estaba seguro de ello— y le convenció de que se conformase con la programación del cable, lo cual aceptó a regañadientes.

Carlos le indicó por señas que subiese.

—¿Traes malas noticias? —preguntó Joaquín al ver la cara de su amigo—. En cualquier caso el chico no es tan dócil como parece, puede convertirse en un problema.

—Eso lo veremos luego, por los momentos hay cosas más importantes—. Le contó acerca de cómo había cometido un error garrafal en la orden del *Memorial*, lo que temía, causaría su despido inmediato.

—A lo mejor estás exagerando, debe haber otra solución.

—No la hay. No estamos hablando de mil dólares y en el mejor de los casos, si Kennedy accediera a descontármelos, tomaría años cubrir esa cantidad. Estoy seguro de que tan pronto lo descubra, gritará, maldecirá y al final hará rodar mi cabeza.

—Tu eres un supervisor, manejas muchos clientes.

—¡Para lo que le importa! Uno de los nuevos vendedores, Kramer, es un hombre ambicioso y sé que anda detrás de mi puesto. Vive besándole el culo a Kennedy y el tipo vende bien, así que no me extraña que pronto esté ocupando mi escritorio.

—No nos adelantemos, ya buscaremos qué hacer si llegase a ocurrir.

—No, en este caso no es una buena estrategia. Ya me adelanté a lo que va a ocurrir.

—¿A qué te refieres? —preguntó Joaquín.

—Es una medida desesperada, creo que lo mejor es que no te la cuente hasta ver si es necesario —dijo Carlos, cubriéndose la cara con las manos.

—Es mejor que lo sepa de una vez. Ya me acostumbré a tus locuras.

—Total, en algún momento tendré que hacerlo —replicó el hombre, encogiéndose de hombros—. Para esto vamos a necesitar tus habilidades de *hacker*.

—¿Qué? No quiero involucrarme otra vez con la *Darknet*.

—Yo menos, no se trata de eso.

—¿Entonces?

—Si me llegasen a despedir, voy a perder el seguro médico, lo cual como te podrás imaginar tiene graves consecuencias. La primera es que el costo de la diálisis de John ya no va a estar cubierto. Aunque mis esperanzas están cifradas en que pronto pueda realizarse el trasplante, bien sea de George o de otra persona, no es algo con lo que se pueda jugar. Por esa razón, anticipándome —Carlos hizo comillas en el aire— compré una máquina de diálisis.

—¿Compraste? ¿Cuánto cuesta eso?

—¿Cuál parte de las comillas no entendiste?

—¡No! ¿Robaste una de esas máquinas?

—¿Crees que en *MDT* dan descuento de empleado? —replicó Carlos.

—Pe-pero, ahora sí es verdad que te volviste loco.

—Hace rato...

—¿Estás bromeando, verdad? Por favor dime que sí.

—¿Acaso me ves riendo?

—No entiendo nada. Explícame.

—Es simple. La diálisis es un proceso que mucha gente hace en casa.

—Ajá, ¿y?

—Si me despiden, John podrá seguir el tratamiento.

—¿En su casa?

—Aquí.

—¿Cuánto cuesta una máquina así?

—Dieciséis.

—¿Dieciséis mil dólares?

—No, rupias —ironizó Carlos Luis.

—Sigo pensando que estás de joda.

—No es que esté orgulloso, pero a veces un padre hace lo que tiene que hacer…

—¿Estás consciente de que eso es un delito mayor? —le interrumpió Joaquín.

—Lo estoy. Allí es donde entras tú.

—¿Qué tengo que ver yo con eso?

—Lo del *hacker*.

—No entiendo un carajo.

—Como comprenderás, las Órdenes siguen un proceso antes de ser despachadas.

—Obvio.

—El sistema no va a permitir que la máquina sea enviada a una residencia.

—Creo que voy entendiendo. Quieres que yo la intervenga.

—¡Bingo! Pero espera. No quiero que te involucres.

Joaquín soltó una carcajada, la cual contenía más nervios que humor.

—Es decir, *hackeo* el sistema pero no me involucro.

—Es la idea —dijo Carlos, encogiéndose de hombros.

—Definitivamente perdiste la cabeza.

—Si nos descubren, perdón, si me descubren…

—Elimina el condicional, claro que nos van a descubrir.

—Bueno, cuando lo hagan, diremos que yo te obligué.

—Ah claro, así vas a la cárcel tú solo.

—Exacto.

—Me parece el peor plan del mundo.

—Aún no te he contado todo.

—¿Es qué hay más?

—Uff, ahora es cuándo.

—A ver, dime.

—Espera, paso a paso, ¿recuerdas?

—Ajá.

—¿Se puede hacer? Digo, ¿es factible?

—Todo es factible.

—Esa no es una respuesta.

—Claro que se puede.

—¿Lo harás?

—Sigo pensando que es una pésima idea, pero lo haré.

—Vamos con la logística. ¿Puedes hacerlo desde aquí?

—Claro, con mi súper *iPhone* versión *hacker*. Por supuesto que no.

—Con una *laptop,* me refiero.

—Tal vez pudiera hacer una chorrada, pero para hacerlo bien necesito mis equipos.

—¿Todo el aparataje que tienes en tu casa?

—Buena parte.

—¿Qué haces aquí, que no estás yendo a buscarlos? —dijo Carlos con una sonrisa.

—¿Ahorita?

—No, el mes que viene.

—Regresaste con un humor ácido.

—No todos los días se pierde un puesto que te costó quince años conseguir.

—Quédate tranquilo, todo va a salir bien.

—Seguro, te enviaré postales desde la cárcel—. Carlos soltó una amarga carcajada.

—Sería bueno que me explicases el resto.

—Es más de lo mismo, ya hablaremos.


Aunque no llovía, el gris oscuro del cielo sugería que en cualquier momento se desataría un nuevo arrebato de furia eléctrica desde las alturas. Carlos Luis se encontraba inquieto y a pesar de que no era su costumbre, se sorprendió mordiéndose las uñas. Bajó al sótano y trató de entablar una conversación con George, quien estaba concentrado mirando un maratón de *Friends* y apenas respondía con monosílabos. Solo preguntó cuándo volvería la internet. Llamó a la compañía, donde le aseguraron que estaban trabajando en eso y que muy pronto se restablecería el servicio, lo que interpretó como que no tenían ni la más remota idea, pero le transmitió al joven el mensaje tal como lo había recibido. Preparó más café y buscando matar el tiempo, se sentó a tratar de releer una novela de Grisham, Siete vidas —la cual tomó de la biblioteca de Karina— pero se dio cuenta de que había leído cinco páginas y no sabía ni de qué se trataba la historia. Su mente era un torbellino de pensamientos, malos en su mayoría y sentía que de verdad estaba a punto de volverse loco. Se reprochaba el no haber puesto más cuidado con la Orden del *Memorial,* pero su nivel de agotamiento tuvo mucho que ver con su equivocación. Tal vez le hubiese sido más rentable pedir un permiso no remunerado en el trabajo mientras resolvía pero estaba claro que de nada le servía arrepentirse. Tenía que seguir adelante, era la única esperanza para John. Si como decía Joaquín, terminaba en la cárcel, pues así sería, lo único que importaba era la vida de su hijo. Llamó a Estrada para preguntarle si tenía noticias del laboratorio, este le dijo que como acordaron, lo había enviado con prioridad máxima, por lo que en cualquier momento tendrían la respuesta. Trató de comprender a Karina, pero en su agotada mente no había manera de justificar su comportamiento. Tal vez fuese su forma de reaccionar ante el estrés que estaban viviendo, pero ni eso le reconfortaba. Pensó que tal vez debería reunirse con ella y explicarle lo que se proponía, total, las cosas no podían estar peor. Salió al patio trasero con una cerveza en la mano a la espera de que volviese Joaquín y se dio cuenta de que no había pasado siquiera una hora desde que se había marchado. El lago era un espejo negro y tras los árboles vio que un venado le observaba, lo que le arrancó una sonrisa. Trató de acercarse, moviéndose lentamente, pero el animal se marchó a la carrera. Llamó a John con el simple propósito de escuchar su voz, pero la llamada fue directo al buzón de voz y supuso que todavía no había regresado de la escuela. Le dejó un mensaje diciéndole que le quería.


Joaquín regresó justo cuando comenzaba el segundo festival de truenos. Apenas había terminado de bajar los equipos del vehículo cuando se destapó un nuevo aguacero; Carlos Luis le ayudó a trasladarlos hasta el estudio, el cual había acondicionado para que los instalase. El servicio de internet seguía muerto, pero el joven venía armado con una antena satelital —que de inmediato instaló en una ventana— lo que les proveería servicio de internet a gran velocidad sin importar el estado del clima. Mientras Joaquín comenzaba a conectar los aparatos, Carlos bajó a darle la buena noticia a George. Tras introducir la nueva clave del *wi-fi* en el televisor, el joven aplaudió al ver que el servicio de *streaming* de video recuperaba la vida.

—¿Tengo que irme hoy? —le preguntó con timidez.

—No, no tienes que hacerlo —contestó Carlos—. Pero no tengo efectivo.

—No se preocupe, no hace falta.

—Igual te lo daré luego —dijo Carlos, contento porque ahora tenía el control.

—¿Vamos a almorzar pronto? Es que tengo mucha hambre.

—Sí, en un rato —le contestó antes de subir.

Joaquín continuaba realizando las conexiones pertinentes entre los equipos.

—Creo que voy a ordenar una pizza para no tener que cocinar.

—Carlos, no creo que con este clima estén entregando a domicilio.

—Tienes razón, iré por ellas mientras terminas con eso.


Cuando salía de *Domino's*, cargado con tres pizzas grandes —lo que parecería una exageración a quien no hubiese visto comer a George— vio que se acercaba la señora Robertson. Aunque trató de pasar desapercibido (ahora más que nunca, no le convenía que le viesen por allí) ya la mujer se acercaba. Betty Robertson, quien vivía cerca de ellos en *Middleton* y también tenía una propiedad en los *Dells*, era una amiga de su esposa cuyo único oficio era meterse en lo que no le importaba, según las propias palabras de Karina. Era una mujer de unos sesenta años de caderas generosas que siempre llevaba un pobre perrito en una cesta. Su voz era lo más semejante a un chillido que Carlos Luis había escuchado.

—Señor Parker, gusto en verle, no sabía que estaban por acá —le dijo la mujer.

—Eh… no, solo vine a buscar unas cosas a la cabaña.

—Ah, por la cantidad de pizza pensé que hasta invitados tenían — dijo, riendo.

—No, no, es que tengo unos trabajadores en la casa.

—Muy bien, ¿qué están haciendo?

—Reparando el techo, por las lluvias —improvisó, a punto de perder la paciencia.

—Oh, ya veo. ¿Y Karina está en la cabaña? —preguntó.

—No, no vino. Disculpe, señora Robertson, me tengo que ir —dijo, apurado.

—Mándele saludos —dijo mientras Carlos se acercaba a su vehículo a paso veloz.


Joaquín estaba debajo de la mesa ajustando los equipos cuando Carlos llegó.

—Vamos a almorzar y luego terminas con eso.

—Ve bajando, te alcanzo en un instante.

Los ojos de George brillaron al ver las cajas. Para cuando Joaquín llegó, cinco minutos más tarde, le faltaba poco para haber despachado la mitad de una de las pizzas de *pepperoni* y la mitad de una botella de refresco de dos litros. Carlos y él compartieron una de queso y ni siquiera llegaron a terminarla, de lo que se encargó el muchacho. Guardarían la tercera para la cena.

Mientras el chico volvía a la televisión —no lograban entender cómo podía pasar todo el día frente al aparato— y Joaquín se disponía a prender los equipos, repicó el móvil de Carlos, quien lo sacó de su bolsillo de inmediato pensando que sería Estrada. Cuando vio que le llamaban de la oficina, frustrado, mandó la llamada al buzón de voz.

—Listo —dijo Joaquín al tiempo que una versión reducida del ejército de luces cobraba vida—. Explícame que es lo que quieres que haga.

—Son varias cosas —comenzó Carlos—. Lo primero es buscar la manera de cambiar la dirección de envío. Yo creé las Órdenes a nombre de la Clínica Mayer, la nueva a la que fuimos a hacer la presentación hace poco, ¿recuerdas?

—Pensé que habías dicho que habías colocado esta dirección —dijo Joaquín, divertido. Tenía los brazos cruzados mientras Carlos Luis mordisqueaba sus uñas.

—No, lo que quise decir es que cuando el sistema vaya a realizar el envío, o a imprimir las etiquetas, ni sé cómo se maneja eso, si encuentra una dirección residencial, lo más seguro es que rechace la Orden. El sistema es muy delicado, te lo aseguro. Pensé que asignarla a ellos sería lo más fácil, ya que estamos dotándolos de todos los equipos, así que nadie se detendría a mirarla.

—¿Te parece que el sistema es malo? —preguntó el joven.

—No, es mucho mejor que el anterior, pero es muy estricto.

—El sistema lo programé yo —dijo Joaquín entre risas—. A lo que llamas estricto, se llama seguridad. El sistema viejo hacía agua por todos lados, sin contar que lo podría *hackear* hasta una monja ciega.

—Haber empezado por allí, en vez de dejarme hacer el ridículo.

—Quería ver qué soluciones eras capaz de plantear.

—¿Pero se puede hacer? *Hackearlo*, digo.

—No es necesario *hackear* nada. En el sentido estricto de la palabra, *hackear* significa acceder a un sistema sin consentimiento. En este caso, yo soy el administrador del mismo, ingreso en él todo el tiempo para hacer mantenimiento o cuando es necesario realizar algún cambio.

—¿Entonces no quedará traza de que tú fuiste quien lo hizo?

—Claro que no, yo sería el único que podría darme cuenta.

—Eso es bueno, así quedará todo bajo mi responsabilidad.

—Creo que podemos hacer algo.

—¿A qué te refieres?

—Podemos alterar la orden para que parezca que la hizo otro.

—Pero cuando vean el destino, igual llegarán acá.

—No necesariamente. Se puede cambiar la guía de envío, dejando todo en el sistema como si en efecto se despachó a la clínica y luego yo puedo alterar los registros de la compañía de transporte. Incluso, ya que dices que hay tanto volumen de entrega hacia ellos, quizás ni siquiera lo noten, o lo hagan mucho tiempo después.

—Suena bien. ¿Cómo sabes que podrás intervenir a la transportista?

—Bah, pan comido. Déjamelo a mí —contestó Joaquín.

—¿Para qué quieres entonces cambiar el emisor de la orden?

—Para eliminar todo rastro. ¿Se te ocurre a alguien para cargarle el muerto?

—No... espera, claro que sí —dijo Carlos Luis, excitado—. Marcus Bollinger, mejor conocido como la sanguijuela. El maldito me debe una.

—¿Le llaman la sanguijuela? —preguntó el joven, riendo.

—Yo le llamo así. Bueno, es la primera vez que lo digo en voz alta, pero es lo que me viene a la mente cuando pienso en él. Se cansó de chupar de mis comisiones y siempre me trató como si fuera menos. Desde que me nombraron supervisor, no me dirige la palabra. Siendo sinceros, no me gustaría implicar a nadie, es mi responsabilidad, pero en este caso me vale mierda.

—No podríamos estar más alineados. Resulta que cuando ingresé a la compañía, me trataba súper bien, hasta que un día me invitó a salir, lo que me tomó por sorpresa. En mi vida se me hubiese ocurrido pensar que jugaba para los dos equipos...

—¡Pero si está casado y tiene dos hijos! —le interrumpió Carlos Luis.

—¡Ay Carlos!, no has visto nada. Lo cierto es que, después de negarme, ya que solo pensarlo me producía escalofríos, comenzó a tratarme mal y a hacer comentarios despectivos acerca de los homosexuales. En más de una oportunidad estuve a punto de responderle, pero me mordí la lengua. Estoy seguro de que esconde muchas cosas y me planteé intervenir sus equipos, pero sin querer fui dándole largas hasta que le perdí el interés al asunto. Ahora que lo dices, vamos a por él —dijo Joaquín, sentándose a horcajadas en una silla y comenzando su tecleo endemoniado. Carlos le miraba, mareado con la velocidad con la que el chico se movía de una ventana a otra mientras una sonrisa le iluminaba el rostro.

—Voy por un café. ¿Quieres? —le preguntó. Él se limitó a asentir.

—¡Ajá! —gritó Joaquín cuando Carlos regresaba con dos tazas humeantes—. Le tenemos. Mira —continuó, volteando la pantalla. En ella aparecía la foto de un pene en primer plano.

—¿Y? —preguntó Carlos.

—Espera —dijo, presionando la flecha derecha en el teclado—. Comenzaron a aparecer nuevas fotos, con un Bollinger totalmente desnudo, luego una serie teniendo sexo con una mujer, luego con otra y otra más, lo que despejaba la duda de que se tratase de su esposa. Joaquín hizo una pausa—. ¿Estás listo para lo mejor? —preguntó, mostrando toda su dentadura. Sin esperar respuesta, continuó accionando el teclado. Las imágenes que aparecieron a continuación impresionaron a Carlos, no porque fuese recatado sino porque era lo último que esperaba ver. En una aparecía dándole sexo oral a otro hombre, del cual no se veía la cara. En otra se encontraba a gatas en el suelo vistiendo un *brassiere*. Cuando iba a pasar a la siguiente, Carlos le interrumpió con la mano.

—Suficiente —dijo—. Creo que jamás voy a poder sacar esas imágenes de mi mente —continuó—. ¿De dónde carajo sacaste eso? —preguntó.

—De su teléfono, ¿de dónde más? —preguntó Joaquín, orgulloso, riendo.

—A ti es mejor tenerte como amigo —replicó Carlos, riendo también.

—Ahora viene el dilema —dijo Joaquín, adoptando una expresión seria—. ¿Qué hacemos con ellas? Podemos, A, mandárselas por correo a la esposa. B, se las mandamos a la esposa, con copia a Kennedy. C, esperamos para usarlas cuando sea necesario, lo que se conoce en el argot popular como chantaje —continuó, pero no pudo aguantar la risa en la última oración, lo que hizo que una lluvia de café saliera despedida de su boca y nariz, ocasionándole un acceso de tos.

—Nunca he sido vengativo, pero no hay nada más cierto que el dicho de que la venganza es un plato que se sirve frío.

—Estoy de acuerdo. Creo que con esto podríamos hasta convencerle de que acepte que fue él quien robó la máquina, de ser necesario. Bueno, luego de este paréntesis divertido, sigamos con lo nuestro. Dime el número de la Orden —dijo, ingresando en el sistema de *MDT*.

—¿Quién crees que soy? No me acuerdo. Mi código es CP32198, búscala así.

—Órdenes recientes, veamos… acá como que hay un error.

—¿Por qué? —dijo Carlos, acercándose a la pantalla.

—Tienes dos órdenes pendientes, ambas de hoy. Una de $16,281 y otra…

—Esa es la parte que no te había dicho.

—¿Quéééé? —gritó Joaquín. Pero la otra es de más de medio millón y…

—Cálmate —le dijo Carlos Luis—. Déjame explicarte.

—Ajá —replicó Joaquín, girando la silla hasta quedar de frente a él.

—La otra orden, es, digamos, un seguro de vida. Necesito que la ocultes por ahora.

—Sigo sin entender —dijo el joven.

—¿Quedamos en que lo más seguro es que me despidan, no?

—¿Piensas revender esos equipos para subsistir? —preguntó, con el ceño fruncido.

—Por supuesto que no. Si me despiden, adiós seguro médico.

—Claro, para eso es la máquina de diálisis que estamos a punto de robar.

—No es solo eso. ¿Sabes cuánto cuesta el trasplante? Cerca de medio millón.

—El cual pagarás al vender esos equipos.

—No. En ese caso el hospital dejaría de ser una opción.

Joaquín regresó a la pantalla e ingresó en la Orden y de inmediato dijo:

—Ahora sí, llamemos al manicomio. ¿O estás en drogas? Ya lo vi todo —dijo el joven—. La verdad es que no sé mucho de eso, pero parece que pretendes montar un quirófano, ¿aquí? —preguntó, con los ojos desorbitados.

—El joven de la franela azul se lleva el premio mayor —respondió Carlos Luis, quien previendo lo que podía ocurrir y utilizando su experiencia en el área, había compilado una lista de los elementos mínimos necesarios para improvisar un quirófano allí mismo, desde dos mesas de operación, hasta luces, pasando por un nada despreciable juego de instrumentos, monitor cardíaco y equipo de oxigenación. Tampoco se había olvidado del material quirúrgico ni de la vestimenta apropiada. Esperaba no haber dejado nada por fuera, ya que esta podría ser su única oportunidad.

—Deja el juego, no le encuentro la gracia por ningún lado.

—Prefiero reír para no llorar —dijo Carlos, poniéndose serio—. Por más que lo analicé, no veo otra salida. Pero como te dije, es un as bajo la manga, no es más que eso.

—Ya conozco tus ases bajo la manga. Carlos, sé razonable. Entiendo que estás bajo mucha presión y que estás muy estresado, pero creo que caíste en el mundo de la fantasía. Lo de la máquina puede tener sentido, pero esto... creo que es demasiado.

—Lo sé, es una medida desesperada. Imagina que el riñón de George sea compatible y no se pueda realizar el trasplante porque el seguro no envíe la carta aval, ya que perdimos la póliza.

—Eso lo entiendo. ¿Pero qué pretendes? Te recuerdo que para una operación no hacen falta solo equipos, sino también cirujanos, anestesiólogos, instrumentistas, enfermeras, ¡qué voy a saber yo quien más! No me dirás que se te pasó ese pequeño detalle.

—Tampoco soy tan tonto.

—¿De dónde piensas sacarlos? No será poniendo un anuncio en la internet.

—Tenemos a Estrada. Estuvo en Médicos sin fronteras. Se las arreglará.

—¿Accedió a esta locura?

—Todavía no lo sabe —respondió Carlos, encogiéndose de hombros.

—¿Y tú crees que él se va a prestar a eso? Ya digo que estás delirando.

—No sé si voluntariamente, pero sí, sé que lo hará.

Joaquín, echó la cabeza hacia atrás y emitió una sonora carcajada.

—¿Otro secuestro? Sumemos robo, tráfico de órganos, y son de veinte a perpetua.

—Te faltó violación sanitaria y coacción —agregó, uniéndose a la risa del joven.

—Carlos, es en serio. ¿No pensarás ejecutar esta locura?

—Yo te lo dije. Haré lo que tenga que hacer. No quiero que te involucres.

—¿Más de lo que ya estoy?

—Me refiero a que si eso llegase a ocurrir, no quiero que estés aquí.

—¿Qué te hace pensar que no lo haría?

—Es una de las condiciones. Tienes toda tu vida por delante y esto puede torcerse.

—Me gusta que uses eufemismos. Quieres decir que esto se puede ir a la mierda.

—Es lo que quiero decir. Y no quiero arrastrarte conmigo al lodazal.

—Creo que el naranja me sentará bien —dijo Joaquín, encogiéndose de hombros.

—No, ya te lo dije. No lo voy a permitir bajo ningún concepto.

—Tú mismo lo dijiste, ya veremos. Por lo pronto, arreglemos la otra Orden.

—Perfecto. ¿Se la vamos a endosar a Bollinger?

—Eso lo hice mientras hablábamos. De hecho; espera. Listo, las dos son de él.

—Disimulas muy bien que no te gusta el crimen —bromeó Carlos.

—Con un corruptor como tú, ¿qué puede esperarse?

—Se me ocurre una idea. ¿Tú puedes enviar un correo anónimo?

—Por favor, eso lo aprendí en el preescolar —replicó Joaquín.

—¿Si le mandamos una de las imágenes a Bollinger?

—¿No lo pondríamos en alerta?

—Despertaríamos su paranoia. Puede abonarnos el camino.

—Tienes razón. Pero primero déjame descargar todas su fotos.

—¿Cuál le mandamos? Creo que la menos comprometedora.

—Sí, vamos a enviarle la del pene.

—Excelente, me encantaría verle la cara cuando le llegue el correo.

—Puedo hacerlo.

—No, no vale la pena.

—Lo que sí voy a hacer es descargar todos sus archivos, hasta los de su *laptop*.

—Me parece una buena idea.

—Si eso es la superficie, imagínate lo que puede haber allí.

—Prefiero no hacerlo.


La cantidad de cosas que daban vueltas en su cabeza no le permitían dormir. A Joaquín no le faltaba razón cuando opinaba que todo lo que planeaba era una locura, pero se encontraba atado de manos. Perder el empleo significaba perder el seguro, una sentencia de muerte para su hijo y no estaba dispuesto a permitirlo. Mientras daba vueltas en la cama se dijo que no era posible —que luego de quince años intachables dentro de la empresa— fuese a perderlo todo por un simple error; no es que fuese una tontería, estaba claro, pero pensaba que merecía una segunda oportunidad. Bastantes beneficios había aportado para que lo echasen a la calle como a un perro. *Tal vez Kennedy sopese todos esos factores*, razonaba, pero de inmediato se decía que no debía engañarse, sabía lo inflexible que era el hombre. Por otro lado estaba lo de Karina, se sentía muy mal al respecto. Se suponía que ambos debían apoyarse en tan difícil momento, "en la prosperidad y en la adversidad" había dicho el sacerdote. Iría a hablar con ella, no a restregárselo en la cara, más bien a tratar de hacerla entrar en razón, con su apoyo le sería más fácil soportar la carga que llevaba a cuestas. Si en definitiva tenía que accionar su alocado plan y convencer a Estrada de que realizase el procedimiento, aún bajo coacción, las cosas se complicarían más. Estaba ansioso por conocer el resultado de los exámenes de George, pero Estrada todavía no se manifestaba. Incluso se cuestionaba el implicar a Bollinger, quien sería otra víctima del torbellino de destrucción que continuaba sembrando a su paso. Por más que el hombre fuese un imbécil, ellos no eran quiénes para destruirle el matrimonio, quizás hasta la vida. Mordió la almohada para ahogar un grito, desesperado. Era demasiado a lo que se enfrentaba y no se sentía en condiciones de poder sobrellevarlo. En eso, le vino una idea que podría solucionar, al menos, una parte de sus problemas. Convencido de que sería muy difícil hacer entrar en razón a Kennedy, su única opción era irse a Chicago y tratar de convencer a la gente del *Memorial*. Apelaría a la buena fe, mantenía una excelente relación con ellos, que databa de al menos un quinquenio. Si era necesario suplicar, estaba dispuesto a hacerlo. En medio de la noche se preguntó cómo era posible que no se le hubiese ocurrido antes y lo atribuyó al embotamiento de su mente. El reloj indicaba las cuatro y convencido de que no iba a lograr conciliar el sueño, decidió levantarse, tomar una ducha y prepararse para salir. La tormenta había dejado atrás su peor fase y apenas una garúa golpeaba la ventana de su habitación. Calculó que si se apuraba y no encontraba retrasos en la vía, podría estar allá a las ocho. Cuando estuvo listo para partir, despertó a Joaquín, quien abrazado a la almohada, abrió un solo ojo. Le comunicó su plan y le dijo que de regreso pasaría por *MDT*, luego de, según esperaba, haber resuelto las cosas en Chicago. También se detendría en su casa, donde trataría de arreglar las cosas con Karina. Si todo se daba como esperaba, recuperaría buena parte de su paz mental. El joven asintió, aunque hizo una nota mental para llamarle más tarde, dudando que hubiese comprendido lo que le había dicho.

Muchas gandolas de dieciocho ruedas transitaban la autopista a esa hora, lo que hacía más lento el desplazamiento, por lo que llegó al *Memorial* casi a las nueve. Cuando estacionaba el vehículo, su móvil comenzó a repicar. Igual que la vez anterior, esperaba que fuese Estrada, pero se trataba de *MDT*. No tenía nada que decir mientras no intentara lo que había venido a hacer, por lo que ignoró la llamada.

Hans Kurtz, un hombre alto y delgado, su contacto en el hospital, con quien mantenía muy buenas relaciones, le recibió en su despacho y le invitó un café, el cual aceptó de buena gana.

—Imagino que sabrás por qué estoy aquí —le dijo con su mejor sonrisa.

—Lo supongo —contestó el hombre, quien a pesar de tener años en los Estados Unidos, conservaba un fuerte acento alemán.

—Cometí un grave error y necesito que me ayudes a subsanarlo —dijo Carlos, tratando de mostrarse sereno, a pesar de que el corazón le galopaba en el pecho y las manos le sudaban a mares.

—Lo supuse cuando recibí el presupuesto, pero traté de llamarte en dos oportunidades y no logré comunicarme. Incluso te dejé un mensaje con tu secretaria.

—¿En serio? —preguntó, extrañado—. Nunca lo recibí —dijo, sin saber si el mensaje reposaba en su escritorio, que era lo más seguro. Su cabeza había estado en otro lado desde que la pesadilla había comenzado su segunda temporada, por lo que no le extrañaba—. ¿Pero entiendes que se trata de un error?

—Como te acabo de decir, al principio supuse que lo era. Al final imaginé que habían decidido mejorar las condiciones dado nuestro volumen de compras, tras lo que aprobé el presupuesto, lo envié a administración y me olvidé del asunto.

—Entiendo, pero la realidad es otra. Fue un error garrafal de mi parte, lo que posiblemente me cueste el empleo.

—Estarás bromeando, cualquiera comete un error.

—No conoces a mi jefe. ¿Crees que puedas hacer algo?

—¿Hacer algo como qué? —preguntó el hombre, extrañado.

—No sé, hablar con alguien para que cancele la diferencia —le tanteó Carlos.

—Imposible, eso se sale de mis manos.

—Hans, estoy pasando por un mal momento. A mi hijo le diagnosticaron insuficiencia renal, lo que significa que necesita un trasplante de riñón para poder seguir viviendo. Apenas tiene quince años —dijo, apelando a la compasión—. Si pierdo mi trabajo en este momento, no sé… no sé qué será de nosotros —dijo, cubriendo su rostro con las manos, en un gesto que cualquiera hubiese visto como un truco de vendedor, pero era tan genuino como el hecho de que el mar es salado—. Es la razón por la que cometí el error, en realidad no logro pensar en otra cosa.

—De verdad lo siento, Carlos —replicó Hans, realmente conmovido. Siempre le hacía gracia que cuando pronunciaba su nombre, lo hacía como si tuviese dos eres en vez de una, convirtiéndolo en *Carrlos*, pero esta vez no tenía ganas de reír—. Es algo terrible. La verdad, dificulto que se pueda hacer algo, mi jefe también es, digamos, una persona difícil, pero voy a intentarlo, te lo debo.

—No tienes idea de lo agradecido que estoy.

—Espera aquí, voy a subir a hablar con él.

Kurtz dejó la oficina y Carlos se acercó a la ventana, desde donde se apreciaba una vista imponente del Lago Michigan, cubierto por la bruma. Contra la ventana salpicaban pedazos de granizo, mientras la tormenta ganaba renovadas fuerzas. Elevó una oración al Dios en el que no creía mientras se comía las uñas, sabiendo que los próximos minutos iban a determinar su futuro. Luego de unos quince minutos, que sintió como varias horas, escuchó abrirse la puerta del despacho. Tan solo con mirar la cara del espigado hombre supo la respuesta.

—Mi jefe habló con el tuyo y este dijo que asumiría la pérdida.

—¿Le explicaste que…

—Lo hice, traté de que comprendiera, pero sabes tan bien como yo que la mayoría de la gente, cuando le tocan el bolsillo, pierde la compasión. Te aseguro que hice lo posible, pero su posición es inamovible. En realidad lo siento.

—Te lo agradezco, sé que lo hiciste —dijo Carlos, tragando antes de hablar, para evitar que su voz se quebrase. Lo último que quería en ese momento, a pesar de que sabía que más nunca estaría en ese despacho, era que el hombre le viera desmoronarse.

—Espero que todo esté bien con tu hijo y que logres conservar tu empleo.

Carlos salió de la oficina arrastrando los pies, cabizbajo.


Esta vez no habría pizza. Carlos Luis dejó su ciudad favorita con un sabor amargo en la boca. Con el limpiaparabrisas trabajando a máxima potencia en su intento por despejar el cristal, hacía el máximo esfuerzo por no darse por vencido. Encendió el estéreo desde donde Eric Clapton interpretaba su famosa *Tears in Heaven*, la triste canción que el compositor había escrito tras la muerte de su hijo pequeño, en la cual se preguntaba si sería lo mismo si lo veía en el cielo, lo que le provocó un acceso de llanto. No permitiría que su hijo se fuese al cielo, no pensaba que se fuesen a encontrar allí, pues no creía en nada de eso. De inmediato cambió la canción, secándose la cara con el dorso de su mano. Nada podía aliviar el desgarrador dolor que sentía en ese momento, pero se dio una palmada en el rostro sabiendo que si se dejaba arrastrar por la pena, todo habría terminado.

Iría a enfrentar su destino, no tenía sentido postergarlo. Si lo iban a despedir, que lo hicieran de una buena vez, así sabría a qué atenerse. No podía seguir dependiendo de condicionales. Cuando un conductor sonó su bocina pidiéndole que se apurase, pisó el freno haciendo que casi perdiese el control. Luego le esperó y cuando lo fue a adelantar bajó la ventanilla en medio de la lluvia y le gritó unas cuantas cosas; aunque sabía que el otro no podía oír, le sirvieron para descargarse un poco. Nada le gustaría más que el hombre se detuviese, para bajar del vehículo y descargar contra él toda la furia acumulada. Sin embargo, aquel optó por seguir. *Mejor que huyas como un cobarde, porque si te llego a agarrar, sabrás lo que es bueno*, pensó. De inmediato se echó a reír, pensando que Joaquín no estaba tan errado cuando decía que se estaba volviendo loco.

Cuando llegó a *MDT* era casi mediodía. Apenas entró, la recepcionista le dijo que el doctor le esperaba en su oficina, adonde ya se dirigía de todas formas.

—Al fin nos honra con su presencia, Parker —comenzó el hombre, con ironía.

—Disculpe, doctor, vengo de Chicago.

—¿Chicago? ¿Estaba de paseo? —continuó el hombre en el mismo tono.

—No, señor, vengo del *Memorial*.

—Ah, qué bien. ¿Se podría saber que fue a hacer allá?

—Fui a tratar de resolver… de enderezar mi error.

—Llamemos al pan, pan y al vino, vino, Parker. ¿Se refiere a la cagada que puso allá que me está costando casi medio millón de dólares? —dijo Kennedy, alzando la voz.

—Sí, a eso me refería, doctor.

—Pues déjeme decirle que perdió su tiempo. Pensaba darle una oportunidad de que lo hiciese pero como ayer por la tarde, luego que descubrí su brutalidad, no se dignó usted a atender el teléfono, tuve que encargarme yo mismo. ¿Y sabe qué?

—Dígamelo usted.

—No hubo una mierda que hacer —dijo, exasperado—. Tuve que bajarme los pantalones y dejarlos que me dieran por el culo. Lo peor es que tuve que hacerlo con una sonrisa en la cara —continuó, gritando. Si no lo hacía, íbamos a perder el cliente.

—En verdad lo siento, sé que me equivoqué.

—No, no, ¡no! Equivocarse es enviar una caja de gasa sin cobrarla. Equivocarse es prometerle al cliente un equipo que no tenemos en inventario. ¡Usted lo que ha puesto es la cagada del pato macho! ¿Había escuchado la expresión? —dijo el hombre, levantándose de su escritorio y acercándose con un dedo amenazante a Carlos.

—No la había escuchado nunca —replicó Carlos, con la remota esperanza de que el hombre no lo despidiese, aunque sabía que era casi imposible.

—Bueno, investíguelo. En principio pensé en descontarle cada céntimo de lo que usted le hizo perder a esta empresa, pero luego saqué la calculadora y me di cuenta de que no le iba a alcanzar la vida para pagarlo…

—Estaría dispuesto a que me lo descontara —le interrumpió Carlos.

—¿Qué descontar ni qué carajo? No se da cuenta de que con lo que usted gana, tendría que trabajar gratis por al menos, no sé, varios años…

—Doctor —le volvió a interrumpir—. Es mi hijo. Tiene insuficiencia renal. Esa es la razón de que me haya equivocado. Estoy bajo mucha presión —dijo, apelando de nuevo a la carta de John, en vista de que no tenía otro recurso.

—De veras lo siento por su hijo —dijo el hombre y a Carlos le pareció ver un rayo de esperanza, hasta que continuó—: pero ahora tiene otro problema. Tendrá que buscar un nuevo empleo.

—¿Me está despidiendo? —preguntó Carlos, anonadado. Aunque se lo esperaba, aquellas palabras le cayeron como un balde de agua fría.

—No, le voy a dar el premio al empleado del mes —respondió el hombre, irritado.

—¿Quiere decir que le valen mierda los quince años que he dedicado a esta empresa, en los cuales he dejado mis pestañas, me he privado de tomar vacaciones con mi familia y he hecho lo imposible

José Miguel Vásquez González

para que usted obtenga mayores ganancias? —preguntó Carlos, furioso, ya convencido de que nada haría cambiar de opinión a Kennedy.

—Su palabra vaya delante, ¡me vale mierda! —gritó el hombre.

Carlos fue a decir algo, pero prefirió callar. En vez, se acercó y escupió la cara de Kennedy—. Usted es un miserable hijo de puta, ojalá se pudra en el infierno.

El hombre fue a decir algo mientras se secaba el escupitajo con un pañuelo, pero Carlos Luis le detuvo, acercándose a él amenazadoramente con el puño levantado: —Si vuelve a abrir la boca, le juro que se las verá conmigo. Se lo advierto, no se meta con un hombre que lo ha perdido todo —dijo, temblando de rabia. Giró sobre sus talones y salió, dando un portazo.

Afuera, se congregaban varios empleados que fueron atraídos por los gritos. Carlos Luis vio a Bollinger, en primera fila, mirándolo con expresión burlona, y se le acercó, apuntándole con el índice.

—Tú, sanguijuela asquerosa, abre la boca y verás cómo te la parto aquí mismo.

El hombre dio un paso atrás, sonrojándose. Sabía que no tenía la más mínima oportunidad en una pelea contra Parker, quien se dirigía a la salida. Cuanto estaba cerca de la puerta, volteó, agregando:

—No tienes idea de lo que te espera, maldito… —se interrumpió. No quería que el hombre sospechase de él cuando se le comenzase a venir el mundo abajo. El dejo de compasión por él que había sentido en la madrugada había desaparecido.


A medida que pasaban los minutos, la desesperación enterraba más sus tentáculos sobre él. A pesar de que lo había anticipado y se lo esperaba, no era lo mismo una vez que se había materializado. Se había convertido en un desempleado y con ello había desaparecido su habilidad de proveer para su familia. No solo era la operación de John, para la cual, mal que bien había tejido un plan, por alocado que fuera, sino era lo que vendría después lo que aumentaba su angustia. Sin tener una carrera universitaria, no sería fácil conseguir un nuevo empleo, el cual en el mejor de los casos no podría salir a buscar hasta tanto se solventase la situación de su hijo. No tenía el tiempo, mucho menos la cabeza para ello en estos momentos. Era la única fuente de ingresos de la familia y algo tan básico como comprar víveres, muy pronto se iba a tornar cuesta arriba. No sabía si luego de su despido le correspondería una liquidación. Todavía estaba en el estacionamiento de *MDT*, con la frente apoyada contra el volante. Tomó su celular y decidió hacer una búsqueda en internet al respecto, lo que le llevó a descubrir que la liquidación no era obligatoria por ley, pero que formaba parte del contrato de muchas empresas. Se aplicaba en casos de despido y el monto, en general, ascendía a una o dos semanas de paga por año trabajado, lo cual, en caso de que fuese parte de su contrato —el cual nunca se había preocupado por revisar— representaría entre cuatro y ocho meses de salario. Al menos era algo, pero no quería hacerse ilusiones. Su próxima parada debería ser para hablar con Karina, pero luego de la noticia se sentía inseguro. Todo el discurso que tenía preparado se venía al piso, ¿cómo podría proponerle que tratasen de estar unidos, cuando ni siquiera iba a ser capaz de pagar por los servicios básicos, más allá que escudándose en las palabras del sacerdote sobre la adversidad y la prosperidad?

Sin embargo, tenía que hacerlo. No podía seguir postergándolo. Si en algún momento había necesitado de su esposa, era en este. Decidió manejar un rato para calmarse un poco, necesitaba mejorar su actitud antes de verla. A pesar de que aún no era la una de la tarde, necesitaba con urgencia un trago. Enfiló hacia *Allen Boulevard*, donde se encontraba el *Mid Town Pub*. Se sentó en la barra, desde donde ordenó un whisky doble, seco. El local estaba casi vacío y la chica que le atendía, al ver su cara luego de ordenar el segundo, le preguntó si todo estaba bien.

—Apartando que me acaban de despedir, que mi hijo tiene una enfermedad mortal y que mi mujer no quiere ni verme, todo está bien —dijo, soltando una sonora carcajada. La chica, al ver sus ojos, que parecían los de un loco, soltó un «lo siento», casi en un susurro, pasó el trapo por la barra y desapareció.

Con el estómago vacío y un poco achispado por la bebida, fue a por Karina.


Sin saber cómo iba a abordar la conversación llegó a su casa, donde Karina preparaba el almuerzo. John aún no llegaba de la escuela, lo que prefería, pues no quería que el chico estuviese cerca mientras hablaba con ella.

Al verse en el espejo del bar cuando entró a aliviar la vejiga, se sorprendió por su estado físico. Su cabello, que acostumbraba a llevar bien arreglado, era un desastre, mientras que las enormes ojeras que tenía lo hacían ver demacrado. Sus axilas estaban mojadas como si viniese de correr un maratón, reflejando el estrés al que había estado sometido desde que se había levantado a las cuatro de la mañana. Se arregló lo mejor que pudo antes de ir a abordar a su esposa.

—Hola, cariño, ¿cómo estás? —dijo al entrar en la cocina.

Ella ni se inmutó, como si ni siquiera estuviese allí.

—Hola —volvió a saludar, en caso de que no le hubiese escuchado. Nada.

Rodeando la isla, se le acercó por su derecha, mientras ella seguía revolviendo la salsa como si estuviese sola. La expresión en su rostro decía que sabía que no era así.

—Disculpa que no te avisé anoche, se me complicaron las cosas y no me fue posible regresar —dijo, dándose cuenta al instante que era, quizás, la peor línea que hubiese podido escoger para iniciar la conversación. Ella se volteó, sacando la cuchara de la olla y emitió una risa gutural.

—¿Anoche? Eso es lo que yo llamo tener bolas. No es necesario hablar de la anterior ni de la otra o las otras, fue anoche que se te complicaron —haciendo comillas con las manos— las cosas. Buena alegoría para decir que tus putas no se te bajaban de encima…

—Karina —le interrumpió Carlos—, Karina, no. Ya lo hablamos. No puedo creer que sigas con eso.

—Lo que yo crea o deje de creer hace mucho tiempo dejó de importar. Y eso de que lo hablamos… quieres decir lo que dijiste tú, cuando me dejaste hablando sola.

—Karina, mi amor, sé que he cometido errores. Tienes que entenderlo, esto de John es algo que me supera, que no me deja vivir… incluso hasta me hizo… —se interrumpió cuando iba a decirle que había perdido el empleo, pero no era el momento para hablarlo, ya habría tiempo luego, pensó— …me ha hecho cometer locuras. Creo, mejor dicho sé, que tampoco ha sido fácil para ti, pero creo que es tiempo…

—No es tiempo de nada —le interrumpió ella esta vez— excepto tal vez de poner las cartas sobre la mesa y reconocer que lo nuestro terminó.

—¿Cómo puedes decir eso? —preguntó Carlos, poniéndose pálido.

—Así como lo oyes. No tiene sentido seguir engañándonos.

—Pe-pero, ¿es qué estás loca? ¿No te das cuenta de que esto es tan solo una fase, una terrible fase por la que estamos pasando, que pronto se va a solucionar y que todo volverá a ser como antes —replicó

Carlos, tragando duro al pensar que estaba desempleado, pero eso no tenía nada que ver con lo que ella planteaba.

—Creo que esto te ha afectado más de lo que pensé —dijo ella, secándose las manos en el delantal y tomando una carpeta que estaba sobre una silla, la cual le entregó.

—¿Qué-qué es esto? —preguntó él. Ella se le quedó mirando sin responder, mientras sus ojos se llenaban de lágrimas. Al abrirla, sintió que el mundo se le venía encima. Apartó una silla con torpeza, en la cual se dejó caer pesadamente, respirando con dificultad—. ¿Divorcio? —preguntó—. Pe-pero, mi amor, por favor, no estás pensando con claridad.

—Créeme que lo he pensado muy bien y te aseguro que es la única salida —dijo ella secándose la cara con el delantal—. Por mi paz mental.

—Dime que es que ya no me amas, que conseguiste a alguien más y me quedaré tranquilo, pero dímelo a la cara. ¿Tanto acusarme a mí de putas y resulta que eres tú quien tiene un amante?

—No seas ridículo, chico, qué amante ni qué carajo.

—Entonces dime que no me amas.

—Eso no tiene nada que ver con esto.

—Claro que sí, tiene todo que ver. Es lo único que importa.

—Acá la que lee novelas románticas soy yo. ¿El amor al final triunfará? Por favor, madura. Te preparé una maleta con algunas cosas, está en la habitación. Llévatela cuando te vayas.

—¿Cuando me vaya a dónde? —preguntó él, con los ojos anegados en lágrimas.

—Con tus putas, o a donde carajo pases ahora todo tu tiempo.

—Karina, por favor, seamos razonables. Sabes que te amo más que a mi vida. Te dije que estoy haciendo lo imposible por salvar a nuestro hijo. ¿Quieres que te cuente lo que estoy haciendo? He preferido no decírtelo para no involucrarte, pero si me lo pides te lo diré y verás que todo esto no es más que un simple malentendido.

—No me digas nada. No quiero saberlo. Ya tomé una decisión y es definitiva. Por favor, quiero que te vayas. Ah, de paso, me imagino que los seis mil que retiraste del banco fueron a dar a las registradoras de *Victoria's Secret* en el centro comercial—. No le quedaban fuerzas ni para refutar lo del dinero. Carlos se agachó hasta que su cara estuvo cerca de sus rodillas y cubriéndose la cara con las manos, comenzó a llorar amargamente. No solo por su matrimonio, también por John, por Esmail, por su tío, por Chris, por George, por Joaquín, por su carrera desperdiciada, por su hija muerta.

—Por favor, Karina, no me hagas esto. Eres el único punto de apoyo que me queda. Estoy a punto de volverme loco, te lo ruego.

—Es lo que deberías haber pensado antes. Ya es tarde.

—Nunca es tarde para el amor —dijo él, llorando.

—Puedes visitar a John cuando quieras. Luego acordaremos los términos, pero por lo pronto, no quiero que duermas aquí. Puedes irte a un hotel, a la cabaña, a casa de tus putas, o a cualquier otro sitio que no sea esta casa. Ya bastante nos has faltado el respeto.

—Karina, estás muy equivocada. Nada de lo que me acusas es cierto. Te voy a dejar sola para que lo pienses, y cuando lo hagas, lo cual te pido por el amor que nos tenemos, por nuestro hijo, piensa en que para mí, nuestra familia es lo más importante, lo más sagrado. De hecho, es lo único que importa. Quítate de la cabeza que te engaño, si no lo hice en todo este tiempo, por qué iba a hacerlo ahora, cuando estamos viviendo el momento más duro de nuestras vidas—. Ella fue a decir algo, pero él le puso la mano en la boca—. No digas nada, por favor, haz lo que te pido y no te olvides de que te amo más que a mi vida— dijo Carlos, entregándole la carpeta.


Carlos Luis Parker llegó con una maleta en una mano y el corazón destrozado en la otra. Sentía que su vida era un castillo de arena a punto de ser impactado por un tsunami.

—Hombre, ¿qué pasó? —le preguntó Joaquín al verlo.

Carlos Luis dejó caer la maleta con un largo suspiro.

—Sería más fácil decirte lo que no pasa.

—¿Tan mal así te fue?

—Uno de los peores días de mi vida.

—Cuéntame —dijo el joven, ayudándole a sentarse en el sofá.

—Fui al *Memorial*, donde nada se pudo hacer. Apelé a todo, incluso a la súplica, tratando de hacerles entrar en razón, pero no hubo manera. Ni siquiera les culpo —dijo Carlos, encogiéndose de hombros—. De allí me fui a *MDT*, con la estúpida esperanza de que Kennedy se apiadase de mí… —continuó, con la mirada perdida.

—Espera que te traigo un poco de agua.

—Mejor un whisky. Fuerte, por favor—. Joaquín asintió.

Cuando regresó, Carlos le quitó la botella y le dio un largo trago antes de servir el líquido ambarino en los vasos. El joven le detuvo cuando había llenado más de la mitad del primer vaso, el cual se llevó a la boca con una mano temblorosa.

—Me imagino que te mandó a la mierda —dijo Joaquín.

—Lo hizo. Yo le mandé al mismo sitio. También le escupí la cara.

—¿De verdad? —preguntó el joven, riendo—. Me hubiese gustado ver eso.

—Era lo menos que podía hacer —dijo Carlos, encogiéndose de hombros nuevamente mientras apuraba otro trago—. Me hubiese gustado partirle la cara, sentí el impulso de abalanzarme sobre él y golpearle hasta que de su inmundo cráneo brotase toda la porquería que lleva dentro. Ese maldito me jodió la vida…

—No te preocupes, ya conseguirás algo mejor —le interrumpió Joaquín.

—¿No ves la gravedad del asunto?

—No la veo. Eres un buen vendedor, conseguirás un mejor trabajo en un instante. Tampoco es que allí te estuvieses haciendo rico.

—Suena fácil, pero no lo es. Luego de perder el dinero a manos de los malhechores esos, mis ahorros quedaron en estado crítico. Calculo que dentro de un mes no tendré ni para comida. Por cierto, ¿tienes idea de si los contratos en *MDT* incluyen liquidación?

—No lo sé, recuerda que yo no estoy bajo contrato, soy un simple pasante.

—Cierto. ¿Crees que puedas conseguir mi contrato en el sistema?

—Debe estar en algún lado por allí, ¿lo busco?

—Luego lo vemos, eso al menos serviría de algo.

—No te preocupes por el dinero, es lo de menos.

—Te equivocas, es lo de más. Nadie espera por ti, ni el banco por las cuotas de la hipoteca, ni la compañía de teléfono o la de electricidad, ni…

—Deja de atormentarte, entiendo tu punto. Si llegase a hacer falta, te puedo prestar dinero —le interrumpió Joaquín.

—No podría aceptarlo, además, no creo que te sobre mucho con el sueldo que te pagan esos miserables—. Joaquín se le quedó viendo.

—¿Qué parte no entendiste cuando te dije que mis actividades extra-curriculares me generan mejores ingresos que el salario? Tengo ahorros, he estado invirtiendo en *bitcoin*, créeme que tengo más que suficiente.

—Igual no podría aceptarlo. Ya estás haciendo demasiado…

—Claro que puedes. No hablemos más de eso por ahora —le interrumpió de nuevo.

—Te agradezco el gesto, pero no me parece bien. Ahora que me despidieron, ¿qué pasará con el seguro? No sé hasta cuando seguirá funcionando. ¿Crees que puedan suspenderlo tan rápido o al menos dejarán que termine el año? Mañana le toca diálisis a John. ¿Puedes hacer algo desde el sistema?

—No sé hasta cuándo durará —contestó el joven, arrugando la cara—. Eso no está en el sistema. El hermano de Kennedy es corredor de seguros y se encarga de la póliza. Son tan pocos empleados que se hace de forma manual. Sospecho que no debe ser tan inmediato, pero en realidad no lo sé. En cualquier caso, si lo rebotan, ¿cuánto cuesta cada sesión?

—Unos quinientos, me parece —replicó Carlos—. Tienes razón, en último caso podría realizar el pago. Se me ocurre algo. ¿Crees que puedas utilizar tu magia para reactivar mi póliza? Me refiero a luego de que el cabrón de Kennedy la cancele. Eso nos ahorraría un montón de problemas.

—No es fácil —dijo Joaquín arrugando la cara—. Las pólizas se encuentran en *Humana*, empresa que se ha convertido en muy difícil de *hackear*. A finales del año pasado, si mal no recuerdo, se consiguió una vulnerabilidad en sus sistemas, dejando comprometidos buena parte de sus datos. Era la tercera vez que les ocurría algo así, pero a partir de allí blindaron sus sistemas y creo que no se han tenido una nueva incursión. Igual puedo intentar ver si hay algo, pero no pondría mis esperanzas en ello.

—Entiendo, era solo una idea. Me provoca gritar, no tienes idea de la impotencia que siento. Lo peor es que me gustaría pagarla con alguien, descargar toda mi rabia.

—Conmigo no, por favor —dijo el joven.

—Claro que no. Me refiero a alguien como Bollinger. Estuve a punto de hacerlo pero al final me contuve, solo por el hecho de que si comenzaba, iba a terminar en prisión antes de lo previsto —replicó Carlos, riendo por primera vez, aunque su risa no reflejaba gracia. Se sirvió más whisky. Ya sus organismo comenzaba a emitir acuse de recibo del mismo y a pesar de que no creía en eso de ahogar las penas en el alcohol, al menos ayudaba a mantener su mente a raya.

—Por cierto, le envié la primera foto. Me imagino que se habrá vuelto loco, porque a los cinco minutos había borrado todas las imágenes de su teléfono. En un rato le mandaré otra para que se dé cuenta de que no le va a ser tan fácil como se imaginó.

—¿Cuándo fue eso? —preguntó Carlos.

—Hará cosa de media hora, ¿por?

—Es que cuando salía de *MDT* le dije que no tenía idea de lo que le venía, espero que no haya relacionado las dos cosas.

—No lo creo y si lo hizo, peor para él —replicó el joven.

—No te he contado la parte más dura —dijo Carlos, bajando la cabeza.

—¿Hay más?

Carlos le relató su encuentro con Karina y le confesó que a pesar de que el despido le había afectado más de lo que suponía, pues sabía que era más que una posibilidad, cuando ella le mostró los papeles de divorcio, cosa que ni siquiera se le había pasado por la mente, sintió que su vida había llegado a su fin. Por un instante, John salió de su cabeza y admitió que hasta había pensado en el suicidio. Se dio cuenta de que a pesar de su carácter y de que había estado actuando de una forma absurda, la amaba con locura y no podía imaginarse la vida sin ella, al igual que tampoco podía imaginársela sin su hijo; pero la cuerda se había tensado a un punto que no sabía si podría resistir. Estaba claro en que si lograba superarlo, tendría que ir con un psiquiatra, quizás ella también, pero por los momentos no lograba comprender por qué Karina quería apartarle. Joaquín no encontraba palabras para consolarlo, no creía que las hubiese. Carlos Luis se acostó en el mueble, se cubrió los ojos con el antebrazo y comenzó a llorar, un llanto amargo que el joven pensó que le haría bien. A él también se le humedecieron los ojos, embargado por una profunda lástima al ver a quien se había convertido en su mejor amigo en esas condiciones. Luego de que en el cielo retumbase un trueno, las luces volvieron a parpadear y perdieron intensidad hasta dejar todo en penumbras. Unos instantes más tarde escuchó el ronronear del generador al entrar en funcionamiento.

—Espera un momento que voy a ver si todo está bien en el sótano —dijo. Carlos Luis le indicó con la mano desocupada que lo hiciese, mientras sus sollozos continuaban.

Cuando volvió, tras verificar que George estaba bien —de hecho estaba tomando una siesta tras el abundante almuerzo que le había servido—, encontró a su amigo dormido. Supuso que el alcohol le había ganado la batalla a la desesperanza, buscó una manta para cubrirlo y se fue a revisar en su computador lo que le había prometido.

Al sentir una mano en su hombro dio un brinco, sobresaltado. Había pasado varias horas inmerso en el caótico mundo de la internet profunda.

—¿Te sientes mejor? —le preguntó, al ver que era Carlos quien le observaba desde atrás—. Casi me matas de un infarto, estaba absorto en esto —dijo, señalando el monitor.

—No, pero qué se le va a hacer —respondió este, encogiéndose de hombros—. La auto-compasión no lleva a nada. Hay que seguir, al menos hasta donde el cuerpo aguante.

—Sabias palabras. Tengo una noticia mala y una menos mala. ¿Cuál prefieres?

—La menos mala, por favor. Agoté mi cuota de malas hasta el próximo siglo.

—Tu contrato incluye una cláusula de liquidación, aunque como todo contrato, está plagado de términos confusos y letras pequeñas. No entiendo mucho de leyes, pero en principio parece que te corresponde, aunque no me extrañaría que tengas que recurrir a un abogado.

—Me imagino que el maldito va a alegar que le hice perder dinero y quién sabe qué otra mierda, pero aunque sea por joder al cabrón, estoy dispuesto a presentar pelea. ¿Cuánto es el monto?

—Dos semanas por año trabajado.

—Eso representa casi ocho meses de salario, es algo.

—Por supuesto, no es despreciable. Claro que te puede tomar tiempo cobrarlo.

—¿Podríamos tratar de conseguir unas fotos como las de Bollinger?

—Ya lo pensé, pero el gusano de Kennedy está limpio.

—¡Joder! —dijo Carlos, aunque se le veía mejor cara—. ¿Cuál es la mala?

—Como te dije, no hay nada que se pueda hacer con el seguro.

—Siempre tenemos el plan B —replicó Carlos, encogiéndose de hombros.

—Mejor llámalo plan C, con ce de cárcel.

—Plan C será entonces —dijo Carlos, esbozando una sonrisa.

—Alguien me dijo que podría haber una posibilidad, pero creo que es un charlatán.

—¿Con el seguro?

—Sí, pero hablé con los que saben y me dijeron que ni lo soñase.

—Lo que será, será.

—¿Tienes hambre?

—En lo absoluto.

—Yo sí, y me imagino que el *Pac-Man*, que tenemos abajo, también.


Calentó la pizza del día anterior, la cual George consumió como si recién hubiese salido del horno y se preparó un sándwich para él, ya que no estaba de ánimo para algo más elaborado. La cena de Carlos Luis era un *Tylenol* que bajó con otro whisky. El muchacho, quien parecía haberse acostumbrado a estar allí, tenía un aspecto gracioso vestido con una franela de John que le quedaba grande y sus pescadores, los cuales Joaquín le había lavado. Iba descalzo y al parecer, luego de descubrir *Stranger Things* en *Netflix*, su lengua se había soltado. Trató de convencer a Joaquín de que viese un episodio con él y a pesar de no ser para nada fanático de la ciencia-ficción, le prometió que más tarde lo haría.

El móvil de Carlos comenzó a repicar y al ver que se trataba de Estrada, sintió cómo el corazón le daba un vuelco. Corrió escaleras arriba con el teléfono en la mano para contestar la llamada lejos de los oídos de George.

—Doctor, buenas noches —dijo, con voz temblorosa. Sabía que los próximos minutos encerraban buena parte de lo que sería su destino.

—Señor Parker, disculpe la hora. Ahora es que estoy recibiendo los resultados.

—No se preocupe, he estado esperando su llamada.

—¿Cómo dice? ¡Dije veinte miligramos! —gritó el doctor. Carlos Luis pensó que el hombre se había vuelto loco—. ¿Señor Parker? Disculpe, es una emergencia, le llamo en unos minutos.

—Por... —fue a decir Carlos, pero ya el doctor había colgado.

Joaquín apareció por la pequeña puerta que daba al sótano y se preocupó al conseguir a Carlos comiéndose las uñas.

—¿No? —le preguntó, en vilo.

—Aún no sé, tuvo una emergencia y dijo que llamaría de vuelta.

—Pensé que eran malas noticias —dijo, mientras le regresaba el color al rostro.

—Esperemos que no—. Ambos se quedaron viendo el aparato, atontados.

Carlos Luis sentía taquicardia y tuvo que secar su frente con un trapo.

Cuando al fin repicó, ambos dieron un brinco y las manos emparamadas en sudor de Carlos hicieron que fuese a parar al suelo, de donde lo tomó y respondió la llamada, activando el altavoz.

—Disculpe, tuve que atender algo de urgencia, Al pa…

—No se preocupe. Dígame, ¿son compatibles? —le interrumpió Carlos, ansioso.

—Cuatro de los seis antígenos coinciden. El resultado del emparejamiento cruzado fue negativo—. Aunque Carlos sabía, gracias a su investigación, que eso significaba que el trasplante podía hacerse, necesitaba escucharlo de la boca del doctor.

—¿Eso es bueno, no? —preguntó.

—Es preferible tener una sola coincidencia en un donante vivo que las seis en el caso de un donante muerto. El hecho de que el emparejamiento cruzado sea negativo significa que el organismo de John no atacará al riñón, así que, sí, en efecto, es un resultado excelente —. Joaquín y Carlos Luis chocaron palmas en el aire y sus ojos se llenaron de lágrimas, aunque esta vez eran lágrimas de alegría.

—¡Magnífico! —dijo Carlos, mientras Joaquín le daba un fuerte abrazo—. ¿Para cuándo cree que se podría programar la cirugía?

—No nos apuremos —contestó Estrada—. Es necesario realizar al donante unos exámenes adicionales para comprobar su estado de salud, cosas de rutina. Ahora, me imagino que recuerda nuestra última conversación. No quiero meterme en problemas y mientras menos sepa, mejor, pero es necesario que presentemos un caso sólido ante la junta médica. En caso contrario, no solo me perjudicaría a mí, sino que podría estropear todo e impedir el trasplante. ¿Está consciente de ello, verdad?

—Lo estoy. Ya le dije que no tiene de qué preocuparse. Creo que lo mejor será que vaya mañana y hablemos en persona, así le explicaré los detalles y podemos coordinar mejor lo que hay que hacer, ¿le parece?

—Mañana no es un buen día, tengo una cita en la corte por lo de mi asilo y eso me puede tomar un buen rato, es mejor que lo hagamos el jueves. Si me llego a desocupar temprano, podríamos encontrarnos.

—Perfecto, doctor. Se lo agradezco mucho, suerte en la corte.

Carlos Luis abrazó a Joaquín. Aunque fuese por un instante, sus problemas habían pasado a segundo plano. Necesitaba celebrar, a pesar de que estaba consciente de que lo que vendría a continuación no sería fácil. Lo sería en condiciones normales, las cuales distaban mucho de las actuales.

—Lo sabe —dijo Joaquín cuando terminaron de celebrar.

—Por supuesto que lo sabe. Lo ha sabido desde el día en que le abordé en el estacionamiento, pero supongo que concuerda con que el bien mayor es más importante.

—¿Piensas contarle todo?

—No, eso sería convertirlo en cómplice.

—Cierto. ¿Qué vamos a hacer?

—Aún no lo sé, hay que pensar. Llevar a George al hospital, sin contar con que primero habría que convencerle, puede ser una pésima idea. Estrada habló de una junta médica, lo que me sonó a que es posible que quieran interrogarle, y el más mínimo desliz nos pondría al descubierto y echaría todo por la borda.

—Es decir que aún piensas en el plan C.

—El plan C puede pasar a ser el plan A. No creo que haya otra salida, sobre todo por lo del seguro, lo cual limita las opciones.

—Dime la verdad, ¿siempre pensaste que íbamos al plan C?

—No, te lo juro. Quizás haya pasado por mi subconsciente como una posibilidad latente, pero no fue hasta que me di cuenta de que iba a perder el seguro que cobró forma en mi mente. No te ocultaría algo así, sería desleal. Siempre he sido frontal contigo.

—Lo sé, pero pensé que lo habías hecho para protegerme.

—No, es tal y como te acabo de decir.

—Pareciera que todo va engranando, pero falta la pieza principal.

—¿Que es?

—George. Estamos asumiendo que va a aceptar.

—Creo que daría su riñón por un televisor y una cama —bromeó Carlos.

—¿Qué pasa si dice que no?

—Me volvería loco. No es un escenario que haya contemplado.

—Pero pase lo que pase, no lo vamos a forzar, ¿cierto?

—No —dijo Carlos, tras un momento de duda.

—No fue convincente ese no. Carlos, ¡no!

—En algún momento lo pensé, debo confesarlo. Pero no, no lo haría.

—Así lo espero.

—No podría. Jamás me lo perdonaría.

—Eres una buena persona. Sé que lo eres.

—Gracias, pero no estoy tan seguro.

—¿Vas a hablar con él hoy?

—No. Con el insomnio me llegan las epifanías. Veremos qué se me ocurre.

—Trataré de pensar en algo también.

—Recuerda que le prometiste que verías algo con él en la TV.

—A eso voy —dijo Joaquín, resignado.

# 7

Joaquín preparaba café cuando Carlos Luis, somnoliento, entró en la cocina.

—Alguien como que durmió hasta tarde —le dijo, viendo que eran casi las ocho.

—Lo dirás en broma, pero no recuerdo la última vez que dormí más de dos horas sin despertarme agobiado. No imaginas lo reconfortante que fue escuchar a Estrada decir que son compatibles. Ahora solo falta que George acepte.

—Ojalá. Voy a ir a *MDT*.

—¿Temes que te despidan también?

—Me vale mierda. Hoy se despacha la máquina de diálisis y quiero asegurarme de que algún inteligente no vaya a darse cuenta de que la etiqueta no coincide.

—¿Será un problema?

—No si estoy allí. Luego pasaré por el apartamento a buscar algo de ropa.

—Bien. Yo hablaré con George.

—¿Tienes algo preparado?

—Aún no. Pensaba hacerlo durante la vigilia, pero caí como un tronco.

—Ayer me hizo ver tres capítulos de *Stranger Things* y me di cuenta de que se identifica con la protagonista, que es huérfana. No lo puedo asegurar, pero cuando un policía se hizo cargo de ella, estaba a punto de llorar. Así que apartando lo material, el apoyo que le estamos dando puede hacerlo más accesible.

—Es un buen dato, pues no sé me ocurre qué ofrecerle ahora que me convertí en un desempleado más —dijo Carlos Luis, de buen humor.

—Sácate eso de la cabeza. Ya te dije que algo aparecerá.

—Me encanta tu optimismo, pero lo veo cuesta arriba.

—Confía en mí. En cualquier caso, inventaremos algo.

—¿Servicios en la red oscura?

—No te burles, hay mucho campo allí.

—Amanecerá y veremos —dijo Carlos, encogiéndose de hombros.


Su desayuno fue una taza de café —aderezada con un chorro de whisky— en preparación para la conversación con George. Las manos le sudaban, tragaba con dificultad y sentía como si le faltase la respiración, lo que había aprendido a identificar como la alarma de su organismo ante la llegada de un nuevo ataque de ansiedad. Recurrió a la respiración diafragmática y luego a la bolsa de papel sin resultados. Un buen trago de whisky fue lo que logró relajarle un poco y aunque la angustia se transformó en ardor en su estómago vacío, concluyó que podía vivir con eso.

—¿Cómo amaneciste? —le preguntó una vez hubo reunido el coraje para bajar las escaleras, acercando una silla a la cama donde el joven miraba la TV.

—Bien, gracias —respondió sin apartar la mirada del aparato.

—George, necesito hablar contigo.

—¿Ahora sí? —preguntó el joven, poniendo pausa al programa que miraba.

—¿Ahora sí qué?

—¿Me tengo que ir?

—No, no se trata de eso —tan pronto lo dijo, el chico, aliviado, volvió a enfocar su atención en *Stranger Things* como si nada más importase en el mundo.

—Necesito que prestes atención —dijo Carlos, quitándole el control remoto de la mano y volviendo a pausar la programación.

—Pero ya se va a acabar, faltan tres minutos…

—Luego terminas, esto es importante.

—Está bien —dijo, resignado—. ¿De qué se trata?

—¿Recuerdas que te dijimos que el objetivo… que la razón por la que te tenemos aquí es investigar si tus exámenes te convierten en un candidato para… lo que estamos tratando de hacer? —Carlos estaba nervioso y no lograba encontrar las palabras correctas. Cayó en cuenta de que toda su planificación dependía de que convenciese al joven de desprenderse de una parte de su cuerpo sin saber a ciencia cierta si aquello le traería algún beneficio. Visto desde esa óptica, era una locura, por lo que consideró que esa sería la venta más difícil que tendría que cerrar en toda su vida. De lograrlo, había enormes posibilidades de que John se salvase y él pudiese retomar el control de su vida, incluso recuperar a Karina, otro problema que se mantenía latente en su mente como el pulso de un dedo gigante que amenazaba con aplastarle. Sabía que pisar en ese fango podía hacerle caer en una depresión tremenda, lujo que no podía permitirse.

—Claro, ¿lo de la sangre y esa mierda?

—Exacto. Obtuvimos los resultados y todo salió como esperábamos.

—Eso es bueno, ¿no? —preguntó—. ¿Eso quiere decir que me van a pagar más y que puedo quedarme más tiempo?

—Digamos que sí, aunque todo depende de ti. Mi hijo, John, mi único hijo, quien apenas tiene quince años, padece una enfermedad terrible, sus riñones están dañados. Su única oportunidad de vivir depende de que se le pueda colocar uno nuevo —respondió Carlos Luis, esperando que George sacase sus propias conclusiones.

—Eso es terrible. Lo que no entiendo es por qué dice que todo depende de mí, ni que fuese médico —contestó el joven, riendo. Carlos tragó duro, aquello iba a ser más difícil de lo que imaginó.

—Ni su madre ni yo podemos darle nuestros riñones ya que, tristemente, no somos compatibles. ¿Entiendes a lo que me refiero?

—La verdad es que no entiendo un carajo de lo que dice.

—¿Sabes lo que es un trasplante?

—Mmm, sí, pero mejor me lo explica—. Carlos quedó sorprendido, al parecer el chico ni sabía de qué le estaba hablando. No era tan ilógico después de todo, había dicho que estudió hasta octavo grado y posiblemente jamás había prestado atención a las clases de Biología.

—¿Sabes que son los riñones?

—Claro, ni que fuese idiota —respondió.

—Tenemos dos riñones, pero el cuerpo puede funcionar perfectamente con uno…

—¿Para qué tenemos dos entonces? —le interrumpió George.

—Para que se repartan el trabajo y por simetría, supongo —respondió Carlos, encogiéndose de hombros—. Pero con uno que trabaje bien es suficiente. La cosa es que cuando una persona sufre la enfermedad que está sufriendo mi hijo, los dos riñones se dañan, y es necesario colocarle uno nuevo, en…

—¿Pero de dónde lo sacan? ¿No me va a decir que hay una tienda de riñones?

—Ojalá la hubiese, George, ojalá. Por eso te pregunté si sabías lo que es un trasplante. Se trata de una operación mediante la cual un doctor extrae el riñón dañado y coloca uno nuevo. Ese riñón puede venir de una persona que haya muerto y que en vida haya decidido donar sus riñones para ayudar a otros, o puede venir de una persona que voluntariamente decida dar uno de los suyos. Como te dije, ni su madre ni yo podemos hacerlo, porque no somos compatibles, es decir, su organismo no puede aceptarlos. A través de la sangre se determina si hay compatibilidad…

—Ya va, ya va —le interrumpió George—. Creo que ya entendí. ¿Para eso era qué quería mi sangre? —preguntó, incorporándose en la cama y cubriendo su torso desnudo con la sábana. Parecía que sus ojos estuviesen a punto de abandonar las órbitas.

—Cálmate —le tranquilizó Carlos y fue a ponerle la mano en el hombro, pero el joven se apartó rápidamente—. La idea era determinar si tú y él son compatibles, lo que tiene una probabilidad baja, pero resultó que sí lo son. Claro que…

El joven se levantó por el lado opuesto de la cama y se alejó lo más posible de él.

—¿Aquí es dónde me matan y luego desaparecen mi cuerpo?

—Claro que no, no seas tonto —respondió Carlos—. Como te dije al principio, es tu decisión. Nadie te va a obligar.

—No, claro que no quiero que me quiten un pedazo, ni que fuese loco.

—Te repito, tu cuerpo seguiría funcionando de la misma manera. Con un riñón trabajaría a la perfección —dijo mientras bajaba el tono hasta convertirlo en un susurro al darse cuenta de que no había forma de convencerle. Se reprochó el no haber sabido explicárselo de otra forma— y la pesadilla de mi hijo terminaría —terminó, ya casi hablando para sí mismo.

—Les dije que podía hacer muchas cosas, algunas ni se las imaginaría, pero esta se lleva todo al carajo.

—Te entiendo, recuerda que era una petición, no te voy a obligar a hacer nada que no quieras —dijo, mientras en su mente se formaba la imagen donde le extraía el riñón contra su voluntad, lo que haría que John estuviese bien, pero de inmediato la rechazó. Cuando comenzó a planear toda esa locura, se creía capaz de hacer algo así, pero ahora no. En cualquier caso, no quería permitirse el tiempo para pensarlo—.

Creo que es mejor que te lleve de vuelta, vístete mientras me arreglo —concluyó, su voz convertida en un hilo. Sintió que el mundo se derrumbaba y que no era mucho lo que le quedaba por hacer.

Carlos Luis subió las escaleras con el alma destrozada. Sentía que no le quedaban fuerzas para seguir y que le había fallado a su hijo. Quería desaparecer, dejar de existir, que su mente quedase en negro y que ya nada le atormentase, tal vez Clapton tenía razón después de todo, aunque al pensarlo mejor se dio cuenta de que no había manera de que fuese al cielo, no solo porque pensaba que no existía, sino porque de existir, estaría lejos de merecerlo. El infierno, en todo caso. Mientras con la mano temblorosa se servía otro trago, Diana Ross y Lionel Richie comenzaron a interpretar *Endless love* en su móvil, el tono que había asignado a Karina, lo que le produjo unas inmensas ganas de llorar.

—Hola, cariño —dijo al responder, preparado para una respuesta ácida, pero en su lugar lo que escuchó fueron los sollozos de su esposa:

—Disculpa que te moleste —dijo, cuando pudo controlar el llanto—. Es mamá, me acaban de avisar… se cayó y parece que se fracturó la cadera… dicen que no saben si resista la operación. Carlos… yo…

—Tranquilízate, Karina —le interrumpió Carlos—. Todo va a salir bien.

Lara Phillips, la madre de Karina, era una mujer muy enferma. Con apenas setenta y un años, sufría de osteoporosis, tensión alta y lo que Carlos sospechaba era un principio de Alzheimer. Al principio se había opuesto radicalmente a la relación entre Carlos y su hija, pues creía que ella podía conseguir algo mejor —oposición que terminó cuando se enteró de que estaba embarazada— pero con el tiempo él se había ganado su cariño y ahora le consideraba como a otro hijo. Había vivido sus siete décadas en *Cheyenne, Wyoming*, de donde era originaria Karina, y desde que a su marido se lo había llevado el cáncer, diez años atrás, la mujer rara vez dejaba su vivienda (excepto para ir al hospital) y tampoco le gustaba que le visitasen, razón por la cual John había visto a su abuela en escasas ocasiones.

—Me arrepiento de no haber pasado más tiempo con ella —dijo, llorando. Karina pasaba una semana al año con ella, cada marzo, para celebrarle el cumpleaños.

—Eso no es tan grave, ya verás que se va a recuperar —replicó Carlos Luis, cuyo ánimo no era el más adecuado para consolar a alguien—. ¿Quieres que vaya a la casa?

—No, gracias, ya llamé a un taxi, voy al aeropuerto, necesito verla antes de que entre al quirófano, puede ser mi última oportunidad —dijo en medio de otro acceso de llanto—. ¿Podrás llevar a John a su diálisis? No te lo pediría si…

—Claro que puedo. Si necesitas que esté contigo, solo déjamelo saber.

—Gracias, dijo ella. Te llamaré luego de verla.


La montaña rusa de emociones que estaba experimentando no le hacía nada bien a su maltratado sistema nervioso. Un poco menos de veinticuatro horas atrás se encontraba en el suelo tras el despido y la petición de divorcio, de allí ascendió a la cima al recibir la llamada de Estrada, lugar desde donde George le enviaría en vertical, aunque no lo culpaba. En sus zapatos, hubiese reaccionado de la misma manera. Lo de la madre de Karina, si bien no era el momento donde estás seguro de que el carrito se saldrá de los rieles en la próxima curva, estaba cerca. Suponía, quizás por el estado depresivo en que se encontraba, que venía más. Para comprobar su teoría, decidió llamar a la compañía de seguros. Necesitaba estar preparado ya que en la tarde le tocaría llevar a su hijo a la diálisis y no quería recibir la noticia frente a él, ya bastantes preocupaciones tenía el pobre muchacho para agregarle una más. Le atendió una joven muy amable, a la cual le dijo que estaba cambiando de empleo y quería saber cuál era el estatus de su póliza pues su hijo se encontraba muy enfermo (no fue capaz de decir la verdad, supuso que por vergüenza). Después de que la chica le preguntase si no le importaba que le pusiera en espera —siempre había querido saber qué pasaría si dijese que sí le importaba, pero este no era el momento—, tras escucharla teclear, le comunicó que lo sentía mucho, que su póliza había sido cancelada. Le preguntó si estaba segura, a lo que ella respondió que lo había chequeado dos veces y que en el sistema aparecía que la razón era despido. Tuvo que cortar la llamada, no tenía palabras para responderle. La vergüenza se convirtió en rabia. Rabia contra Kennedy, que no había tenido la más mínima misericordia para con su hijo. No importaba que le hubiese escupido la cara, ni que le hubiese hecho perder dinero, aquello no tenía justificación en la mente de Carlos. Una sonrisa diabólica se dibujó en su rostro cuando se le ocurrió un nuevo plan. El riñón que tanto necesitaba su hijo iba a ser el de aquel miserable. Era la mejor forma de ejecutar su venganza. Claro que para ello necesitaba apartar a Joaquín, no podría involucrarlo jamás en un crimen. Esta vez no solo sería secuestro ni robo de órganos, eran palabras mayores. Porque si algo tenía claro, era que una vez extraído el órgano, no podía dejarle con vida. Convencer a Estrada sería otra cosa, pero suponía que eso lo podía manejar, estaba seguro de que un hombre apuntado con una pistola haría cualquier cosa por conservar su vida, o al menos eso esperaba. Así como sabía que no le temblaría el pulso para acabar con Kennedy, sabía que sería incapaz de tocarle un pelo al médico. Fue a la caja fuerte y comprobó que el arma que allí guardaba estaba en perfectas condiciones. Necesitaba conseguir un par de sacos de cemento para hundir a su ex-jefe en el fondo del lago luego de que hubiese terminado con el viejo cabrón. Esperaba que fuese compatible, ya que si no lo era, siempre estaba Bollinger. La desesperación lo consumía y ya nada le importaba. Una vez seguro de que su hijo estaría bien, acabaría con su vida. Terminó el contenido de la botella de whisky; tendría que comprar otra cuando regresase de dejar a George donde le había encontrado. Llamó a Joaquín para comunicarle la mala noticia, pero no le dijo ni una palabra de lo que tenía planeado, necesitaba aclarar su mente antes de hablar con él. Este le dijo que ya la máquina de diálisis se encontraba en el camión que la transportaría hasta la cabaña y que en un rato regresaría. Carlos le pidió que llegara antes de la entrega, ya que él iría a *Janesville* a dejar a George.

Cuando John bajó al sótano encontró a George vestido con la misma ropa con que había venido, incluso se había puesto los zapatos —olvidados desde el día de su llegada— y devuelto la ropa que había usado de John, dejándola sobre la cama. El televisor estaba apagado.

—Vamos —le dijo Carlos Luis sin mirarle a la cara. El chico se limitó a asentir.

En el carro, le indicó por señas que se pusiese el cinturón antes de arrancar. Condujo en silencio y cuando se acercaban a *Baraboo* tuvo que secarse una lágrima que se abría paso por su mejilla. George continuaba con la cabeza baja, sin proferir palabra. Un conductor imprudente les cortó el paso y Carlos, cuando tuvo que frenar de golpe, llevó su mano al pecho del joven buscando protegerle. Por primera vez se miraron a los ojos.

—¿Estás bien? —le preguntó, retirando la mano.

—Espere, deténgase un momento—respondió George—. Voy a

hacerlo.

—¿Hacer qué? —preguntó Carlos Luis.

—Lo del riñón.

Carlos le miró, sorprendido, estacionando el vehículo a la orilla de la calzada.

—No es necesario, entiendo por qué no quieres hacerlo.

—Si quiero, bueno, no es que me muera de las ganas, pero… pero, me hubiese gustado que mi padre hubiese sido como usted en vez de ser un borracho. Entiendo que salvar a su hijo es lo único que le importa y mi vida, mi vida es… —el joven se cubrió la cara con las manos, y emitió un sollozo— …una mierda —dijo sin descubrirse el rostro.

—Te lo agradezco, es un bonito gesto de tu parte, pero no creo que sea una mierda. Eres muy joven y tienes toda la vida por delante. Quizás todo esto te haya servido para reflexionar y dar un cambio de rumbo —dijo Carlos, quien a pesar de que el chico le había servido en bandeja de plata la solución, sentía que no había marcha atrás. Había dejado salir lo peor de él y no estaba dispuesto a que sus problemas siguieran arrastrando a los demás. No lo merecían.

—Eso se dice fácil —dijo el chico con la cara bañada en lágrimas— pero usted no entiende. No sabe lo que es pasar frío, lo que es no tener ropa que ponerse, lo que es acostarse con el estómago vacío porque ese día no apareció un pervertido que quisiera chupártela o que se la chupase. Me encantaría salir del hueco en el que me encuentro, pero para la gente como yo no hay futuro.

—Claro que lo hay. ¿Estás dispuesto a hacer lo que haga falta para dejar todo eso atrás? —le preguntó Carlos, conmovido al pensar en cuántas personas como George habría allá afuera.

—Siempre lo he estado, pero nunca supe cómo.

Carlos echó la cabeza hacia atrás y la recostó del asiento. Quería gritar, no sabía qué hacer. Ya había tomado una decisión y pensaba que una vez que se toma una decisión como esa no hay retorno, pero sentía la imperiosa necesidad de ayudar a ese chico. Ni siquiera era por interés en su riñón, sino porque sabía que podía enderezar una vida. Una vida que como habían concluido él y Joaquín, no tenía futuro. Juntó las manos como si fuese a rezar y las llevó a su boca, inspirando aire por la nariz con fuerza.

—Te voy a ayudar y no creas que lo hago por lo del riñón, dejo a tu elección si quieres dárselo a mi hijo o no, piénsalo. Sin importar lo que decidas, cuenta conmigo.

Cuando Carlos Luis y George llegaron, Joaquín estaba dándole indicaciones a los transportistas, quienes introducían la máquina a la cabaña. Le preguntó a Carlos con la mirada que ocurría y este le indicó de la misma forma que esperase.

—¿Dónde la ponemos? —preguntó.

—En la habitación de John. Vamos —le dijo a George.

En vez del sótano, lo llevó a la sala, donde el televisor era más grande.

—Guao —dijo el joven al verlo, todavía con las secuelas del llanto en su rostro.

Carlos Luis le entregó el control remoto y le explicó cómo acceder a los servicios de *streaming*. El joven se instaló en una de las poltronas y se quitó los zapatos. Le contó a Joaquín lo que había ocurrido, en líneas generales —sin hacer mención a su plan alterno, el cual no había descartado— mientras los hombres dejaban la máquina en su sitio.

—Tuve que hacer malabares —dijo Joaquín, señalando hacia el cuarto de John.

—¿Por qué?

—Se supone que uno de los técnicos debía ir en la tarde a instalar la máquina. Tuve que inventar un cuento chino, pero creo que se lo creyeron. Tú por casualidad no sabrás como instalarla, ¿verdad?

—Claro que no —dijo Carlos en medio de una sonora carcajada.

—Lo supuse. Tendré que arreglármelas. Menos mal que existe *Youtube*.

—Ah, por cierto. Lo del seguro, como pensé, buenas noches. *Hastalavista, baby.*

—¿Cómo sabes?

—Llamé. Ya la póliza fue cancelada. Por favor entra en el sistema y dale curso a la otra Orden. Si es posible que se entregue mañana mismo, mejor. Ya no quedan dudas acerca de que el plan C es la única vía.

—No te preocupes, lo haré.

—Como si fuese poco, la madre de Karina tuvo un accidente y al parecer tiene la cadera fracturada, por lo que tuvo que tomar un avión para ir a verla, así que yo llevaré a John a la diálisis. Igual, lo prefiero porque si en el hospital ya se enteraron de lo de la póliza, lo cual dudo, prefiero manejarlo yo. Además, no quiero que Estrada sospeche más de la cuenta. En cualquier caso, la próxima sesión ya debería ser en la máquina nueva —dijo Carlos Luis, sintiéndose mal, ya que le había dicho a su amigo que siempre sería frontal con él, pero no tenía ni la mínima intención de revelarle su macabro plan. No podía, por el bien del joven. Al menos por los momentos.

John no sabía lo de su abuela y mucho menos que su madre había volado a *Wyoming*. Cuando Carlos Luis llegó a buscarle para llevarlo al *Meriter*, se encontraba enfrascado en una partida de fútbol con Manuel. Karina, con el apuro, no había dejado ni una nota. Tampoco había llamado.

—¿Será muy grave lo de la abuela?

—Esperemos lo mejor, pero la situación es delicada.

—Por lo pronto, vámonos. Amenaza con desatarse otra tormenta.

—¿No llevan los libros? —les preguntó. Los chicos se miraron, se echaron a reír y fueron por ellos. Carlos pensó con tristeza que posiblemente no los necesitara por un tiempo, no sabía cuándo sería la próxima vez que su hijo iría a la escuela, pero por supuesto no se lo iba a decir.

Al llegar al hospital se registraron para la sesión y no hubo mención del seguro. Carlos sentía que en cualquier momento aparecería alguien con lentes muy gruesos a decirle que su póliza había expirado, por lo que llevaba seis billetes de cien en la cartera. Preguntó por Estrada y le dijeron que aún no había regresado. Casi a las tres, comenzó la diálisis, que se extendería por cuatro horas. Ya John estaba acostumbrado y estar con Manuel hacía la situación más llevadera. En el camino a casa, Carlos Luis le explicó que se irían a la cabaña, le dijo que era algo momentáneo ya que no quería que estuviese solo en la casa mientras su madre no regresase. Manuel preguntó si podía acompañarles, pero Carlos le dijo que no era buena idea, ya que al día siguiente tenía clases y no quería que las perdiera. Además, así tomaría los apuntes para luego compartirlos con John. El chico aceptó aunque no le gustó la idea. Carlos le pidió que no dijera a nadie que iban a la cabaña, le dijo que se trataba de una sorpresa y que nadie debía saberlo por los momentos. Manuel asintió sin hacer preguntas.

—Sería buena idea que llevaras el *Playstation* —dijo Carlos.

Flaqui apareció en la sala maullando, enseñoreado al no ver a Karina.

—Pá, ¿podemos llevarlo? Anda, por favor, di que sí, mamá no está.

—¿Por qué no? Busca la jaula —dijo Carlos, encogiéndose de hombros.

—El *kennel* papá, no es una jaula.

—Para mí es una jaula —contestó, encogiéndose de hombros.

Dejaron a Manuel en su casa antes de tomar el camino hacia los *Dells*.


El gato no paraba de maullar, al parecer el movimiento del vehículo no le hacía gracia. John tuvo que sacarlo del *kennel* y ponerlo entre sus piernas, pero el animalito seguía inquieto, con las pupilas dilatadas, mirando en todas las direcciones. Luego de que el joven pasó un buen rato acariciando su cabeza pareció resignarse, aunque de vez en cuando emitía un sonido gutural que hacía gracia a John pero que Carlos Luis interpretaba como un mal presagio. Necesitaba preparar a su hijo para lo que venía, tarea nada fácil ya que no le podía revelar gran parte de lo planificado. Por supuesto que el incidente con los iraníes y el plan concebido cuando George había declinado su oferta estaban fuera de toda consideración, pero necesitaba explicarle el motivo de que hubiese una máquina de diálisis en su habitación; qué hacía en el estudio lo que parecía un mini-centro de comunicaciones, lo que incluía quien era Joaquín, qué hacía George allí y qué papel jugaba en la ecuación, sin contar con que al día siguiente llegaría un camión cuyo contenido convertiría el sótano de la cabaña en un quirófano improvisado. Por si fuera poco, tendría que decirle que había perdido su empleo, ya que era la columna vertebral de muchas de esas cosas. Le preocupaban las preguntas que el muchacho haría, para algunas de las cuales no tenía respuestas. Era mucho lo que estaba al sur de lo que se puede considerar ético y no quería que el joven adoptase valores que no eran correctos. John no podría entender muchas cosas hasta que se convirtiese en padre a su vez, ya que es difícil de explicar lo que un hombre es capaz de hacer por salvar a su hijo. Tendría que ir con pies de plomo pues aunque sabía que la conversación era inevitable, no estaba preparado del todo para tenerla; la oportunidad en medio de lo trágico del accidente de Lara, precipitó las cosas y no le dio alternativa.

Comenzó por explicarle que esperar por un donante a través de la lista podía ser un proceso largo pues otras personas se encontraban en estado crítico; y dada la imposibilidad de que él o Karina le dieran uno de sus riñones, había decidido explorar otras opciones. Buscaba a alguien que voluntariamente, quizás a cambio de una compensación —odiaba decirlo, pero no era momento para florituras— estuviese dispuesto a realizar la donación. John le preguntó si no era lo mismo que traficar con órganos, a lo que le contestó que, si bien no lograba entender por qué no era legal que alguien, en pleno uso de sus facultades, decidiese recibir un beneficio a cambio de un órgano, cuya pérdida no disminuyese su calidad de vida, era la ley y había que respetarla. Aunque, dijo, a veces había que hacer excepciones y pensaba que esta era una de ellas. Sabía que era una justificación burda, pero era la única que tenía. Le contó que Joaquín, un compañero del trabajo, un nerd en informática, le había ayudado, dedicándose por completo a la tarea, por lo que se había instalado en la cabaña con sus equipos para trabajar desde allá. Le dijo que la búsqueda del posible donante había sido complicada y por eso, un error terrible le había costado el empleo. John se preocupó de inmediato, sintiéndose culpable por un lado y desprotegido por el otro, sabiendo que el salario de su padre era el único sostén de la familia. Carlos Luis le aseguró que no había motivo para preocuparse (aunque no lo creyese así), que todo iba a salir bien. Luego le habló de George —sin decirle las circunstancias en las que le había encontrado— quien, posiblemente, se convirtiese en el donante. John se interesó en saber más acerca de él, pero le aseguró que ya tendría tiempo de conocerle. Con respecto a la máquina de diálisis, sin explicarle su procedencia, le dijo que no solo haría más cómodo el proceso, sino que venía a resolver la pérdida del seguro médico, lo que causó una nueva angustia para John, quien no había caído en cuenta de que su seguro dependía del empleo de su padre. De nuevo le aseguró que todo iba a salir bien y le explicó que improvisarían un quirófano en la cabaña, donde el doctor Estrada realizaría la operación cuando llegase el momento. No le aclaró que el doctor todavía no tenía idea de aquello, pero lidiaría con eso luego. Flaqui, quien se había quedado dormido y ronroneaba desde las piernas de John, estiró sus patas delanteras cuando el vehículo se detuvo a la entrada de la cabaña.


Encontraron a George en la misma posición en que le había dejado Carlos Luis antes de partir, pegado al televisor, control remoto en mano.

—George, quiero que conozcas a mi hijo, John.

—Hola —dijo George, levantándose y ofreciéndole su mano al muchacho, quien luego de cambiarse el *kennel* a la izquierda, se la estrechó. Se produjo un silencio incómodo que rompió Flaqui con un maullido. John le liberó y el gato salió corriendo al jardín en busca de tierra para hacer sus necesidades.

—¿Por qué no traes el *PlayStation*, John? —preguntó Carlos, sabiendo que no había mejor forma de romper el hielo entre los dos jóvenes. De inmediato los ojos de George se iluminaron y el hombre pensó que lo más seguro era que el chico jamás hubiese tenido la oportunidad de utilizar una consola de videojuegos.

—Voy —dijo, dirigiéndose a la puerta. En el camino se encontró de frente con Joaquín, quien de inmediato dijo:

—Ey, tú debes ser el famoso John.

—Eh… sí, ese soy yo. ¿Famoso? —preguntó.

—Tu padre no para de hablar de ti —replicó. Carlos Luis, quien les observaba desde la sala, prefirió dejar que se conocieran, no quería imprimir más carga emocional a su hijo, quien no era muy extrovertido.

Mientras John iba en busca del aparato, Carlos Luis salió al jardín para llamar a su esposa, de la cual aún no tenía noticias. No le diría que se encontraba en la cabaña para evitarse preguntas incómodas. Esperaba que no le tuviese malas noticias. Ella tomó la llamada al tercer repique.

—Hola, cariño, cuéntame qué ha pasado —le dijo.

—Nada todavía, aún la están operando —contestó ella, con voz fañosa.

—¿Pudiste verla?

—No, el avión se retrasó casi tres horas por el mal tiempo y cuando llegué ya había entrado al quirófano y aún no sale —dijo, consternada—. Lo peor es que nadie me dice nada, no sé qué hacer —continuó, llorando.

—No te preocupes, todo va a salir bien —dijo Carlos, tratando de consolarla.

—Estoy muy asustada. Tienes que cuidar a John. No le avisé, ¿él está bien? ¿Lo llevaste a la diálisis? Lo olvidé, estoy hecha un manojo de nervios.

—John está bien. Claro que lo llevé, despreocúpate.

—¡Qué angustia tengo!

—Piensa en otra cosa. Todo va a salir bien, por favor avísame cualquier cosa.

—Lo haré —dijo ella, un poco más tranquila.

El gato estaba como loco, olisqueando cada centímetro del jardín. Carlos pensó que se sentiría perdido en aquel lugar extraño para él.

Cuando entró, consiguió a los dos chicos enfrascados en la consola. John le estaba enseñando a George —quien estaba eufórico como un niño con juguete nuevo— los rudimentos del juego de fútbol que había puesto para comenzar. Carlos sintió lástima por el joven, a quien le había tocado vivir una vida llena de dificultades sin haber hecho nada para merecerla. Joaquín les esperó para ver qué les apetecía cenar —había calmado el hambre de George con un sándwich— y Carlos decidió que había motivos para celebrar, ordenaría pizza. El cielo amenazaba tormenta, pero aún no llovía, por lo que al menos no tendría que cruzarse de nuevo con la inoportuna señora Robertson. La llegada del repartidor fue lo único capaz de separar a los muchachos del televisor. Estaba seguro de que Karina no aprobaría que su hijo ingiriese un alimento tan grasoso, sin hablar del refresco —sobre todo por la hora— pero sabía que por una vez que se saliera de la dieta nada le pasaría. El chico se lo merecía y George también. Ambos atacaron las cajas de *Domino's* como si no hubiesen comido en días y luego del festín regresaron al juego. Carlos estaba contento al ver a John animado. Sabía que estaba haciendo de tripas corazón y eso le partía el alma. Tenía la esperanza de que lo que hablaron le subiera el ánimo y rogaba para que las cosas salieran como las había planeado. Nada sería peor que haber sembrado la ilusión en su hijo para luego defraudarle. Él y Joaquín se fueron a dormir cuando dieron las once, ambos cansados por el trajín del día y los jóvenes prometieron hacerlo en un rato —George dormiría por primera vez fuera del sótano, Carlos Luis le había acondicionado la habitación de huéspedes—. Sabía que ese rato se iba a convertir en madrugada, pero no es que John tuviese que ir a la escuela al día siguiente o que George tuviese algún compromiso, por lo que se fue a la cama sin preocuparse por ellos. Necesitaba descansar para lo que le esperaba al día siguiente.

Los chicos continuaban durmiendo cuando Joaquín, tras dejar preparado el desayuno, se dispuso a salir de nuevo hacia *MDT* para coordinar el despacho de la segunda Orden, la que contenía el equipo quirúrgico.

—Tienes cara de que estás pensando en algo malo —le dijo a Carlos.

—No, ¿por qué lo dices? —respondió este. Karina le había llamado a última hora de la noche para decirle que su madre había salido del quirófano; durante la operación había sufrido un pequeño evento cardíaco y se encontraba en cuidados intensivos. Las próximas veinticuatro horas serían vitales. Luego de la llamada le costó conciliar el sueño.

—Creo que ya te conozco y esa cara me dice que estás urdiendo otro loco plan del que me voy a enterar cuando sea tarde —dijo, con una sonrisa.

—Nada fuera de lo que hemos hablado. Hoy tenemos que instalar el quirófano lo mejor que podamos y traer a Estrada —contestó Carlos Luis, haciendo un esfuerzo para disimular lo que le rondaba en la cabeza, el plan que involucraba a Kennedy. Aunque el mismo había perdido fuerza durante la noche, no lo había descartado.

—Me preocupa Estrada, creo que estás subestimando su reacción.

—A mí también me preocupa, sé que al principio va a oponer resistencia, pero lo que no sé es cómo hacer para que John y George no se enteren de que él no vino por voluntad propia.

—Como te gusta adornar las cosas, querrás decir para que no se enteren de que lo secuestramos y de que si va a realizar la operación será bajo coacción.

—Creo que al final entrará en razón. No tiene por qué no hacerlo.

—Envidio tu optimismo.

Joaquín dio un brinco cuando Flaqui, quien había entrado sigiloso en la cocina le pasó entre las piernas, recostándose de él. —¡Me asustaste, gato del carajo! —exclamó.

—Ya como que aprendió quien maneja la comida —dijo Carlos, riendo.

El animal los vio uno a uno y lanzó un maullido.

—Tiene hambre —dijo Carlos Luis, buscando la bolsa de alimento.

—Deberías ponerle una campana —dijo Joaquín.

—Lo he pensado, siempre me asusta, pero John leyó en internet que no es bueno, tienen muy desarrollada la audición y el ruido que produce puede hacerles daño.

—Me voy. Está atento a la llegada del transporte, pueden llegar antes que yo, tengo que hacer mantenimiento a unos equipos antes de regresar —dijo Joaquín, acariciando la cabeza de Flaqui mientras Carlos llenaba su plato de comida y le servía agua.

—Vete, antes de que seamos dos los desempleados —replicó Carlos.

—Me vale mierda, en realidad. Aunque no creo que me vayan a despedir, les cuesto muy poco para todo lo que hago —dijo Joaquín, encogiéndose de hombros.

Carlos bajó a despejar el área donde irían los equipos. Le preocupaba que alguno no fuese a entrar por la estrecha abertura que daba al sótano, pero suponía que se las arreglarían. El centro de la estancia principal era suficientemente amplio para brindarle al doctor un ambiente en el que pudiese trabajar con comodidad. Flaqui había venido detrás de él y estaba inspeccionando todo con minuciosidad. Subió a buscar implementos de limpieza, pues el sitio tenía que quedar lo más estéril posible. Cuando tenía casi dos horas dedicado a la tarea, John bajó las escaleras y le preguntó si necesitaba ayuda. Estuvo a punto de decirle que sí por la forma en que chillaba su cintura, pero declinó en último momento. Le preguntó si ya George se había levantado y John le dijo que aún no, que habían jugado hasta las cuatro, pero que en un rato le despertaría.

Cuando escuchó el timbre, Carlos Luis salió a abrir, suponiendo que habían llegado los equipos, pero se llevó una sorpresa al ver que no se trataba del transportista, sino de Manuel con un morral a la espalda y una gran sonrisa en el rostro.

—Muchacho, ¿qué haces aquí? —le preguntó.

—Estaba aburrido. John me mandó fotos cuando logró completar la misión de la runa negra en *God of War*. Teníamos más de dos semanas atorados en ella y decidí venir a ver —contestó el chico como si fuese la cosa más natural del mundo.

—Pe-pero, hoy es jueves, además son —dijo Carlos mirando el reloj— las doce del mediodía. ¿No deberías estar en clase?

—El señor T enfermó y salimos temprano.

—Manuel, lo primero que te dije es que no podías decirle a nadie que estabas aquí.

—Y no lo hice, sé guardar un secreto.

—¿Entonces cómo llegaste hasta aquí? No habrás tomado el carro de tu madre.

—En un Uber.

—¿Uber? ¿Cuánto cuesta eso?

—No mucho, sesenta y ocho dólares y cambio.

—Estás loco. ¿Y tus padres?

—Están bien, gracias.

—Digo, ¿qué les dijiste? —preguntó Carlos, exasperado.

—Ellos se van esta noche a casa de una tía en *Kansas* y no regresan hasta el domingo. Dije que tenía que hacer un trabajo y que me quedaría en casa de Christian, un compañero, ya que John no se sentía bien.

—¿No les pareció extraño? —preguntó Carlos, que en otras circunstancias no se hubiese detenido en tantos detalles, pero le preocupaba que el chico estuviese allí, pues no formaba parte de la ecuación, además de que tendría que enterarse de todo. *Igual, ya John se lo habrá contado,* pensó.

—No, ¿qué tendría de extraño?

—No lo sé. ¿Y las clases de mañana?

—Pensé que regresarían hoy.

—No, no está en los planes.

—Ah, nada va a pasar por un día que falte.

Carlos, resignado, rogó porque el chico no se convirtiera en un problema más.

Cuando el timbre sonó por segunda vez, Carlos Luis se asomó antes de abrir, no tenía ganas de llevarse otra sorpresa, pero esta vez sí se trataba de la compañía transportista. Gracias a la habilidad de tres jóvenes —los cuales cada vez que introducían un nuevo aparato le decían con la mirada que esperaban una buena propina— el sótano se fue llenando de equipos médicos. Joaquín llegó cuando se encontraban a media faena, mientras Carlos les iba indicando donde colocar cada instrumento.

—Tendremos que rezar para que no se desate una nueva tormenta y nos deje sin electricidad, ya que la planta no aguantaría esa carga ni cinco minutos—dijo Joaquín, abarcando con su mano la enorme cantidad de cajas que reposaban en el suelo. Carlos lo agregó a la lista de sus preocupaciones, no se le había ocurrido pensar en eso.

—¿Sabrás conectar estas cosas?

—Por supuesto que no, pero tendré que aprender —replicó el joven, tomando un manual de instrucciones de una de las cajas. El gato había regresado al sótano y estaba extasiado con el nuevo material a inspeccionar.

Al terminar, Carlos les entregó un billete de cien a cada uno de los muchachos, esperando que le viesen como un magnate pero, por el contrario, le vieron como si de un tacaño se tratase. Se encogió de hombros, frustrado. *Endless love* comenzó a sonar en su móvil y de inmediato tomó la llamada. Karina estaba muy nerviosa, veía muy mal a su madre. En medio de un acceso de llanto se cortó la comunicación.

Le llamó de vuelta, pero la llamada fue directo al buzón de voz. Esperaba que se hubiese quedado sin batería y no algo peor. Minutos más tarde, volvió a repicar el teléfono, esta vez desde un número desconocido.

—Diga —respondió.

—Carlos, soy yo, ¿sabes lo que ocurrió?

—No, ¿qué cosa? —contestó, preocupado.

—El teléfono se me cayó en el excusado —dijo Karina, soltando una risa histérica.

—Sácalo y no lo enciendas, se puede dañar.

—Claro que no. Eso está asqueroso y lleno de gérmenes.

—Pero… bueno, qué más da, déjalo allí —replicó, riendo también.

Supuso que ambos estaban a un tiro de piedra de la locura.


A Joaquín le tomó toda la tarde poner a funcionar los equipos, pero todo parecía estar a punto. Carlos contribuyó con sus limitados conocimientos, pero lo más importante fue que lo puso en contacto con un técnico del *Memorial* con quien había interactuado en múltiples oportunidades, quien les ayudó —desde su teléfono— a resolver algunos detalles que no aparecían en los manuales.

—Creo que estamos listos —dijo Joaquín, encendiendo la potente luz que alumbraría la tabla de operaciones y acostándose en ella—. Ahora solo falta el médico.

—Por más que le doy vueltas, no logro dar con la fórmula adecuada. No sé cómo atraer a Estrada hasta aquí sin levantar sospechas. Es demasiado lejos y no se me ocurre una excusa plausible.

—Yo pensé en algo —dijo Joaquín, sacando un pequeño frasco del bolsillo de su pantalón y entregándoselo a su amigo.

—¿Qué es eso? —preguntó, intrigado.

—Tres gotas de esto en cualquier bebida y se dormirá como un bebé.

—¿Qué es? ¿No es peligroso?

—No lo es. Olvídate del paño con cloroformo, eso solo funciona en las películas.

—¿Estás seguro?

—Como de que me llamo Joaquín. El cloroformo se usaba como anestésico muchas décadas atrás. Dejó de usarse porque es peligroso, pero que alguien se desmaye con solo olerlo es una fantasía. Tendrías que mantener el paño contra las vías respiratorias por mucho tiempo y ni sé las consecuencias.

—¿De dónde lo sacaste? —preguntó, mirando el frasco.

—No te preocupes —respondió Joaquín con una sonrisa.

—¿Qué hacemos con eso? No podemos dárselo en un lugar público.

—No, pensé en varias alternativas. Lo ideal sería en el carro, así lo traemos sin problemas. Ahora, no sé cómo hacer para que se suba. Podría ser en un bar, hará efecto en unos cinco minutos. Si calculas bien, puedes fingir que está ebrio.

—Se me ocurre algo —dijo Carlos—. Le digo que necesito que vaya a la casa a ver a John, allí se lo pongo en un café o algo, en lo que se duerma lo traemos.

—No es mala idea, pero va a decir que mejor lo lleves al hospital.

—Tienes razón —dijo. Luego de pensar un rato, continuó—: Ya sé, le digo que nos veamos fuera del hospital, en un bar, por ejemplo, pues es delicado lo que vamos a hablar. Eso ya medio lo asomamos en nuestra última conversación. Una vez allí, me llamas y finjo que eres Karina, que John tiene, no sé, que se desmayó. Le digo, es decir te digo, que vamos para allá y me lo llevo a la casa. Una vez allí, le doy las gotas.

—¿Pero cuando llegues y no vea a John ni a Karina? Tendrías que convencerlo de que beba las gotas, luego esperar cinco minutos. No sé cómo cubrir ese tiempo. Bueno, podría llamarte de nuevo y tú decirme que se fueron al hospital.

—Nadie se va a detener a tomar café mientras su hijo va camino a un hospital, Joaquín —dijo Carlos.

—Nadie rechaza una cerveza.

—Un médico en funciones seguro lo hace.

—Vamos, Carlos, eres un vendedor. No creo que no puedas convencer a un hombre de aceptar un refresco o una cerveza.

—Es verdad, creo que es nuestra mejor opción. Ahora, ¿qué hacemos cuando lleguemos aquí con él? No podemos permitir que los chicos le vean drogado, dopado o lo que sea que produzca el contenido del jodido frasco. ¿Cuánto dura el efecto?

—Es lo de menos. Lo llevamos directo al sótano, ellos parecen autómatas conectados a la TV, ni lo notarán, en cualquier caso, entramos primero para asegurarnos. El efecto debe durar unas horas.

Estrada tenía que terminar una ronda en el hospital y quedó en verse con Carlos en el *Mid Town Pub* a las nueve. A las siete y media Joaquín les sirvió a los chicos sándwiches y té helado, preparado para las quejas, pero ninguno de los tres le prestó atención. Estaban completamente perdidos en el mundo de *God of War*, mientras el gato dormía plácidamente frente al televisor. Pasaron por la casa de Carlos a encender las luces y dejar preparadas en la nevera las posibles bebidas para el doctor. Joaquín esperaría en la casa un mensaje de Carlos para dar inicio al plan.

—¿Cómo te fue en la Corte? —le preguntó Carlos cuando el doctor llegó al local, cinco minutos después de él.

—Excepto que perdí todo el día, excelente. Yo entré a los Estados Unidos con una visa temporal para profesiones específicas, lo que se llama una visa H-1B, la cual me ayudó a tramitar el hospital a través de Bernard, quien fue mi profesor en el postgrado de Urología, aunque ya me conocía desde la escuela de Medicina. Insistió en que trabajase con él, pero yo preferí irme a Venezuela. Cuando se complicó la situación en el país, tuve que salir prácticamente huyendo y me fui con Médicos sin Fronteras durante un año. Finalmente, Bernard me convenció. Total, acá había obtenido mi título y todo sería más fácil. Pero esa visa tiene una serie de complicaciones, por lo que el abogado del hospital me convenció de que tenía razones sobradas para solicitar un asilo político, y en eso estoy. Ayer tuve la primera audiencia y parece que todo va bien encaminado —dijo Estrada. Carlos ordenó dos cervezas.

—Que bien, estoy seguro de que no vas a tener ningún inconveniente. Si algo necesitamos en este país, es gente con talento —dijo Carlos, alzando su botella a manera de brindis. En ese momento, sacó su móvil y le envió el mensaje a Joaquín.

—¿Cómo está John? Háblame de eso que… —Carlos levantó un dedo en señal de que esperase cuando su teléfono comenzó a repicar.

—Dime Karina, ahorita estoy con el doctor Estrada y… —dijo, siguiendo el libreto acordado—. ¿Cómo? Cálmate y dime qué pasó —continuó, luego de escuchar por un instante—. No hagas nada, solo trata de levantarlo, vamos para allá —dijo, terminando la llamada y levantándose apurado, lo que hizo que su silla cayese al piso.

—¿Qué ocurre? —preguntó el doctor.

—Es John, se desmayó. Vamos, por favor.

Estrada se levantó de inmediato, dejó un billete de veinte en la barra y comenzó a caminar a paso rápido tratando de alcanzar a Carlos Luis, quien ya se dirigía a la puerta.

* * *

Carlos Luis bajó del vehículo tan pronto arribaron a la casa y entró, gritando:

—¡Llegamos, Karina! ¿Dónde están? —dirigiéndose a la cocina, con Estrada detrás. Joaquín, quien les había escuchado llegar desde el jardín trasero donde se ocultaba, realizó la segunda llamada. Cuando el teléfono de Carlos comenzó a repicar, vio la pantalla, diciendo—: ¿Karina? ¿Qué es esto? —Estrada observaba, sin saber qué hacer.

—¿Qué ocurre? —preguntó, mientras Carlos Luis respondía la llamada.

—¿Cómo? —dijo, luego de escuchar por un momento—. Pero te dije que veníamos para la casa, ¿estás segura de que está bien? —continuó, mirando al doctor mientras negaba con la cabeza, exasperado—. Ya vamos para allá —dijo, terminando la llamada.

—¿Qué pasó? —preguntó el médico, confundido.

—Pasó que mi mujer es una alarmista. John recuperó el conocimiento y decidió llevarlo al hospital, a pesar de que le dije que esperasen aquí. Dice que está todo normal, pero por supuesto es mejor que lo evalúes. ¡Qué difícil es entender a las mujeres! Lo que necesito es una cerveza —dijo, dirigiéndose a la nevera.

—Creo que es mejor que nos vayamos, puede ser…

—Solo déjame agarrar un par. Para los nervios, ¿sabes? —le interrumpió.

—Yo estoy bien —dijo el doctor. Ya Carlos había sacado dos botellas de la nevera, una de las cuales contenía las gotas que había vertido antes en ella. Fingió destaparla y ofreciéndosela a Estrada, dijo:

—Yo mismo la hice, es cerveza artesanal, casi no tiene alcohol.

—Creo que es mejor que nos apuremos —replicó el médico.

—No me la vas a despreciar, me siento muy orgulloso de ella —dijo Carlos, dando un largo trago a la suya. Estrada tomó la botella, encogiéndose de hombros.

—Bien, pero vamos de una vez.

—Déjame ir un minuto al baño y salimos, no aguanto más, creo que los nervios me aceleraron la vejiga —replicó Carlos Luis, tratando de ganar tiempo para que la poción de Joaquín hiciese efecto. Cuando regresó de orinar, preguntó, señalando la botella:

—¿Qué tal, cómo la encuentras?

—Tiene buen sabor, te felicito —contesto, dando un largo trago.

—Gracias. Discúlpame por haberte hecho perder el tiempo, mi esposa es insufrible.

—No te preocupes, vamos de una vez.

Carlos Luis arrancó el vehículo, esperando que las gotas surtieran efecto. No sabría qué hacer en caso contrario. Miró el reloj, impaciente. Apenas habían pasado tres minutos. Decidió concentrarse en la vía y esperar.

—Creo que la cerveza me dio calor, me siento extraño —dijo el doctor, llevándose las manos a los ojos. Carlos miró el reloj del tablero. Seis minutos.

—Es raro, casi ni tiene alcohol.

—Sí, pero… es que… —el hombre se fue deslizando hacia su derecha hasta que su cabeza reposó contra la ventana.

—Doctor… doctor —dijo Carlos, orillando el vehículo y dándole palmadas en la cara para verificar que se había dormido. Cuando se aseguró, dio vuelta en U para regresar a la casa, donde Joaquín le esperaba en la entrada.

—Te lo dije, como un bebé —dijo el joven al ver al doctor, quien dormía con una expresión placentera en el rostro.

—Me siento como un delincuente —dijo Carlos—. Pensé que esto sería más fácil. Me dan escalofríos de solo imaginar lo que falta.

—Espera —dijo Joaquín—. Somos los peores criminales del planeta.

—¿Por qué? —preguntó Carlos, nervioso.

—El vehículo. No podemos dejarlo allí.

—¡Mierda! —dijo Carlos.

—Vamos a buscarlo —replicó Joaquín, sacando las llaves del bolsillo de Estrada.


Carlos Luis se bajó primero para verificar que los chicos estuviesen distraídos. Joaquín le seguía en el vehículo de Estrada.

—Todo bien, siguen inmersos en el juego, ni se dieron cuenta de que entré —dijo Carlos Luis—. ¿Cómo lo sacamos?

—Entre los dos, ¿cómo más? Agradece que es un hombre menudo.

—En las películas es más fácil. ¡Pesa horrores! —dijo Carlos cuando al fin llegaron al sótano, ambos sudando por el esfuerzo. Lo acostaron en la que había sido la habitación de George, a la cual le había cambiado las sábanas en la mañana.

—El vehículo. No podemos dejarlo en la entrada a la vista de cualquiera.

—¿Tú crees? ¿Quién lo va a ver?

—Es hora de que pensemos como criminales. Recuerda que esto

que estamos haciendo, por más que quieras adornarlo, es un delito. Y no justamente una infracción de tránsito. Vamos a tomar todas las precauciones, comenzando por esconder el vehículo.

—Tienes razón. Dame las llaves y lo meto en el garaje. Nadie lo va a ver allí.

—Están pegadas.

—Voy —dijo Carlos. Estrada continuaba durmiendo profundamente.


George, John y Manuel continuaban parloteando alegremente, sumidos en su mundo. Flaqui estaba dormido, pero con las orejas levantadas, alerta ante cualquier eventualidad. Joaquín tomaba una cerveza mientras Carlos Luis atacaba una nueva botella de whisky.

—Tenemos que estar atentos por si despierta —dijo Carlos.

—Todavía falta, pero no es mala idea que bajemos.

Eran casi las tres de la madrugada cuando Estrada recobró el conocimiento.

—¿Dónde estoy? —preguntó, desorientado. Al ver la cara de Carlos, confundido al verse en un lugar que no reconocía, continuó— ¿Qué ocurrió, me desmayé? ¿Dónde…

—Estrada —le interrumpió Carlos Luis—. Lo que te voy a decir, en principio no te va a gustar, pero verás que es el mejor y único camino. Te pido disculpas por adelantado. Según lo que entendí de nuestras conversaciones, el llevar al donante al hospital podía convertirse en un problema, por lo de la junta médica, el comité de ética, que sé yo. Te aseguré que eso no iba a representar un problema para ti, pero luego de pensarlo mejor, preferí no correr riesgos. La única solución que conseguí, es realizar el trasplante aquí…

—¿Aquí es dónde? Me duele mucho la cabeza y no estoy entendiendo.

—Estamos en mi cabaña, en *Wisconsin Dells* —respondió Carlos. Joaquín tenía razón, era mejor no andarse con adornos.

—¿Cabaña? ¿Te volviste loco? ¿O fui yo? ¿Estaré soñando? —preguntó el médico, un poco más despierto pero confundido por las circunstancias.

—No es un sueño. Tuve que inventar lo del desmayo de John para poder traerte aquí, luego de darte unas gotas para dormir. De esa…

—Un momento, un momento —interrumpió Estrada, ya completamente despierto, incorporándose—. ¿Quieres decir que me drogaste y me trajiste acá, contra mi voluntad?

—Es exactamente lo que acabo de decir. Pero...

—No, eso no puede ser —dijo el hombre, levantándose. Tuvo que volverse a sentar pues se sentía mareado—. En efecto, te volviste loco, Parker.

—Nadie se ha vuelto loco. Piénsalo, en caso de que algo ocurra, es mi responsabilidad. Si todo sale bien, todos felices, pero si no, yo asumiré la responsabilidad y diré, lo cual ni siquiera sería una mentira, que te obligué a hacerlo.

—El solo saber que no es verdad ya me deja en una posición incómoda. Más allá de las implicaciones éticas, te puedo explicar mil razones por las cuales eso es una locura. Lo correcto es seguir los canales regulares, ir al hospital, eso se puede...

—El hospital ya no es una opción —le interrumpió Carlos Luis, tratando de mantener la calma. Entendía que para el médico no era fácil—. Como consecuencia de todo este lío, cometí un... bueno, perdí mi empleo y con él se fue el seguro médico. Como comprenderás, no dispongo de los recursos para pagar por un trasplante...

—¡Mierda! —dijo Estrada—. De todas formas, no puedo prestarme para eso.

—Con todo respeto, Estrada, creo que no entendiste que esto no es una petición.

—¿Respeto? —replicó, soltando una carcajada—. Me secuestras, me drogas, quieres obligarme a hacer algo en contra de mi voluntad, ¿y me hablas de respeto?

—No creas que no me avergüenza hacer esto, pero tienes que entender que no tengo opciones. La vida de mi hijo está sobre todas las cosas. Recuerda tu juramento hipocrático. Tienes que salvarlo —contestó Carlos, subiendo un poco el tono, pero tratando de mantener la calma. No quería caer en una discusión estéril.

—En cualquier caso, no sé si entiendes que el procedimiento es muy delicado. ¿Acaso crees que es algo que se puede hacer con un botiquín de primeros auxilios?

—Por supuesto que lo entiendo, podré estar loco, como dices, pero esa locura se debe a que NECESITO salvar a mi hijo. Eso es algo que ya tomé en cuenta. Por favor, ven conmigo —dijo, levantándose. Estrada, dudoso, se levantó con cautela y al ver que el mareo había pasado, le acompañó. Carlos se dirigía al centro de la estancia, donde había armado el quirófano. Joaquín se encontraba afuera de la habitación escuchando la conversación, en un punto donde no podían verle.

—Él es Joaquín, quién me ha ayudado con esto —dijo al médico.

—¿Tu cómplice? —preguntó Estrada.

—Podría verse así —contestó Joaquín, encogiéndose de hombros. Al correr las cortinas, encendió las luces y Carlos se sintió orgulloso de lo que habían logrado. Parecía un quirófano real.

—Pe-pero ¿qué es esto? ¿De dónde salieron todos esos equipos?

—Recuerda que trabajo... trabajaba en una empresa de suministros médicos.

—¿Y? ¿Acaso los bonos son en material quirúrgico?

—No te preocupes por eso, acá está todo lo que vas a necesitar.

—Vamos a aclarar algo. ¿Tengo que hacer esto obligado o puedo negarme?

—No hay alternativa, TIENES qué —dijo Carlos, negando con la cabeza.

—¿Crees que una sola persona puede llevar a cabo una operación como la que requiere John? ¿Acaso has visto, aunque sea en películas, una sala de operaciones?

—Claro que las he visto. Me dijiste que estuviste con Médicos sin Frontera. ¿En qué países ejerciste?

—En África y el Medio Oriente, más que todo. ¿Qué tiene eso que ver?

—Me imagino que no tendrías a tu disposición mucho personal o equipamiento.

—Es diferente, se trataba de salvar la vida de personas en condiciones extremas.

—¿Y crees que lo de mi hijo es una gripe? Condiciones extremas mis huevos.

—Es muy arriesgado. No podría manejar todo, hace...

—Tenga, doctor —intervino Joaquín, entregándole una libreta y un bolígrafo—. Haga una lista de las personas que necesita, nombres y apellidos. Nosotros se las traeremos—. Carlos lo miró, sorprendido.

—¿Más secuestrados? ¿Saben que van a terminar en la cárcel? —preguntó.

—Déjenos eso a nosotros —replicó Joaquín, con tono severo.

—Esperen que lo piense —dijo Estrada, rechazando la libreta—. Me duele mucho la cabeza, ¿tienen algún analgésico?

—Por supuesto, ya se lo traigo. ¿Quiere comer algo?

—No, estoy bien. Mejor, sí, un sándwich o lo que sea. A ver si me saco del sistema esa porquería que me dieron. ¿Qué es?

—No se preocupe, es inofensivo —contestó Joaquín, restándole importancia a través de un gesto de sus manos.

Mientras Joaquín preparaba un par de sándwiches para el doctor, Carlos Luis se le acercó, con una expresión de terror en el rostro.

—El celular. Lo dejamos solo, puede llamar a alguien…

—Cálmate —le interrumpió Joaquín sacando un teléfono del bolsillo—. Seré mal criminal, pero no tonto. Hace rato que se lo quité. A propósito de eso, necesitamos que envíe un mensaje, no vaya a ser que lo reporten como desaparecido y se joda todo.

—Yo no sirvo para esto —dijo Carlos, pasándose la mano por la frente.

—También tenemos que deshacernos de todos los teléfonos, incluidos los de los chicos. No sé cómo se lo vas a explicar.

—¿De verdad crees que haga falta?

—Claro que sí, no sabemos que puede ocurrir. Vamos a cubrirnos lo mejor que podamos y eso es una medida básica.

—Yo me encargo. Llévale la pastilla.

Tuvo que pararse enfrente del televisor para que los jóvenes le prestasen atención.

—Ya va, pá, espera un momento…

—Esto es serio —le interrumpió Carlos—. Supongo que estarán enterados, pero la operación de John, si todo sale bien, va a ser realizada aquí. Como ya les dije a ustedes dos —continuó, señalando a Manuel y a su hijo—, nadie debe saber de esto, debido a… es complicado, luego les explico. Lo cierto es que no podemos permitir que alguien se entere. Por eso, voy a necesitar sus celulares —dijo, extendiendo su mano.

—Pero, es que… —dijo John.

—Sin peros —replicó Carlos, serio. John y Manuel le entregaron sus aparatos.

—Yo no tengo —dijo George, encogiéndose de hombros.

—Lo siento, chicos. Sigan con su juego.

Cuando bajaba las escaleras, escuchó que Joaquín le preguntaba al doctor:

—Necesito saber quién podría notar su ausencia —mientras este terminaba el segundo emparedado.

—¿Aparte de todos mis pacientes?

—Sí, me refiero a… ¿con quién vive? Entiendo que no tiene familia acá.

—Tengo una prima en Miami. Vivo con una doctora que está terminando su postgrado, compartimos la renta.

—¿Y esta doctora, es muy cercana? —preguntó Joaquín.

—Mi amigo quiere saber si te la estás tirando —intervino Carlos.

—Eso es algo personal —respondió Estrada.

—En estos momentos no lo es. Poco me interesa su vida sexual, pero puede ser importante a la hora de asegurarnos de que nadie va a llamar a la policía porque usted no apareció hoy. En cualquier caso, ya me ha dado la respuesta. Vamos a escribir un mensaje a esta doctora… ¿cómo se llama? —preguntó Joaquín, quien había asumido el papel de malo en la dupla policía bueno-policía malo que estaba representando.

—Es la doctora Reynolds —dijo Estrada, en voz baja.

—No encuentro ningún Reynolds acá —replicó Joaquín, manipulando el teléfono del doctor—. ¿Cómo la tiene registrada?

—Sophie —respondió el médico.

—Sophie —repitió el joven—. Acá está. Vamos a escribir un mensaje a Sophie. ¿Qué le decimos? —preguntó, mirando a Carlos Luis, quien se encogió de hombros—. Ya sé, vamos a poner… ¿cómo se llama la prima en Miami? —preguntó al doctor.

—Se llama Cristina.

—A ver, díncteme como diría a Sophie que se tuvo que ir a Miami pues Cristina tuvo un accidente, que no se preocupe, que volverá tan pronto pueda y que avise en el hospital.

—Deme, yo lo escribo.

—No, no quiero trucos. Por favor, por el bien de todos, no queremos problemas, nada de mensajes en clave, ni palabras que puedan despertar sospechas. Veo que al menos tiene un contacto llamado Cristina Estrada. ¿Es la prima Cristina? —El doctor asintió. Carlos estaba aguantando la risa, le parecía demasiado graciosa la forma de comportarse de Joaquín, diametralmente opuesta a su actitud habitual.

—Escribiría algo como: Sophie, Cristina tuvo un accidente, voy a Miami a acompañarla, no te preocupes, estaré de vuelta pronto. Favor avisa a Clayton y a Bernard, te llamo en lo que pueda —dijo el médico.

—¿Sophie sabe quién es Cristina?

—Sí, la vio una vez.

—¿Quiénes son Clayton y Bernard?

—El director médico del hospital y el jefe de Urología —Joaquín miró a Carlos Luis, quien lo confirmó con un gesto.

—Bien, eliminamos lo de que le llamará y listo. Enviado.

—¿Se le pasó el dolor de cabeza con el *Tylenol*? —preguntó Carlos.

—Aún no.

—Es mejor que se acueste, en la mañana tendremos mucho por hacer —le dijo Joaquín, recogiendo los platos.


Joaquín extrajo una a una las tarjetas SIM de los cinco celulares que se encontraban en la cabaña, los destruyó con un martillo, luego los quemó, para finalmente echarlos al lago. También le quitó las baterías a los aparatos.

—¿No te parece un poco exagerado? —le preguntó Carlos, divertido.

—No. Ninguna precaución sobra. Lo encerraste, ¿no?

—Sí, le expliqué que iba a pasar la noche bajo llave y se resignó.

—¿Crees qué lo vaya a hacer?

—Sé que aunque se oponga, prevalecerá su vocación y creo que sabe tan bien como nosotros que John no tiene muchas oportunidades. ¿Qué ibas a hacer si nos decía que trajésemos más especialistas?

—Supuse que no se iba a atrever —replicó Joaquín, encogiéndose de hombros.

—Puede tener razón. A lo mejor se necesitan más especialistas.

—Ya veremos.

—¿No te preocupa que alguien trate de contactarnos y sospeche?

—¿Sospeche qué? ¿Quién podría llamar? A mí, de *MDT*, pero eso lo resuelvo.

—A mí Karina, pero no me preocupa, la llamaré yo. A John, tampoco...

—Me preocupa el otro chico —interrumpió Joaquín.

—Me dijo que avisó a sus padres que estaba bien y que ellos se van de viaje todo el fin de semana. Si de aquí al domingo no hemos resuelto, lo llevaré de vuelta.


George fue el primero de los chicos en levantarse al día siguiente.

—Quiero hablar con usted —le dijo a Carlos Luis, quien estaba tomando café mientras Joaquín preparaba el desayuno.

—Claro, dime —le respondió. El joven le hizo una seña hacia Joaquín y Carlos entendió que quería hablar en privado. Se lo llevó al patio trasero desde donde vieron a una familia de patos nadando en el lago.

—Usted me dijo que lo pensara y ya lo hice. Como dije, estoy dispuesto a darle mi riñón a John, sin condiciones. Él y Manuel me han tratado como nadie lo había hecho, cuente conmigo.

—Gracias, hijo, no sabes cómo me contenta. De todas maneras, te repito que no es una obligación, que…

—Quiero hacerlo, sé que lo es —dijo el muchacho. Carlos le abrazó y el joven se quedó impávido, quizás hacía pasado mucho tiempo desde la última vez que había recibido una muestra de cariño sincero.

Estrada se encontraba con mejor disposición en la mañana. Le aclaró a Carlos Luis que lo iba a hacer por John, más allá de verse obligado. Carlos le pidió disculpas nuevamente y le agradeció por no hacer las cosas más complicadas de lo que ya eran. El doctor le hizo una evaluación completa a George, incluyendo un extenso interrogatorio acerca de su motivación —dijo que si detectaba la mínima sospecha de coacción no procedería y que eso no era negociable— y con ambas cosas quedó satisfecho. El joven parecía estar en perfecto estado de salud; sin embargo le extrajo sangre para realizar una batería completa de exámenes preoperatorios, los cuales serían llevados a un laboratorio en *Madison* para no dejar trazas. Carlos estaba preocupado por la falta de ayudantes durante la operación, pero el doctor le dijo que era cierto que había trabajado en peores condiciones en África, pero que tenía dos conocidos de su entera confianza que podrían asistirlo en la operación y no dirían una palabra. Carlos y Joaquín se miraron y le dijeron que lo pensarían. Les entregó una larga lista de medicamentos, incluyendo antibióticos e inmunosupresores que iban a ser necesarios luego de la operación.

Carlos quería llamar a Karina, quien tal vez podría estar tratando de comunicarse con él, pero al haber quedado ella sin el teléfono, no sabía cómo hacerlo. Terminó llamando a la clínica utilizando el teléfono local, con la suerte de que la consiguieron en cuidados intensivos. Su esposa le dijo que los doctores consideraban la evolución como positiva, a pesar de que ella no veía mejoría. Lara se encontraba en un coma inducido y no quería apartarse de su lado. Carlos Luis le dijo que no se preocupase.

Mientras Joaquín salía para el laboratorio en *Madison*, Mary Ann, la madre de Manuel recibía una llamada de la escuela, extrañados porque su hijo había faltado a clases dos días seguidos, y no habían recibido ninguna llamada indicando que se encontraba enfermo. La mujer les aseguró que había salido el día anterior para la escuela y que le había dicho que pasaría la noche donde un compañero; preguntó por John Parker, de quien le dijeron que tampoco había asistido. *Quién sabe que habrá inventado ese par*, pensó la mujer. Llamó a su hijo al celular, pero lo encontró apagado. Lo mismo le pasó con los de John, Karina y Carlos Luis. Pensó en llamar a su marido, pero prefirió investigar un poco antes de alarmarle, sabiendo cómo se ponía. Decidió acercarse a casa de los Parker y a medio camino recordó que Manuel le había dicho que la abuela de John había tenido un accidente y se habían ido todos a visitarla, razón por la cual se quedaría en casa de otro compañero, del cual no recordaba el nombre, en vez de en casa de su inseparable amigo. Se estaba comenzando a poner nerviosa, no quería quedar como una mala madre si decía en la escuela que su hijo se había ido a casa de un compañero pero que ni sabía de quién se trataba, lo que la hizo reprocharse por no prestarle más atención a su hijo. Le dejó un mensaje en la contestadora y decidió esperar un rato a ver si aparecía, que era lo más seguro. En caso contrario no solo tendría que decirle a Rodrigo, sino peor aún —pensó con un escalofrío— avisar a la policía. Se le puso la piel de gallina.

Cerca de las cinco de la tarde llegaron a *drestrada918@gmail.com* —la dirección de correo que Joaquín había creado y especificado cuando ordenó los análisis a nombre del doctor Estrada en el laboratorio— los resultados de los exámenes, los cuales imprimió y bajó al sótano para que el doctor analizase. Carlos Luis le dijo que bajaría enseguida.

Apenas Estrada los vio, se puso pálido y le miró, negando con la cabeza.

—Es HIV positivo.

—¿Quééé? —exclamó Joaquín, impresionado.

—Es imposible trasplantar su riñón.

Carlos, quien había escuchado desde la escalera, se quedó paralizado.

—¿Pe-pero va a estar bien? —preguntó, cuando recuperó el habla.

—Sí, con el tratamiento adecuado, jamás debería desarrollar la enfermedad.

Carlos Luis dejó escapar el aire contenido en sus pulmones.

—De todas formas, me gustaría repetir la prueba. Es extraño que él no lo sepa y después del examen físico que le realicé y según los otros valores que veo acá, goza de una salud envidiable.

Carlos, quien por un momento temió que sobre George también pesara una condena mortal, se alegró al escuchar las palabras del médico, pero en su mente solo había espacio para un pensamiento: KENNEDY.

# 8

La preocupación de Mary Ann crecía conforme pasaban los minutos. A pesar de que Manuel era un adolescente y vivía en su propio mundo, no era común en él desaparecer por tanto tiempo, siempre avisaba donde se encontraba. Decidió acercarse a la escuela, con la esperanza de que alguno de sus compañeros le diera noticias de su hijo. Ya que siempre estaba con John no le conocía más amigos, excepto alguno que otro de los integrantes del equipo de fútbol, por lo que se dirigió a las canchas, donde, por fortuna, los chicos estaban entrenando. Se sentó en las gradas, con el teléfono en la mano por si acaso la llamaba, en espera del descanso para preguntarle a alguno de los jugadores. Un chico bajo con cabello negro ondulado, cuyo nombre desconocía, pero a quien había visto durante los partidos, se acercó a saludarla.

—¿Manuel va a regresar al equipo? —le preguntó.

—Eh… no sé… ¿por casualidad le has visto?

—Nop —respondió el muchacho, negando con la cabeza.

—¿Y ayer?

—No recuerdo, pero creo que no. ¿Ocurre algo? —preguntó al verle el rostro.

—Me dijo que se iba a quedar con un compañero ayer, pero no me ha llamado.

—Eso es fácil, sería con Parker, ¿con quién más?

—No, él… no fue con él. ¿Se te ocurre algún otro?

—Mmm… no. Puede que Christian sepa. ¡Christian, ven! —gritó el chico.

En ese momento Mary Ann recordó. Ese era el nombre que había dicho Manuel.

—¿Qué pasa? —contestó Christian, acercándose distraído. Cuando vio a Mary Ann, a quien no había reconocido a lo lejos, se puso pálido como una hoja de papel.

—¿Sabes algo de Manuel?

—Eh... no. Bu-bueno, sí, creo que no vino hoy —tartamudeó.

—Ayer me dijo que se iba a quedar en tu casa —terció Mary Ann.

—Este... sí... era la idea, pero al final no lo hizo.

—¿Tienes idea de por qué? —preguntó ella, dándose cuenta, por el nerviosismo del muchacho que ocultaba algo. *Lo más seguro es que Manuel lo hubiese utilizado como excusa para quién sabe qué cosa que se le había ocurrido y no quería dejarlo en evidencia, siempre se tapan unos a otros,* pensó Mary Ann.

—La verdad es que no —respondió Christian, rascándose la cabeza.

—Sé que lo estás cubriendo y no te culpo por ello, pero Manuel está desaparecido y me preocupa que le haya ocurrido algo. Necesito que me digas la verdad, esto es serio.

—Bueno, la verdad es que él me dijo que, si me preguntaban, lo que supuestamente no iba a ocurrir, tenía que decir que se iba a quedar en mi casa. Pero eso fue ayer...

—¿Te dijo adónde iba o qué iba a hacer? —le interrumpió Mary Ann.

—No, le juro que no. Tan solo lo que le acabo de decir —respondió, nervioso.

—Trata de pensar o dime qué se te ocurre.

—Supongo que ya lo llamó al celular.

—Por supuesto, pero está apagado. Por favor, piensa.

—No tengo idea. Pregúntele a Parker, si alguien puede saberlo, es él.

—Gracias, hijo. Si te llama, sabes algo o piensas en algo, por favor avísame de inmediato —replicó Mary Ann, entregándole una tarjeta con su número de teléfono.


Carlos Luis se encontraba en estado de *shock*. Creía haber llegado al punto de no retorno cuando George se había negado al trasplante; aunque todavía le quedaba camino por recorrer, ya se había agotado el sendero. Ahora sí. No tenía tiempo para medias tintas, era hora de resolver ese asunto de una vez por todas. Aunque no tenía idea de cómo lo haría, tenía que ponerse en movimiento.

—Me parece buena idea repetir el examen. Tal vez haya sido un error del laboratorio, yo mismo lo llevaré, necesito salir para despejar la mente —les dijo a Joaquín y a Estrada con voz muy baja.

—Tal vez sea mejor que yo lo lleve. Mejor quédate acá y tranquilízate, esto no es más que un escollo, verás que todo va a salir bien —dijo Joaquín, a quien no le gustaba la expresión en el rostro de su amigo, derrotado pero con un brillo extraño en los ojos. Temía que fuese a cometer una locura.

—-Estoy bien, solo necesito un poco de aire fresco —replicó Carlos, fingiendo una sonrisa—. Tengo fe en que se trate de un error —continuó, sin ningún convencimiento en su tono. Estrada y Joaquín se miraron.

—Busca a George para que le extraigan más sangre mientras yo me preparo para salir. Por supuesto, ni una palabra al muchacho mientras no estemos seguros.


Mary Ann no soportó la tensión que le producía la espera y llamó a su marido para decirle que Manuel había desaparecido. Rodrigo le dijo que se calmase, que ya aparecería, que se estaba buscando una paliza, lo más seguro es que anduviese con el chico Parker, inventando. Tuvo que decirle que los Parker habían salido de la ciudad y contarle acerca de su conversación con Christian, lo que al final llamó la atención del hombre. Rodrigo le dijo que esperase una hora mientras terminaba de programar una entrega y quedaron en encontrarse en la estación de policía para poner la denuncia.

En la ciudad de *Middleton* la criminalidad es muy baja comparada con cualquier otra ciudad mediana, por lo que su departamento de policía es un lugar más bien tranquilo, donde la mayoría de las denuncias consiste en riñas domésticas y uno que otro robo menor. A Rodrigo —a pesar de haberse convertido en ciudadano americano mucho tiempo atrás— seguían sin gustarle los azules, por lo que veía con mucho recelo las instalaciones, así como a todos los que allí trabajaban.

—Buenas tardes, soy el detective Donahue y me dicen que su hijo se encuentra desaparecido —les dijo un hombre canoso, cuya humanidad hizo chillar la silla cuando se sentó, luego de invitarlos a hacer lo propio. Rodrigo se preguntó cómo era posible que no estuviese jubilado, parecía rondar los setenta.

—Así es detective, no hemos sabido nada de él desde ayer por la mañana —dijo Mary Ann, nerviosa, comiéndose las uñas.

—¿Qué edad tiene su hijo? —preguntó el hombre.

—Tiene quince, detective —replicó Mary Ann. Rodrigo observaba sentado, con las manos entre sus rodillas.

—Déjeme decirle que los de esa edad, generalmente aparecen al cabo de un rato, con una buena excusa y una sonrisa en el rostro.

—Mi hijo no es así, detective, es muy responsable y siempre avisa —replicó ella.

—Señora, si hubiera recibido un dólar cada vez que un padre contestó lo mismo a lo largo de mi carrera, ya estuviese jubilado —dijo el hombre, soltando una risa que era, cuando menos, inapropiada para la situación. En ese momento se acercó otro policía, el cual parecía recién salido de la academia, y ofreciéndole su mano, primero a Mary Ann y luego a Rodrigo, dijo:

—Soy el oficial Collins, el compañero del detective, mucho gusto, ¿ustedes son?

—Mary Ann Villa y mi esposo, Rodrigo —contestó ella, estrechando su mano. Él hizo lo mismo, pero sin decir palabra. Collins era la antítesis de Donahue. Delgado, casi de dos metros de estatura, con el cabello rubio peinado hacia atrás con gelatina.

—El oficial Collins acaba de ingresar al departamento, pero no se dejen confundir por su juventud, pronto va a ser detective, espero que me reemplace, ya estos viejos huesos no dan para más —contestó Donahue, soltando una carcajada.

—Vienen a reportar la desaparición de un joven, según entiendo.

—Así es, oficial, no hemos sabido nada de nuestro hijo desde ayer por la mañana cuando salió para la escuela.

—Les estaba diciendo que eso es típico de los adolescentes —intervino Donahue.

—De igual manera, es delicado —dijo Collins, tomando una silla, sobre la cual se sentó a horcajadas luego de voltearla, mirando a su compañero con expresión seria—. A ver, explíqueme con detalle —le dijo a Mary Ann, pues le pareció que era la que llevaba la voz cantante.

—Mi hijo se fue a la escuela ayer a la misma hora de todos los días. Siempre pasa a buscar a John, quien vive muy cerca y se van juntos, pero se debió ir solo, ya que el día anterior el muchacho salió de la ciudad con sus padres. Cuando se fue, me dijo que iba a pasar la noche donde un compañero porque tenían un trabajo para hoy. Esta mañana recibí una llamada de la escuela preguntando por Manuel, quien no había asistido a clases ni ayer ni hoy —dijo Mary Ann, cubriéndose el rostro con las manos.

—Un momento —dijo Collins, anotando todo en una libreta—. ¿Se comunicó anoche con usted?

—No —contestó ella—. Supuse que estaría con su amigo.

—¿No le extrañó que no lo hiciera?

—Para nada, ya me había dicho que no vendría.

—¿Es común que pase la noche fuera? — preguntó Collins, arrugando la cara.

—Muchas veces se queda en casa de John, que es prácticamente al lado.

—Ya volveremos a eso, por favor continúe.

—Fui a la escuela y hablé con Christian, el compañero con el que supuestamente se iba a quedar, pero me dijo que Manuel le había pedido que lo cubriese. No tenía idea del porqué ni de adónde había ido.

—El joven Parker tiene que saber dónde está —intervino Rodrigo por primera vez.

—¿Parker? —preguntó Collins.

—John Parker, su mejor amigo, son prácticamente inseparables, pero Manuel me dijo que la abuela se fracturó la cadera y fueron a *Wyoming* porque la tenían que operar.

—¿No está en tratamiento? —preguntó Rodrigo, mordiendo un palillo de dientes.

—Supongo que se lo harían allá, total iban a un hospital —replicó Mary Ann.

—¿Cuál tratamiento? —les interrogó el oficial. Donahue le miraba con las manos detrás de la cabeza, asintiendo.

—El pobre chico tiene una enfermedad terrible en los riñones y tiene que ir a diálisis tres veces a la semana. Mi hijo siempre le acompaña al hospital.

—¿Qué hospital? —preguntó Collins, apuntando cada detalle.

—El *Meriter* —respondió Mary Ann.

—Creo que es necesario emitir una alerta AMBER —dijo Collins.

—¿Alerta AMBER? —preguntó Mary Ann.

—La alerta AMBER se emite cuando se sospecha de la abducción de un menor y es un sistema de notificación…

—Sé lo que es, oficial, pero… ¿usted cree que lo hayan secuestrado?

—El tiempo acá es vital. Si aparece, no pasó nada, pero no podemos darnos el lujo de esperar, de hecho, debió haberse emitido ayer. En caso… —Collins se interrumpió cuando vio la cara de su compañero. No era necesario ponerlos más nerviosos.

—Tienes razón —contestó Donahue—. Voy a eso.

—Vamos a repasar todo de nuevo —dijo Collins a los Villa.


Mientras Joaquín llevaba a George para que Estrada le tomase una nueva muestra de sangre, Carlos Luis abría la caja fuerte, sacaba la pistola, le introducía el cargador y se la ocultaba en la parte trasera del pantalón. No estaba acostumbrado a portar un arma, ni siquiera le gustaban, pero esa la había adquirido tiempo atrás como una medida de protección. Jamás había sido disparada, de hecho nunca había salido de la caja fuerte. Se trataba de una pistola pequeña, lo que permitía disimularla muy bien entre la ropa, pero de todas maneras se puso un suéter ancho, para evitar que Joaquín se diese cuenta. Sabía lo que tenía que hacer, pero todavía había muchos blancos en el medio que rellenar y sabía que la pistola le podía ayudar con unos cuantos. Al verse al espejo mientras se lavaba la cara, pensó que no se reconocía. Las circunstancias lo habían obligado a convertirse en una persona que aborrecía, pero era la única opción que tenía. O era la única de John, al menos. Se había jurado que no iba a permitir que le pasara nada a su hijo y estaba dispuesto a cumplirlo, así fuese lo último que hiciera en su vida. John y Manuel continuaban en su maratón de videojuegos y Flaqui se le quedó mirando cuando se detuvo a ver la pantalla. *Dicen que los animales presienten las cosas y tengo la sospecha de que este gato sabe lo que voy a hacer*, pensó riéndose internamente. Acarició al gato, que se había acercado y caminaba entre sus piernas. Besó a su hijo en la frente, y se fue en busca de los tubos de ensayo para salir a enfrentar su destino.


Larry Collins pensaba que había muchos elementos extraños en el caso del joven Villa. Había estado en su escritorio un buen rato tratando de sacar algo en claro luego de hablar con los padres y había hecho una lista de dudas, adornándola con garabatos en los márgenes, que era lo que aceleraba su proceso de pensamiento. Decidió ir a visitar el hospital, donde según le habían dicho, el joven pasaba tres tardes cada semana. Quizás alguien pudiese proveerle con información adicional. En la academia había aprendido que es necesario evaluar todas las aristas y explorar hasta el más mínimo detalle. También que muchas veces los padres estaban implicados, aunque dudaba que este fuese el caso. Más allá de que el padre parecía no darle mucha importancia al asunto, no conseguía ningún signo que los comprometiera. Cuando llegó, sacó su libreta para dar un repaso a la lista, que había pasado en limpio y en la cual había escrito:

POR INVESTIGAR:
  1) ¿Por qué el padre no habla?
  2) Posibles razones por la que M había mentido a MA. ¿Padre abusivo?
  3) ¿Desaparece justo cuando se va Parker?
  4) RRSS
  5) Hospital - Diálisis - ¿alguien con info?
  6) ~~Revisar cámaras de seguridad~~
  7) ~~Christian - conversación pendiente~~
  8) ¿Drogas? ¿Madre descuidada?
  9) ¿Escapado?
  10) Contactar Parker
  11)

Ya había revisado todas las cámaras que pudo encontrar en el camino que va desde la vivienda de la familia Villa hasta la escuela, sin lograr dar con el joven en ninguna de ellas, lo cual no le sorprendió. Aprovechó para hablar con Christian, el compañero que le había cubierto. Se preguntaba si en verdad Manuel tenía intenciones de pasar la noche en su casa o había sido una mentira premeditada. La versión del muchacho era idéntica a la que le había descrito la madre de Manuel y, por más que trató de sacarle algo adicional, no lo consiguió, muy posiblemente porque no lo había. Las respuestas del chico parecían sinceras, lo que mantenía su incógnita sin respuesta. Sabía que el joven Parker tenía programada una sesión de diálisis para las cinco de la tarde, para lo que faltaban dos horas. Decidió esperar a ver si se presentaba; aunque le habían dicho que había salido de viaje con su familia, lo más seguro es que regresase para la sesión, pues en caso contrario la hubiesen cancelado. Para matar el tiempo trató de indagar sobre el médico del muchacho, pero la recepcionista, luego de llamarlo por los parlantes en varias oportunidades sin respuesta, llamó al director médico, quien le informó que el doctor Estrada no se encontraba en el hospital. Mostró la foto ampliada de Manuel a varios miembros del personal y algunos, principalmente en la Sala de Diálisis lo reconocieron, pero nadie recordaba haberle visto después del miércoles, el día anterior a su desaparición. La enfermera Nichols le aseguró que lo había visto dejar el hospital ese día con los Parker, lo cual tampoco aportaba nuevos elementos a la investigación. A las seis concluyó que Parker no se iba a presentar y pidió a la recepcionista que dijese al doctor que le llamase tan pronto regresase.

Se había apostado discretamente a las afueras de *MDT*, a la espera de que saliera, o bien Kennedy o Bollinger. *Es una especie de ruleta rusa, veamos quién sale primero, pensó Carlos Luis, lo único es que las balas están completas*, pensó, riendo para sus adentros. Llovía copiosamente y el cielo se iluminaba constantemente con los rayos que anunciaban una nueva tormenta. El reloj del tablero señalaba que eran las 4:15, por lo que recordó que a John le tocaba dializarse. Había cambiado totalmente el foco y lo había olvidado. *Ya les llegará su hora, cerdos*, pensó, arrancando el vehículo.

—¿Dónde fuiste? —le preguntó Joaquín cuando llegó—. Estaba preocupado.

—Como te dije, necesitaba aire fresco —improvisó Carlos.

—Pero tardaste como cinco horas —replicó el joven, mirando su reloj.

—Necesitaba pensar —dijo Carlos, encogiéndose de hombros.

—Cada vez que piensas, tiemblo. ¿Se te ocurrió algún plan? —dijo Joaquín, tratando de animarlo. Estaba preocupado viéndolo desmoronarse.

—Nada todavía, esperemos los resultados de los exámenes. Vamos a subir a Estrada para que conecte a John a la máquina, hagamos que al menos tenga utilidad mientras tanto. Manuel y John saludaron efusivamente al doctor, a quien no habían visto desde que llegó.

George y Manuel acompañaron a John una vez que Estrada lo hubo conectado. El doctor preguntó si el equipo era parte del paquete, también tratando de estimular a Carlos, quien le respondió que sí sin prestarle mucha atención. Estrada también notaba que su ánimo se le había ido al piso y sentía pena por él. Sabía que todas sus esperanzas estaban puestas en el trasplante y cuando creyó que tenía todo resuelto, había recibido la noticia de que era inviable por la condición de George. Dudaba que se tratase de un error del laboratorio —aunque podía ocurrir—, era una posibilidad remota hoy día.

La doctora Reynolds atendía al último paciente de la consulta cuando el celular comenzó a vibrar en su bolsillo. Tan pronto terminó, vio que era Cristina, la prima del doctor Estrada. Supuso que sería Raúl llamándole desde el teléfono de ella. Había recibido su mensaje durante la noche y como se encontraba de guardia le había contestado diciéndole que se comunicara en cuanto pudiese y que el hospital estaba hecho una locura. De inmediato le llamó.

—¡Sophie! —gritó Cristina al atender. No sonaba como alguien que hubiese sufrido un accidente el día anterior, aunque supuso que habría sido algo menor.

—¿Cómo te encuentras, qué fue lo que ocurrió?

—Muy bien, ¿a qué te refieres? —respondió, extrañada. De inmediato Sophie pensó que Estrada la había engañado, diciéndole que se iba a Miami, cuando en realidad se había ido de fiesta, quizás con alguna enfermera. A pesar de no tener una relación formal, las cosas entre ellos iban progresando. No queriendo hacer el ridículo, dijo:

—Me alegro. No te preocupes, me confundí. ¿Para qué soy útil?

—¿Raúl no está contigo, verdad? Quiero decir, ¿no está escuchando?

—No, acabo de terminar la consulta, no le he visto hoy, ¿por qué?

—Es que le tengo una sorpresa y necesito que me ayudes a coordinarla. Su cumpleaños es en tres semanas, lo cual debes saber mejor que yo —dijo la chica, entre risas— y mi tía Josefina, su madre, va a venir a visitarlo. ¡Va a ser la sorpresa del siglo!

—Sí… me imagino —replicó la doctora, con la mente en otro lado.

—Quiero que me ayudes a prepararlo todo —dijo Cristina, emocionada.

—¿Desde cuándo no hablas con él? —preguntó Sophie.

—Ufff, ni me acuerdo.

—Tengo una emergencia acá, Cristina, en un rato te llamo —dijo Reynolds.


Mientras John se encontraba conectado a la máquina, respondiendo todo tipo de preguntas a George, quien no podía creer que la sangre de su nuevo amigo estuviese saliendo de su cuerpo para ser limpiada en el aparato e introducida nuevamente, Manuel le indicó por señas a Carlos Luis que le acompañase. Salieron al jardín, donde le dijo:

—Señor Parker, tengo algo que decirle.

—¿De qué se trata? —respondió Carlos, sin mucho ánimo.

—John me contó, a través de un mensaje, dos días atrás, que George le iba a donar el riñón que necesita para recuperarse, lo cual me parece fantástico. Yo también quería donarle el mío, de verdad que quiero que se cure.

—No es tan fácil, lo primero es que para que se pueda ejecutar un trasplante, es necesario que el donante y el receptor sean compatibles, para…

—Lo sé —le interrumpió Manuel— y es lo que quería decirle. Hace dos semanas, mientras estábamos en el hospital, hablamos con el doctor Estrada y le manifesté mis intenciones. Él me dijo lo mismo acerca de la compatibilidad y luego de rogarle mucho, pero mucho, logré convencerle de que me hiciera los análisis. No quería hacerlo porque soy menor de edad y todas esas cosas, pero al final mi insistencia fue tanta que logré convencerle de que era algo inofensivo y que no me iba a hacer daño que me sacase un poco de sangre; creo que más por evitar que se lo siguiera pidiendo, tal vez convencido de que no íbamos a resultar compatibles. Lo cierto es que la semana pasada, me dijo que los resultados habían sido positivos, que nuestra compatibilidad era casi del cien por ciento…

—Pe-pero Manuel —le interrumpió Carlos.

—Espere —le interrumpió el joven a su vez—, déjeme hablar. El doctor me explicó que la única forma de hacerlo es con el consentimiento de mis padres, me dijo que hablase con ellos y me pidió que no les contara que ya me había hecho los exámenes, pues podía meterlo a él un problema serio.

—Por supuesto, ni siquiera tienes dieciséis —replicó Carlos, anonadado.

—Lo cierto es que yo hablé con mi madre, apenas le asomé la posibilidad como si se tratase de algo trivial y ella se negó rotundamente, me dijo que ni se lo mencionase a mi padre, si no quería verlo molesto de verdad, cosa que… bueno, es otro tema.

—Entonces ni hablar. Lo que te dijo el doctor es la verdad, si tus padres no dan su consentimiento, lamentablemente poco importa lo que tú quieras —dijo Carlos, quien por un minúsculo instante creyó ver la luz al final del túnel, pero como en las ocasiones anteriores, se trataba de un camión sin frenos que se le venía de frente cuando ya no había espacio para maniobras.

—Es la razón por la que vine. En realidad, perdone la expresión, me importa un carajo lo que ellos opinen. Es mi cuerpo y creo que estoy lo suficientemente grande para tomar mis propias decisiones. Así que, en caso de que sea necesario, puede contar conmigo. Quiero hacerlo, lo demás no importa —dijo Manuel, con determinación.

—Te lo agradezco de corazón. Sé que John te importa y qué harías lo que fuese por ayudarle, pero eso sería un problema grave para todos. No solo por lo que podrían hacerte tus padres, sino que el doctor jamás se prestaría para ello —*a menos que tuviese una pistola apuntándole*, pensó— y también me pondrías a mí en un aprieto, creo que hasta podrían enviarme a la cárcel —*donde seguro voy a estar muy pronto*, se dijo— así que por los momentos vamos a rogar para que el riñón de George sea el adecuado.


Sophie estaba inquieta. Tenía el presentimiento de que algo andaba mal, no creía que Raúl la hubiese tratado de engañar de una manera tan tonta. Lo lógico era que ella intentara llamarle al escuchar el mensaje, aunque por supuesto podía apagar el teléfono. También podría haberle dicho a Cristina que le cubriera, que apagase el suyo, pero obviamente no lo había hecho. En cualquier caso, estaba segura — o al menos hasta ayer lo estaba— de que Raúl no era el tipo de hombre infiel, sus valores eran muy altos y siempre buscaba actuar con probidad. Leyó el mensaje una y otra vez, trató de compararlo con otros y se dio cuenta de que casi siempre le mandaba mensajes de voz, rara vez escritos. Otra razón más para pensar que había algo extraño. Si estaba apurado, para qué detenerse a escribir todo eso, cuando podía haberlo dicho en unos segundos. No sabía qué hacer, la angustia le consumía. Preguntó tanto a Clayton como a Bernard si tenían noticias de él, pero ambos dijeron que no. Por otro lado, para Raúl el trabajo era lo primordial. No iba a desaparecer por una aventura, dejando a todos sus pacientes entendiéndose. Algo le había pasado, ahora estaba segura de ello. Pensó en llamar a Cristina, pero de nada serviría. Raúl siempre decía que no podía volver a Venezuela pues había gente que quería vengarse de él, desde que había comenzado a sacar a la luz una serie de irregularidades en el manejo de la salud en el país; le había dicho que se trataba de organizaciones muy poderosas. *¿Qué tal si habían extendido sus tentáculos hasta aquí y le habían capturado?*, pensó. Tenía que hacer algo. Iría a la policía a reportarlo como desaparecido, así hiciese el ridículo más tarde.


Collins había egresado de la academia de policía con las mejores calificaciones y siempre se había destacado por su perspicacia, pero sentía que no había avanzado ni un solo centímetro en la desaparición del joven Villa. Trató de utilizar todos sus conocimientos, pero comenzaba a darse cuenta de que la teoría es una cosa y la práctica otra, era el primer caso importante al que se enfrentaba en la vida real. Su compañero —a pesar de que había tenido una carrera brillante, incluso recibido varios reconocimientos en Nueva York, donde había ejercido gran parte de la misma— no era de mucha ayuda, pues solo pensaba en su retiro, del que le separaban apenas unos meses. Trasladado por voluntad propia a *Middleton*, de donde era originario, había pasado de ser un detective de campo a empollar un escritorio a la espera de su jubilación, luego de que un disparo recibido durante un enfrentamiento con unos criminales en la gran manzana casi le había dejado inválido. Era prácticamente un milagro que hubiese vuelto a caminar, aunque todavía cojeaba de la pierna izquierda.

Fue muy poco lo que encontró al hurgar en las redes sociales del muchacho, lo que le quedaba claro era que tenía pocos amigos. En las fotos que publicaba en su cuenta de *Instagram*, siempre aparecía solo o acompañado por el joven Parker. Apartando un álbum de fotografías de Orlando, donde aparentemente había ido con la familia de este (sus progenitores no aparecían en ninguna), su vida —según lo que reflejaba el medio social— se desenvolvía en su ciudad natal. Consiguió muchas imágenes en *Wisconsin Dells*, siempre junto a John Parker. Era bastante activo en las redes, actividad que cesaba la noche anterior a su desaparición. No era lógico que un adolescente se apartase por voluntad propia de su teléfono celular, ya que es su ventana al mundo, lo que le hacía sospechar que aquello iba más allá de una travesura juvenil. No descartaba que hubiese huido, aunque no parecía tener motivos. Tenía que contactar al joven Parker, estaba seguro de que él sería clave para desentrañar el misterio. Otra cosa que llamaba su atención era el hecho de que los teléfonos de los Parker —padre, madre e hijo— estuviesen todos apagados. No creía que en la actualidad, hubiese una zona tan rural que no tuviese cobertura, aunque fuese limitada. Agregó a su lista un aparte con la necesidad de localizarles. Preguntaría en la escuela si tenían otra forma de contactarles, pero sabía que sería estéril intentarlo antes del lunes, y en caso de que el joven hubiese sido secuestrado, no disponía de tanto tiempo.

Sophie Reynolds se presentó en el Departamento de Policía el viernes a las ocho de la noche. Al indicar que quería reportar a una persona desaparecida, la pasaron a la oficina de Donahue, donde se encontraba Collins sumido en sus cavilaciones. A esa hora el detective ya se encontraba en casa, lo más seguro mirando la televisión con su esposa y con una cerveza en la mano.

—Buenas noches, soy el oficial Collins, dígame cómo puedo ayudarla —se presentó el policía, sorprendido por la belleza de la mujer, quien aparentaba unos treinta años. A pesar de estar vestida de manera sencilla, su esbelta figura resaltaba. El cabello cobrizo que le llegaba hasta la cintura, enmarcaba una cara cubierta de pecas con las facciones propias de una reina de belleza.

—Soy la doctora Sophie Reynolds —dijo, mostrando su dentadura perfecta, mientras con la mano se apartaba el cabello de la cara. A pesar de ser muy inteligente, estaba consciente de que sus atributos físicos le abrían más puertas que su mente cuando de hombres se trataba.

—Pensé que las doctoras bonitas eran un invento de *Grey's Anatomy* —galanteó Collins, lo que arrancó una sonrisa a la doctora—. A ver, dígame que la trae por acá.

—Quiero reportar la desaparición del doctor... de mi novio —replicó, dejando claro que no estaba disponible, antes de que la conversación se inclinase en otra dirección. Collins enarcó las cejas —casi seguro de que llenar dos reportes de desaparecidos el mismo día representaba un récord para la ciudad— mientras accedía al sistema.

—El problema es que todavía no han transcurrido cuarenta y ocho horas desde que desapareció y siempre he escuchado que...

—Lo de las cuarenta y ocho horas es un mito —la interrumpió Collins—. Creo que es más un recurso de quienes escriben guiones —continuó, riendo—. Si se sospecha que la persona desaparecida puede estar en peligro eso no tiene ninguna importancia. Por favor explíqueme las circunstancias en las que desapareció su novio.

—Bueno, la cosa es que... él me mandó un mensaje anteayer por la noche, en el cual decía que... mejor mírelo usted mismo —replicó, manipulando su celular y entregándoselo al policía, quien lo leyó dos veces con detenimiento y le devolvió el aparato—. El problema es que esta mañana recibí una llamada de su prima, Cristina, la cual no tuvo ningún accidente —dijo, dándose cuenta al instante de lo ridículo que sonaba lo que acababa de decir. El policía enarcó las cejas y conteniendo la risa, le dijo:

—Doctora Reynolds, con todo respeto le digo que me temo que su novio se fue de juerga —cerrando en su computador el subsistema de reporte de desaparecidos.

—Sé que suena así. Yo misma lo pensé en un principio, pero al considerar las circunstancias, llegué a la conclusión —respondió, mientras el policía negaba con la cabeza con un atisbo de sonrisa en el rostro— de que ese mensaje no fue enviado por Raúl Estrada, a quien le puedo asegurar…

—Un momento —dijo Collins, incorporándose en la silla mientras una alarma se activaba en su mente de futuro detective—. ¿Dijo Estrada? ¿Cuál es su especialidad?

—Raúl es urólogo, trabaja en el hospital *Meriter*— respondió. *Es el médico tratante del joven Parker*, pensó, lo que corroboró con sus notas de inmediato. *Si algo aprendí en la academia, es que las coincidencias no existen.*

—A ver, dígame por qué sospecha que el mensaje es falso — preguntó, con renovado interés. Su instinto le decía que tenía que haber algo que conectase ambas desapariciones, por muy alocado que pareciera.


A pesar de que la tentadora oferta de Manuel todavía resonaba en su mente, no era un área que quería explorar. Estaba dispuesto a ir a la cárcel, pero no por eso. Sería irresponsable de su parte; incluso John, cuando tuviese la oportunidad de pensar en perspectiva, le condenaría. Conocía a Rodrigo y aunque no eran cercanos, era un hombre fácil de leer. Sabía que jamás lo aceptaría y suponía que era la razón por la cual Mary Ann, que parecía ser más razonable, se había negado tajantemente: no quería involucrar a su marido, evitándole así un mal rato al muchacho.

Necesitaba salir de nuevo, pero no se le ocurría una excusa plausible para hacerlo, pues Joaquín era muy perceptivo y sabía que lo único que podría ir a buscar allá afuera eran problemas. Terminó yéndose por lo simple y tras verter el contenido de la botella de whisky en el fregadero, le dijo:

—Voy por una botella de whisky, ¿necesitas algo? —con toda naturalidad.

—Pero si hay una casi a la mitad, ¿acaso piensas hacer una fiesta?

—Queda menos de un dedo —dijo, buscando la botella.

—¿Te tomaste todo eso? —preguntó el joven, sorprendido.

—Solo tomé lo normal, considerando que lo normal en una

situación como esta es más de lo usual —replicó, haciendo un esfuerzo por reír—. Debes haber visto mal.

—Juraría que la vi a más de la mitad —dijo Joaquín, encogiéndose de hombros.

—Creo que es lo único que logra calmarme en estos momentos.

—No tardes mucho. ¿Crees que debamos mantener a Estrada en el sótano? Los chicos le estaban proponiendo que jugase una partida con ellos. Deberíamos dejarlo, aunque sea un rato —replicó Joaquín.

—Me parece bien —dijo Carlos Luis, cuyos pensamientos estaban en otro lado. Se le había ocurrido una idea. Siendo viernes por la noche, estaba seguro de que conseguiría a Bollinger en uno de los bares locales, muy probablemente en busca de un poco de acción. Comenzó por el *Mid Town Pub*, el sitio más concurrido de una ciudad donde no había mucho espacio para la diversión, el cual atraía a una población masculina de adultos contemporáneos a los cuales seducía con sus pantallas gigantes perfectas para ver deportes y gran variedad de cervezas a precios razonables. Sin embargo, no le encontró allí. Visitó otros dos locales con la misma suerte, hasta que llegó a *The Free House Pub*. Allí, al final de la barra, se encontraba Marcus Bollinger bebiendo una cerveza mientras se concentraba en un partido de fútbol americano en la TV. Se sentó a su lado y pidió una para él. El hombre seguía atento a la pantalla sin notar su presencia. Ya con la bebida en la mano, se inclinó y le preguntó:

—¿Está lenta la noche?

El hombre giró la cabeza y al mirarlo, quedó sorprendido.

—Parker, ¿qué haces? ¿Ahogando la pena? —preguntó, con una sonrisa burlona.

—No precisamente —contestó Carlos Luis, cuyas orejas comenzaban a enrojecer mientras la ira se iba apoderando de él. El corazón le latía aceleradamente por la adrenalina que liberaba su cuerpo en preparación a lo que se disponía a hacer—. Te estaba buscando, hay un asunto que quiero tratar contigo.

—¿Conmigo? —replicó Bollinger, extrañado—. Si es para que interceda ante Kennedy para que te devuelva tu empleo, lo siento, ese barco partió hace rato, estás jodido —continuó, lanzando un maní al aire el cual atrapó con la boca.

—Créeme que quisieras que fuera eso —replicó Carlos, soltando una carcajada ronca luego de dar un sorbo a su cerveza—. Pero no, se trata de algo un poco más… cómo decirlo… un poco más personal.

—¿De qué hablas? —preguntó el hombre, intrigado.

—De ciertas fotos, podríamos decir, comprometedoras. — Bollinger, con un trago en la boca, sufrió un acceso de tos que hizo que toda la barra quedase llena de espuma, la cual salpicó hasta el suéter de Carlos—. ¿Te encuentras bien? —preguntó, con ironía, dándole golpecitos en la espalda a su ex-compañero quien se había puesto rojo.

—¿Fuiste tú, maldito? —preguntó, una vez que logró recuperar el habla.

—Yo que tú controlaría el lenguaje. No es mi culpa que seas un bastardo infiel, ni te juzgo porque te guste vestirte de mujer, pulir el tubo, o que…

—¡Ya, para! ¿Qué es lo que quieres? —le interrumpió el hombre, cuyo rostro había pasado del colorado al blanco en cuestión de segundos—. ¿Se trata de dinero?

—Ese siempre ha sido tu problema, el que ha hecho que seas un maldito gusano servil que lo único que sabe es lamer culos para tratar de abrirse paso en la vida. Veamos, solo por curiosidad, ¿cuánto crees que valen esas preciosuras que tengo donde apareces fornicando con varias putas, pues dificulto que alguna mujer se acueste contigo a menos de que le pagues, junto a las que pareces disfrutar de que te sometan mientras te dan… bueno, sabes a lo que me refiero, se me erizan los pelos de la nuca al recordar que tuve que mirar tu cuerpo desnudo a los cuatro vientos. Me refiero a ¿cuánto estarías dispuesto a pagar para que no lleguen a los ojos de tu esposa, a la que engañas de mil maneras, de tus pobres hijos, que sufrirían un trauma psicológico por el resto de su vida, de tu jefe quien supongo te despediría de inmediato tratando de hacerle un favor a la moral, de todas las redes sociales, lo que te convertiría en un hazmerreír y de cualquier otra mierda que se me vaya ocurriendo en el camino? A ver, dame un estimado —dijo Carlos Luis, sintiendo un alivio morboso al humillarlo, mientras soltaba otra carcajada que parecía la de un lunático.

—No te-tengo mu-mucho dinero, pero podemos llegar a un acuerdo —respondió Marcus Bollinger, realmente preocupado.

—¿De cuánto estaríamos hablando? —preguntó Carlos.

—No lo sé, tal vez podría reunir veinte, hasta treinta mil.

—Me fascina ver lo poco que te valoras, perro inmundo, pero como te dije, era un ejercicio para determinar la clase de mierda que eres. Esto no se trata de dinero, supongo que estarás dispuesto a hacer lo que sea para que esas fotos jamás vean la luz pública.

—Claro que sí, lo que sea —balbuceó el hombre.

—Muy bien. Levántate y camina, salgamos de aquí.

Carlos Luis estaba seguro de que en ese momento podría pedirle que caminase parado de manos y lo haría. *O que le entregase un riñón,* pensó. Sin embargo, tenía su mano en la parte trasera del cuerpo, cerca del arma, lista para reaccionar si el hombre quería pasarse de listo. Lo hizo subirse al vehículo.

—No creo que estés en posición de querer hacer nada, ya que si lo haces, en menos de cinco minutos tus fotos estarían en todos los sitios que mencioné antes; pero como sé que te gustan los incentivos, tengo esto —dijo, mostrándole la pistola.

—No voy a hacer nada, Parker, por favor guarda eso. Se podría disparar, te dije que haré lo que me pidas —replicó el hombre, nervioso, no tanto por el arma sino por la mirada de Carlos Luis.

—Eso espero, no me gustaría tener que matarte. En cualquier caso prefiero someterte al escarnio público, maldito cabrón —replicó este con furia en la voz.


Larry Collins terminó dándole la razón a la doctora Reynolds e incluyendo al doctor Raúl Estrada en el sistema de personas desaparecidas, a pesar de que no creía en su teoría de que un brazo de la mafia venezolana le hubiese raptado. Sabía que todas las probabilidades apuntaban a que el hombre estuviese en medio de una bacanal. Su instinto policial le decía que en caso de que se hubiese materializado la ínfima probabilidad de que el librito estuviese equivocado, nada tendría que ver con conspiraciones de gobiernos del tercer mundo sino que estaría estrechamente relacionado con la desaparición del joven Villa, ambos casos girando en torno a la familia Parker. Lo había consultado con Donahue, quien aportó una gota de sabiduría cuando le dijo que podía estar equivocado, pero que la investigación policial no era más que el agotamiento de todas las posibilidades, por remotas y retorcidas que pareciesen. Aunque todo indicaba que había una relación, faltaba esa pieza del rompecabezas que daría coherencia a la figura que se estaba formando en su mente. Había ido con la doctora Reynolds a su apartamento en busca de algo que arrojase una luz entre las cosas de Estrada. No había conseguido nada en una inspección superficial al computador personal que compartían, ni tampoco entre los efectos personales del médico. Le prometió a la doctora que no descansaría hasta llegar al fondo de aquel asunto.

Luego de girar a la izquierda en dirección a *Schneider Road* desde *Parmenter Street*, tras un breve recorrido de seis minutos, llegaron a *Schneider Storage*, donde rentaban un depósito al cual iba a parar cualquier trasto que no tuviese cabida en la casa, desde los adornos navideños hasta los juguetes de John, ya en desuso. Nunca hasta ahora le había sonreído a los $125 mensuales que le costaba el espacio. Por fortuna, eran los únicos visitantes a esa hora de la noche. Tras marcar su código de acceso, ingresaron al área techada donde se encontraba su unidad, donde luego de quitar el candado y abrir la puerta metálica corrediza que iba del suelo al techo, dijo a Bollinger:

—Hogar, dulce hogar —invitándole a pasar con un gesto de la mano.

—¿Qué va-vamos a hacer aquí? —preguntó el hombre, asustado.

—Por ahora, esperar a tu compañero de celda —dijo Carlos Luis, luego de cerrar la puerta—. Agradece que no haga calor.

—¿Compañero? ¿De qué hablas, Parker?

—¡Cállate! Te aseguro que no quieres verme encabronado —respondió Carlos, empujando al hombre, quien tropezó con una caja y cayó de rodillas, quedando a gatas en el suelo, desde donde dijo:

—¿Qué te he hecho yo? No entiendo por qué…

—No es cuestión de que hayas o no hayas hecho, maldito cabrón —le interrumpió Carlos, fuera de sí—. Te creías muy superior, pero eso no viene al caso, mira cómo estás ahora —continuó, tomando un rollo de soga con el que le ató muñecas y tobillos. Si algo le había enseñado su padre, pensó, era a hacer nudos—. Dame el teléfono —le dijo.

—Está en mi bolsillo —replicó el hombre, a punto del llanto—. Por favor, no me vayas a matar, Parker, vamos a resolver esto como gente civilizada, te lo ruego.

—Deja de llorar como niña perdida en el bosque, hazme ese favor. ¡Compórtate como un hombre por una vez en tu vida! —replicó Carlos, sacando el teléfono del bolsillo de Bollinger. Pensó en mandarle un mensaje a la esposa, similar a lo que habían hecho con Estrada, pero pensó que no valía la pena, era mejor que encontraran su auto en el estacionamiento del bar y pensaran que se había ido con alguien. La emprendió a martillazos con el celular hasta dejarlo reducido a pedazos.

—¡Mi teléfono! —gimió el hombre—. Por favor, es…era nuevo.

—Me encanta tu optimismo al pensar que vas a volver a necesitarlo —dijo Carlos Luis, soltando otra sonora carcajada mientas verificaba que la tarjeta SIM había quedado destrozada. *Por si acaso,* pensó, dándole un último golpe con la herramienta.

—No me mates, por favor, te lo ruego, tengo dos hijos. Te juro que haré lo que me pidas, te daré lo que quieras, te prometo que más nunca seré infiel y…

—Ahórrate la lloradera —le interrumpió Carlos—. Ya veremos qué haré después contigo. Quien importa es la rata miserable de Kennedy. Ruega porque lo consiga y es posible que no salgas tan mal parado. Escucha bien lo que te voy a decir —dijo, tomando un rollo de cinta de embalaje con la que le amordazó. En un destello de misericordia, extraño para el estado en que se encontraba, tomó un colchón, el cual lanzó al piso, para sentar sobre él a Bollinger, quien se encontraba casi completamente inmovilizado. Dándose cuenta de que podría arrastrarse hasta la puerta y comenzar a hacer ruido para tratar de llamar la atención, tomó cuerda y enroscándola en su cintura y piernas, le amarró a un gancho fijo en la pared, dejándole un rango de movimiento muy estrecho—. Si intentas hacer cualquier estupidez y llamas la atención de alguien, te puedes ir buscando un buen abogado de divorcios y un nuevo empleo, porque te aseguro que antes de que te des cuenta te habré convertido en estrella porno. —Bollinger trató de decir algo, pero lo único que produjo fue ruidos amortizados—. Asiente si entendiste —le dijo. El hombre lo hizo de inmediato. Cuando estaba en la puerta a punto de marcharse, volteó y le dijo:

—Trata de no mearte o cagarte, pues no tengo la más mínima intención de limpiarte el culo —soltando una nueva carcajada. Todavía no tenía un plan concreto para capturar a Kennedy, pero ya se encargaría de eso. Por lo momentos tenía que regresar a la cabaña, pues no quería que Joaquín se preocupase, mucho menos que descubriese sus intenciones.

# 9

Collins llamó al *Meriter* preguntando por el doctor Bernard, con quien quería hablar acerca de Estrada, convencido de que su desaparición estaba relacionada con la de Manuel, por absurdo que pareciese. Le dijeron que el médico se encontraba a punto de salir del quirófano, por lo que decidió ir hasta allá.

—Doctor Bernard, oficial Larry Collins —dijo al galeno cuando una enfermera se lo señaló.

—¿En qué puedo ayudarle, oficial? —preguntó el médico.

—Se trata del doctor Raúl Estrada…

—¿Le ocurrió algo? —interrumpió el hombre, preocupado.

—Espero que no. No sé si está al tanto, pero la doctora Reynolds sospecha que pudo haber sido secuestrado.

—¿Cómo? —preguntó el hombre, extrañado—. Ella misma me dijo que se había ido a Florida a asistir a… a una prima o algo así.

—Sí, pero al parecer no llegó y ella sospecha que algo le pudo haber ocurrido.

—Ahora que lo dice, me extrañó que Raúl no me hubiese avisado directamente, o dejado instrucciones para sus pacientes. Supuse que había tenido que salir de emergencia.

—Lo cierto es que con su prima no está, ni ella tuvo accidente alguno, como decía el supuesto mensaje de Estrada —dijo Collins.

—Lo más seguro…

—Sé lo que va a decir, yo también lo pensé —le interrumpió el policía—. Pero creo que hay elementos para pensar que no se trata de un problema de faldas. ¿Recuerda algo que él le haya dicho o notó una conducta diferente los últimos días?

—No, la verdad es que no —dijo Bernard, luego de reflexionar.

—¿Usted está familiarizado con el caso Parker?

—¿Qué tiene eso que ver?

—Es una línea de investigación que voy siguiendo. ¿Lo está?

—Sí, por supuesto que lo estoy.

—¿Qué puede decirme?

—No entiendo, ¿desde el punto de vista médico, pregunta?

—No, no. Otra cosa. Trato de localizar a la familia, pero no hay manera.

—El chico se dializa aquí tres veces a la semana.

—Lo sé, pero ayer no se presentó.

—No puede ser, ¿está seguro?

—Como de que la tierra es redonda, doctor.

—¿Y cree que Estrada tiene algo que ver con... no sé, qué piensa?

—No lo sé, busco algo que arroje una luz en todo esto.

—Solo podría darle datos médicos. Vaya a administración, allá sabrán más que yo.

—Buena idea, gracias por su tiempo —dijo Collins, ofreciéndole la mano.

Era casi medianoche y tuvo que esperar a que Nancy —la única que se encontraba en el Departamento de Administración a esa hora— terminase con una admisión.

—¿Cómo le puedo ayudar, detective? —le preguntó, cuando se desocupó.

—Oficial Collins. Gracias por atenderme —dijo, con una sonrisa en el rostro. Ella le devolvió el gesto a pesar de que se veía cansada—. Estoy buscando información acerca de un John Parker.

—Parker, John —replicó ella, mientras tecleaba—. Acá está, ¿qué necesita?

—Para comenzar, veamos los números de contacto que tiene allí —dijo Collins, señalando la pantalla. Eran los mismos que tenía anotados—. Supongo que guardan información acerca del empleo de los padres.

—Por supuesto. De la madre no tengo nada, pero el padre, Carlos Luis Parker, trabaja para *MDT Medical Supplies*. Es vendedor de equipos médicos—. Collins anotó los números de teléfono.

—¿Qué más habrá por allí que me pueda ser útil?

—Déjeme ver —dijo la chica, ajustando sus lentes al puente de la nariz—. Espere, aquí hay algo. Tengo una alerta diciendo que la última factura fue rechazada por la aseguradora. Y eso ocurrió... a ver... hace unas horas, por eso aún no lo había notado.

—¿Por qué sería rechazada? —preguntó el oficial.

—¿Porque los seguros rechazan todo lo que pueden? —dijo la mujer, riendo—. Es broma, vamos a buscar la razón específica —dijo abriendo una nueva ventana—. Aquí dice, ¡ay Dios!, el seguro fue cancelado.

—¿Cancelado cómo?

—¿Cómo se lo explico? —dijo la chica—. Los Parker están en problemas, es lo único que le puedo decir. No sé la razón, habría que preguntar a la aseguradora o al empleador, lo cierto es que *Humana* canceló la póliza.

Cuando Carlos Luis regresó a la cabaña, Joaquín quiso saber por qué tardó tanto en comprar una botella de whisky. No podía decirle que había secuestrado a Bollinger y que lo mantenía cautivo en un depósito rentado. Eso lo haría cómplice del nuevo delito cuando le capturasen —a esas alturas no tenía duda de que lo harían; tampoco le importaba, siempre que hubiese terminado lo que tenía que hacer— además de que no estaría de acuerdo con que el curso de acción que había elegido era el correcto. En lo más profundo de su ser sabía que no era verdad, pero prefería pensar que sí para no entrar en dilemas morales consigo mismo. La última barrera de contención había caído mientras se encontraba con Bollinger: el correo electrónico que confirmaba que lo de George no había sido un error de laboratorio. Junto a Estrada, decidieron que lo mejor era ocultárselo al chico hasta que salieran de allí, momento en el cual le llevarían a un especialista para que le colocase el tratamiento adecuado.

Se levantó muy temprano el sábado y salió de la casa con el mayor sigilo posible, aprovechando que aún dormían, luego de desayunar un buen trago de whisky seco. Necesitaba reunir todo el coraje posible para no flaquear en sus intenciones y la botella era su única aliada en esos momentos. Pensó en dejar a la sanguijuela sin comer, pero no quería que estuviese débil en caso de que terminase convirtiéndose en el donante, por lo que paró a comprar un café y cuatro donas, las cuales ordenó planas. *Tampoco es cuestión de celebrar un desayuno en familia*, pensó. Maldijo por no haber traído un paraguas para protegerse de la lluvia, la cual en los cuatro metros que tuvo que recorrer a pie hasta el *Dunkin' Donuts*, le empapó. En otras circunstancias hubiese esperado que escampase o buscado otro lugar, pero en estos momentos, todo le daba igual. Cuando abrió la reja de su depósito, todavía escurriendo agua, lo cual hizo con discreción pues a esa hora había uno que otro inquilino moviendo trastos inútiles en las suyas, se tranquilizó al ver que el hombre se encontraba casi en la misma posición que le había dejado. Tuvo pesadillas en las cuales el hombre se liberaba y rompía la reja, escapando hacia la estación de policía. Se veía que había forcejeado con los amarres, pero lo que había logrado era apretar más los nudos, tal como le había enseñado su padre. Le arrancó la mordaza sin ningún tipo de compasión, lo que hizo que el hombre profiriera un grito.

—¿Qué te dije acerca de tratar de llamar la atención? —le preguntó tras darle una bofetada—. Agradece que amanecí de buen humor y te traje algo de comer, maldito cabrón— continuó, liberándole las manos para que comiese, ya que no iba a alimentarlo con las suyas. Una mancha oscura se expandía desde la zona del cierre de su pantalón caqui y terminaba en el colchón.

—No pude evitarlo, dolió —respondió Bollinger, sumiso.

—¡Que no se repita! Espero que no te dé por cagarte también —replicó Carlos, señalando la mancha—. No tengo mucho tiempo, necesito que me digas donde vive Kennedy. Me imagino que con lo lameculos que eres, lo sabrás.

—Sé llegar, pero no sé el número de la casa. Si no hubieses destruido mi tele…

—¡Basta! —le interrumpió Carlos—. Comienza a explicar.

—Si vas por *Park Lawn* en dirección norte, es la tercera al doblar a la derecha en *Franklin*, del lado sur de la calle. La vas a reconocer por un enorme gnomo en su jardín.

—Sé dónde es. Toma, come rápido —le dijo, entregándole el café y las donas.


John fue el último en levantarse esa mañana. Consiguió a George jugando *Gran Turismo*, su juego preferido, decía que le hacía sentirse como si de verdad estuviese manejando un auto de carreras. Manuel se encontraba en el estudio con Joaquín, quien le estaba enseñando los fundamentos del *hackeo*. No le había mencionado la internet profunda, solo le estaba mostrando técnicas de programación que permitían explotar ciertas vulnerabilidades, lo cual no es ilegal pero tampoco ético. El joven estaba fascinado con lo que le estaba describiendo Joaquín, aquello representaba una forma totalmente distinta de ver la internet, al punto que llegó a decir que orientaría su carrera a algo relacionado con la creación de *software*.

—¿Dónde está papá? —preguntó John desde la puerta, aclarándose la garganta para interrumpir la animada explicación.

—Salió antes de que me levantase —respondió Joaquín—. Supongo que volverá pronto. ¿Necesitas algo?

—No me siento bien —dijo el muchacho, quien se veía bastante demacrado.

—Bajemos a que te vea el doctor —replicó Joaquín, levantándose de la silla. La noche anterior Carlos Luis y él le habían explicado a los tres el motivo de tener al doctor encerrado en el estudio (la versión resumida). Les dijeron que si en algún momento le tocaba declarar ante una junta médica, podría decir sin mentir que había estado allí en contra de su voluntad, lo que los chicos aceptaron con naturalidad.

—Tienes la tensión un poco alta —le dijo el doctor tras examinarle —. ¿Trajiste las medicinas que te receté? —John asintió y Joaquín subió a buscarlas. Aunque no se lo iba a decir al joven, sospechaba que la calcificación vascular estaba avanzando, lo que explicaba la taquicardia y la subida de la presión arterial. El trasplante se hacía cada vez más urgente y no veía alternativas. Carlos Luis le había dicho la noche anterior que se encontraba trabajando en ello. Le contó la verdad de cómo habían dado con George y aunque no se lo dijo, Estrada supuso que estaba buscando repetir la experiencia, aunque le extrañó que le pidiese no comentarlo con Joaquín por los momentos. Igual, no era su problema, no era más que un rehén con conocimientos médicos; Joaquín al principio se había mostrado hosco, pero se dio cuenta, al conocerlo mejor, que no era más que una apariencia; le preocupaba Parker, quien parecía estar perdiendo la cordura a pasos agigantados. No lo juzgaba por ello dada la situación que enfrentaba, pero no estaba dispuesto a hacer algo que considerase inapropiado.


No tuvo ningún problema para conseguir la casa del doctor Jacob Kennedy al seguir las indicaciones de Bollinger. *Tu hora se acerca, rata asquerosa*, pensó mientras recorría el camino de la entrada de la vivienda, desde donde el gnomo que había mencionado Marcus le miraba, chorreando agua con expresión estúpida, decolorado por el efecto del sol. Era al doctor a quien quería, era él quien tendría que pagar por haberle quitado el seguro médico a su hijo sin la más mínima compasión, conociendo su situación. *Quien haga algo así no merece vivir y aunque tomar la justicia por mi mano no sea lo más apropiado, hay crímenes no contemplados en la ley, que solo pueden ser castigados de una manera* —pensó Carlos Luis—. *Solo pueden ser castigados con sangre, no puedo sentarme a esperar a que la justicia divina haga su trabajo, así hubiera un juicio final.* Tocó el timbre por segunda vez y la única respuesta que obtuvo fue el ladrido de un perro. Tocó una tercera vez antes de asomarse al garaje, donde no había ningún vehículo. Nunca se había molestado en saber si el doctor tenía familia, pero en caso de que la tuviese, habrían salido todos. Miró a ambos lados de la calle y al ver que estaba desierta, le propinó una patada al muñeco, el cual explotó en mil pedazos que quedaron desparramados por todo el jardín. *Tan solo una muestra de lo que te va a pasar cuando te atrape, malnacido*, pensó mientras abandonaba la propiedad.

Como quien arma un rompecabezas sin imagen de referencia, tenía varias islas sin conexión, pero mantenía la esperanza de que la figura cobraría sentido muy pronto. Collins sentía que las piezas iban encajando. Aunque pensó que le iba a ser más difícil, una simple búsqueda en las páginas blancas, arrojó como resultado la dirección de la cabaña a nombre de Carlos Luis Parker en *Wisconsin Dells*.

—Detective, vamos a dar un paseo por los *Dells* —dijo a Donahue.

—Me imagino que tu padre no te sacaba a pasear mucho, hijo. Sospecho que los parques de diversiones estarán cerrados por la tormenta, mejor lo dejamos para el otro fin de semana —dijo el detective en medio de una carcajada que le produjo un acceso de tos.

—Quiero ir a dar una vuelta por la propiedad que tienen allá los Parker.

—¿Quién carajo son los Parker? —preguntó el hombre. Luego de explicarle lo que había investigado mientras él disfrutaba una tranquila noche con su mujer y de hablarle de su teoría de que todo estaba conectado, incluyendo la cancelación de la póliza, logró despertar el interés del viejo detective.

—Que conste que este culo viejo no se mueve por cualquier cosa —dijo Donahue.

—Cuatro ojos ven mejor que dos —replicó Collins, mientras subía a la patrulla.

—Siempre que dos de ellos no presenten principio de cataratas, y no justamente las de Niágara —dijo el hombre, soltando otra carcajada. Collins tuvo que encender las luces de niebla; a pesar de que eran las diez de la mañana, el cielo se encontraba tan oscuro como si fuese noche cerrada. La lluvia azotaba con fuerza el parabrisas y el viento silbaba con fuerza atronadora. Tuvieron que detenerse a auxiliar a una señora mayor —quien por su edad debería estar en casa en vez de enfrentando ese vendaval— con un neumático pinchado, el cual Collins cambió en medio de la tormenta. Ni siquiera el impermeable evitó que arruinase su uniforme. No tenía ningún plan concreto, pero no le gustaba estar sin hacer nada, tal vez algún vecino pudiese proveerle de algún dato sobre los Parker, cosa que iba a ser difícil bajo las condiciones climáticas imperantes.

La lluvia había hecho crecer al Río *Wisconsin* a tal punto que los policías temieron un desbordamiento. Cuando al fin el GPS indicó que habían llegado a la propiedad de los Parker, en medio del fuerte viento y con los truenos reventando a placer, Collins se quedó con la boca abierta al ver luces encendidas dentro de la cabaña.

—¿Quién deja luces programadas para que enciendan? —preguntó Collins.

—Alguien a quien no le duela la factura de electricidad —respondió el detective.

—Vamos —dijo Collins, luego de estacionar la patrulla bajo el techo que daba acceso a la puerta principal de la propiedad. El detective se bajó, haciendo un esfuerzo por recorrer los escasos metros que le separaban de la entrada, diciendo:

—Cuando llueve es peor —llevando su mano derecha a la cintura.

John, quien había ido a la cocina por un vaso de agua, escuchó el timbre al mismo tiempo que Joaquín y acercándose a la puerta, dijo:

—Papá olvidaría su llave, yo le abro.

—Espera —dijo Joaquín, dudando que así fuese, mientras se asomaba por la mirilla. Al ver que se trataba de dos uniformados estuvo a punto de sufrir un infarto. Al mismo tiempo acudieron a su cabeza mil razones por las cuales la policía podría estar allí y ninguna le gustaba. Pensó que podía ser por Estrada, pero eso no tenía sentido, su excusa para desaparecer era más que creíble. Luego se le ocurrió que alguien había descubierto lo de los equipos, pero también era una posibilidad remota. La tercera opción era que Carlos Luis hubiese tenido un accidente y los hombres portasen la mala noticia. Finalmente, estaba la posibilidad de que su amigo, cegado por la desesperación hubiese cometido una locura. El timbre volvió a sonar. Se llevó el índice a la boca, indicándole a John que no hiciese ruido, mientras con la otra mano le señaló que se fuera a la sala, lejos de la vista de los policías. Sin importar lo que fuese, algo le decía que no debían ver al joven. Pensando a la máxima velocidad que sus nervios le permitían, tragó duro, inspiró, se alborotó el cabello y abrió la puerta.

Carlos Luis nunca se había sentido tan cansado, ni siquiera cuando jugaba fútbol americano en la secundaria. Estaba exhausto, aunque no por el esfuerzo físico sino por todo el estrés al que se encontraba sometido. Trataba de hacer un último esfuerzo por enderezar las cosas, agotando las reservas de energía que le quedaban. Tenía la esperanza de que todo terminase pronto, para poder al fin descansar por la eternidad. Lamentó no haber traído consigo la botella.

—El desgraciado no estaba en casa —le dijo a Bollinger, con la ropa empapada y casi sin fuerza. El hombre retrocedió hacia la pared al verle entrar—. ¿Tienes idea de dónde pueda estar?

Bollinger asintió, emitiendo una serie de sonidos ahogados.

—Los sábados por la tarde lo puedes conseguir jugando la liga de bolos, en el *Sport Bowl* de *University* —respondió Marcus una vez que le liberó de la mordaza, aguantando el dolor en silencio, rogando no producirle otro ataque de furia.

—La liga de bolos… interesante —dijo Carlos, más para sí mismo que para el hombre—. ¿Eso a qué hora? —preguntó, mirando su reloj.

—A las tres, cuatro, no estoy seguro —replicó Bollinger, nervioso.

—Pero ni siquiera es mediodía. ¿Dónde podré conseguirle ahorita?

—No tengo idea, te lo juro. Parker, por favor, déjame ir. Yo no te he hecho nada. Si a quien buscas es a Kennedy, yo te puedo ayudar a encontrarlo, si quieres le llamo, le digo que nos veamos en algún sitio, pero… pero quiero irme a casa. ¿Quieres castigarnos solo por unas fotos que nos tomamos? —respondió, al borde las lágrimas. Carlos iba a responder, cuando le llamó la atención el uso del plural. *¿Nos?*, se preguntó. En eso se dio cuenta, abriendo los ojos como platos. *¡Qué estúpido! Lo tenía enfrente de mis narices y no me di cuenta. ¡EL OTRO EN LAS FOTOS ES KENNEDY!*, se dijo a sí mismo. El hecho de que siempre le viese en traje no le permitió darse cuenta cuando vio la imagen, la cual había quedado tatuada en su memoria. No era muy observador, pero le extrañó que Joaquín no lo hubiese notado. Para asegurarse de que estaba en lo cierto, le dijo:

—Tienes razón cuando dices que lo que hagan tú y Kennedy en su intimidad no es mi problema, el quid de la cuestión es que una cosa no tiene que ver con la otra—. La información obtenida le permitió formular un plan que le facilitaría mucho las cosas.

\* \* \*

Estaba en una situación difícil, sin saber que podían querer los uniformados, pero consciente de que debía darles la mínima información posible. No quería arriesgarse a que una respuesta inoportuna le pusiese en evidencia, se sentía como un criminal.

—Buenos días, soy el detective Donahue y mi compañero el oficial Collins. ¿Es usted el señor Carlos Luis Parker? —preguntó el policía tan pronto abrió la puerta. Joaquín trató de lucir lo más natural posible aunque comenzaba a sudar frío.

—Buenos días, detectives. No, soy Joaquín Rivers, ¿qué puedo hacer por ustedes?

Los dos policías se miraron, confundidos.

—¿Esta no es la propiedad del señor Parker? —preguntó Collins.

—En efecto, lo es —respondió Joaquín, sin agregar más.

—Pensé que nos habíamos equivocado. Quisiéramos hablar con él.

—*Al menos no vienen con la noticia de que tuvo un accidente*, pensó Joaquín.

—Lo siento, él no se encuentra aquí —respondió, ateniéndose al guion de decir lo mínimo indispensable—. ¿Puedo ayudarles en algo?

—¿Sabe dónde está o cuándo regresa? — preguntó Donahue. No es que no hubiese anticipado la pregunta, pero igual le agarró desprevenido. Si decía que había salido a comprar algo, seguro querrían pasar y esperarle. Si decía que no sabía dónde estaba ni cuando vendría, corría el riesgo de que apareciese, dejándolo como mentiroso.

—La verdad es que no tengo idea —respondió, dando la respuesta más ambigua que se le ocurrió—. ¿Está Carlos en problemas? —preguntó, tratando de anticiparse.

—No, para nada —respondió Collins, lo que le produjo un gran alivio—. Queremos hacerle unas preguntas que surgieron durante el curso de una investigación y es de gran importancia que conversemos con él.

*Saben lo de los equipos robados*, pensó Joaquín, con el pulso acelerado.

Trató de calmarse para evitar que su lenguaje corporal le delatase.

—Entiendo, puedo darle el mensaje tan pronto se comunique conmigo.

—¿Cuál es su relación con el señor Parker? —preguntó Collins.

—Somos compañeros de trabajo.

—¿Vinieron a pasar el fin de semana? Es una pena, con este clima

—preguntó Donahue. A Joaquín no le gustó el tono de la pregunta, sabía que contenía una insinuación velada relacionada con su homosexualidad, pero en ese momento no era apropiado ponerse a defender sus derechos. Incluso podía ser una puerta de escape.

—Soy experto en informática y vine a instalar un sistema de internet satelital, saben lo mala que es la señal en esta zona —respondió, señalando la antena que había fijado en la ventana, que apenas se distinguía entre la neblina. Collins se dio cuenta de que su tono fue lo suficientemente seco, también había percibido la insinuación de su compañero, quien necesitaba con urgencia un curso de ética.

—¿Funciona mejor así? —intervino Collins, tratando de salvar la situación.

—Mucho mejor. Si no les molesta, debo seguir con el trabajo, oficiales. Le comunicaré su mensaje a Carlos —respondió Joaquín, degradando el rango de Donahue.

—Se lo agradecemos —dijo Collins, entregándole una tarjeta—. Por favor dígale que se comunique tan pronto como le sea posible. Sabía que cualquier posibilidad de extraer información al hombre se había arruinado.

Joaquín, luego de cerrar la puerta, se recostó de la pared con las manos sobre las rodillas y expiró, aliviado. No sabía de qué iba la cosa, pero era imperativo que manejasen la situación. No quería ir a la cárcel.


No quería, por una cuestión de respeto para con su superior —aunque sabía que era lo correcto— mencionarle al detective que había dañado la comunicación con Joaquín.

—¿Qué te ha parecido? —preguntó al detective.

—No lo sé, creo que te vas a convertir en la Doctora Corazón. Primero tratas de encontrar a un doctor que lo más seguro es que le esté poniendo los cuernos a la novia y ahora te consigues con que el que suponías podía ser un testigo clave, parece tener un amante de fin de semana, creo que todo esto es una pérdida de tiempo.

—No lo veo así —respondió Collins, tratando de disimular su molestia—. ¿No te parece raro que alguien esté instalando una conexión satelital en medio de una terrible tormenta? Además, ¿no te fijaste que estaba tratando de disimular su nerviosismo, o en el hecho de que solo respondió fue con evasivas, lo que…

—Supongo que estaría… —le interrumpió el detective.

—Espera —le interrumpió Collins a su vez—. Sé lo que vas a decir, pero no, no creo que estuviese tratando de justificarse por ser homosexual y en caso de que tuviese… qué sé yo, una aventura con Parker, no tendría por qué justificarse, primero porque eso no es asunto de la policía y debemos respeto a todos por igual. Segundo, porque estamos en el siglo XXI y no en 1800.

—En mis tiempos… tienes razón, estuve fuera de lugar —dijo Donahue, apenado.

—Ya, déjalo. Pero créeme que ahí ocurre algo, no sé qué, pero ocurre algo.

—La verdad es que me pareció ver una sombra contra una ventana, no puedo asegurarlo, pero diría que la vi.

—Más razón aún. No creo que haya sido una pérdida de tiempo. Me muero de hambre, ¿paramos a comprar una pizza? —preguntó Collins cuando vio a lo lejos el cartel azul y rojo de *Domino's*.

—Sabes que nunca digo que no a la comida. De alguna manera tengo que mantener esto —replicó el detective, dándose palmadas en su protuberante panza.

Un vehículo rojo se estacionó a la derecha de la patrulla mientras Collins se bajaba a ordenar las pizzas, del cual bajó una mujer regordeta que caminaba como si fuese un pingüino.

—¡Detective, detective! —chilló mientras se acercaba. El oficial pensó que la mujer estaba en problemas, pero enseguida se dio cuenta de que era su tono de voz normal.

—¿Necesita ayuda? —respondió Collins poniéndose a resguardo de la lluvia.

—No, estoy bien. Solo que los vi salir de la propiedad de los Parker y quería asegurarme de que todo estaba bien allá —dijo la mujer, tratando de recuperar el aliento.

—Todo bien, ¿por qué no habría de estarlo? —replicó el policía, sonriendo al pensar que había llegado hasta los *Dells* con la intención de contactar a algún vecino y ahora uno venía hacia él, aunque no pensaba que la mujer tuviese información relevante.

—Solo pregunto, usted sabe, hay que estar atento. Soy Betty Robertson.

—Entiendo, señora Robertson. ¿Qué le hace pensar que pudiese haber algún problema? —Collins supuso que la mujer no tendría mucho que hacer aparte de tratar de enterarse de todo lo que ocurría a su alrededor, una forma elegante de decir que era una chismosa, pero en ese momento era algo que podría jugar a su favor.

—Nada en especial, pero ver una patrulla, sobre todo una de *Middleton* por acá, le hace a una pensar cosas. Yo vivo en *Middleton* también, pero en estos días paso más tiempo acá que allá, de donde conozco a los Parker, bueno, a Karina más que todo. Por eso estaba pendiente a ver si le saludaba. Cuando vi al señor Parker el otro día me dijo que no había venido y supuse que lo haría en cualquier momento. Ay, disculpe detective, le estoy entreteniendo y me imagino que usted tiene usted mejores cosas que hacer que estar escuchándome —dijo la señora, quien parecía una máquina de disparar palabras, pero a Collins le llamó la atención lo que había dicho.

—¿Cuando dice que vio al señor Parker el otro día, de cuándo estamos hablando?

—Eso fue… déjeme pensar… el miércoles si no me equivoco, cerca del mediodía. No me sentía con ánimos de cocinar y decidí comprar una pizza, aunque no debería, el cardiólogo me dijo que debía perder peso. Sí, estoy casi segura de que fue el miércoles, cuando yo entraba, el señor Parker venía saliendo y le pregunté por su esposa, pero me dijo que no había venido, lo cual me extrañó, ¿sabe? Siempre vienen juntos, pensé que tenían invitados, pues él llevaba tres pizzas grandes y eso es mucha comida. Me dijo que tenía obreros en su casa haciendo reparaciones en el techo y que les había comprado las pizzas, pero estaba apurado y no pude preguntarle más. No me va a decir que Parker está en problemas con la ley, ¿verdad, detective? Sería una pena, una familia tan bonita. Es que parece interesado en lo que le estoy diciendo, pero es lo que vi…

—No, para nada —le interrumpió Collins. No creía que la mujer tuviese más información, más bien parecía ávida de obtenerla, pero era interesante el dato de que Parker estuviese por allí un miércoles en medio de la jornada laboral y comprando tres pizzas grandes—. Un placer haber hablado con usted, señora Robertson, soy el oficial Collins —concluyó, ofreciéndole su mano.

Mientras esperaban que estuviesen listas las pizzas, Collins llamó a Rachel, quien hacía el papel de recepcionista-secretaria o cualquier otra cosa para la que pudiese ser útil en la Estación y le pidió que averiguase el número del Director de Personal de *MDT Medical Supplies*. Sabía que era sábado y que conseguirlo podía ser difícil, pero si alguien podía hacerlo, era ella, pues cuando le encomendaban una tarea no cejaba en su esfuerzo hasta completarla. Necesitaba entender muchas cosas y pensaba que Parker se encontraba en el ojo del huracán. Pensó en volver a la cabaña pero desistió, no creía que Rivers estuviese dispuesto a darle más información, sobre todo considerando la línea de pensamiento que se había activado con lo que la mujer le había relatado minutos atrás. Era muy posible que hubiese una explicación lógica para todo aquello y que terminase en nada, pero necesitaba cerrar el capítulo antes de pasar la página, su instinto le decía que estaba en la dirección correcta. Donahue le apoyó diciéndole que las cosas generalmente se resolvían por lo obvio, pero cuando no lo hacían, lo que parecía más retorcido e improbable era lo que terminaba resolviéndolas. No era algo que hubiese aprendido en la TV, sino el resultado de su larga carrera como detective.

Luego de comprar un teléfono desechable en *Best Buy*, el cual pagó en efectivo, regresó al depósito donde mantenía cautivo a Bollinger, a quien ordenó que llamase a Kennedy, citándolo en algún sitio donde pudiese capturarle. No quería darle la dirección del depósito, ya que si el doctor llegaba a sospechar algo, podría arruinar todo el plan. Prefirió seguir la misma estrategia que había utilizado con Marcus, lo cual le servía para que una vez desaparecidos ambos hombres, consiguiesen sus vehículos en el mismo sitio, lo que haría difícil que llegasen hasta él. Le recordó a Bollinger que si durante la llamada trataba de advertir a Kennedy o de alguna manera hacerle ver que algo extraño ocurría, lo pagaría, no solo con su vida, sino con la de su familia. Este le aseguró que estaba consciente y le juró que no intentaría nada, le preguntó que si una vez que tuviese a Kennedy en su poder le liberaría, a lo que Carlos Luis le respondió que lo pensaría, pero le aseguró que tendría mejores posibilidades si las cosas salían según el plan. Bajo la estricta vigilancia de Parker, cuya arma le apuntaba directamente a la sien y con el teléfono en altavoz, realizó la llamada. El hombre tuvo que hacer un esfuerzo para mostrarse calmado —lo que logró a medias— pero al parecer el doctor mordió el anzuelo. Dijo que se reuniría con él en dos horas, tan pronto terminase de hacer las compras.

Cuando al fin regresaron a la estación, con la barriga de Donahue llena, luego de comer su pizza más la mitad de la de Collins, quien había perdido el apetito en medio de la excitación, Rachel, orgullosa, le entregó un papel con el número del móvil de Kennedy,—quien fungía como Director y Jefe de Personal al mismo tiempo—, con el que se fue de inmediato a realizar la llamada.

—Buenas tardes, doctor Kennedy —dijo, mirando el nombre en el papel—. Soy el oficial Larry Collins, del departamento de policía de *Middleton*.

—Eso me dijo el identificador de llamadas —replicó el hombre—. Dígame usted para qué soy bueno, oficial.

—Quería hacerle unas preguntas acerca de un empleado suyo, Carlos Luis Parker.

—Querrá usted decir ex-empleado, oficial. ¿Qué hizo ahora? —Collins quedó confundido por la respuesta y de inmediato replicó:

—Pero nuestros registros dicen que Parker trabaja en *MDT*.

—Pues actualice sus registros. Parker trabajó con nosotros hasta el viernes, cuando le despedí —respondió, con un tono que parecía tener una carga de resentimiento.

—¿Lo despidió? ¿Podría decirme la razón?

—Cometió un error que me costó casi medio millón, ¿qué quería que hiciera?

—¿Un error? ¿Qué tipo de error?

—Para hacer corta una historia larga, presupuestó mal unos equipos y la compañía tuvo que hacerse responsable. Además, creo que el hombre está loco, me amenazó verbalmente y estuvo a punto de agredirme físicamente cuando le despedí —contestó Kennedy, omitiendo que le había escupido la cara.

—¿Es por eso que su seguro médico fue cancelado?

—Por supuesto, no le iba a condecorar.

—Entiendo. Apartando eso, ¿puede decirme algo más? ¿Observó en él algún comportamiento extraño los últimos días?

—Pues sí. Para ser honesto, Parker era un buen vendedor, pero de un tiempo para acá, creo que desde que le ascendí a supervisor, ha estado distraído, conducta que la empresa no puede tolerar. Pero si me disculpa, ahora mismo estoy apurado, me están esperando, si quiere pase por mi oficina el lunes y hablamos con más detenimiento.

—Comprendo, doctor. Gracias por su tiempo, si necesito algo más, iré por allá.

*¿Despedido? Esto cada vez está más enredado*, reflexionó Collins.

Le estaba esperando en la entrada del estacionamiento. Tan pronto vio entrar a Kennedy, le siguió lentamente, esperó a que bajase del auto y atravesó su carro en perpendicular al del doctor. Se bajó del suyo, dejándolo encendido, quedando de frente con él, quien se sorprendió al verle.

—Vamos a dar un paseo —le dijo. El hombre retrocedió instintivamente.

—¿Parker, qué quieres? —replicó Kennedy, quien llevaba un impermeable amarillo con capucha, mientras miraba a todos lados del estacionamiento, casi desierto a esa hora del día.

—¡Calla y súbete al vehículo! —bramó Carlos Luis, levantando durante un instante su suéter para mostrarle la pistola, dando un paso adelante. El doctor trató de sacar su teléfono del bolsillo, pero se lo arrebató de un manotazo.

—No me hagas nada, Parker, por favor —dijo el doctor, asustado.

—Haz lo que te digo si no quieres que te incruste una bala en el pecho, maldito bastardo —replicó Carlos, empujándolo. La lluvia le chorreaba por la cara y aunque no se veía a nadie, tenía que estar alerta en caso de que alguien apareciese. Hizo que rodease el vehículo, abrió la puerta y le obligó a sentarse en el puesto del pasajero. Con todos los sentidos activados, regresó sin dejar de mirarlo y subió, arrancando el auto de inmediato.

—¿Qué ocurre, es que te volviste loco? —preguntó el doctor, asustado.

—Me lo han preguntado varias veces en los últimos días —contestó Carlos, soltando una carcajada. De inmediato se puso serio y continuó—: es posible que sí, es lo que le ocurre a un padre cuando un maldito sin corazón le quita lo que tiene, tratando de joderlo junto a su hijo. Pero el karma existe, ¿sabes? Dicen que se puede pagar en otras vidas, pero como no creo en eso voy a hacer que saldes tu cuenta en esta.

—¿Vas a matarme? —preguntó Kennedy con un nudo en la garganta.

—Tal vez termines rogándome que lo haga antes de que acabe contigo. Creo que hay peores cosas que la muerte, pero eso lo vamos a averiguar pronto.

—Si es por tu trabajo, puedo devolvértelo, Tienes razón, cometí un error, yo…

—¿Eres idiota o te dejaron caer de cabeza cuando pequeño? Al menos respeta mi inteligencia. No, no necesito que me devuelvas el trabajo. Creo que me vas a pagar con algo mucho mejor que eso. Vamos a ver si ese cuerpo te sirve para algo mejor que para que te den por detrás —le dijo, volteando a mirarle para ver su reacción, aunque pareció no acusar el golpe. Dentro de su ira, Carlos Luis se estaba divirtiendo haciendo sufrir a Kennedy. Sentía que descargar su rabia contra él le servía de catarsis—. No te preocupes, pronto vas a poder hacer lo que te gusta, una vez que te deje encerrado junto a tu pichoncito— continuó, soltando otra carcajada. Kennedy se hundió en el asiento.

*Un momento. Si dijo que le había despedido el viernes, no es posible que estuviese fuera de la ciudad. A menos que lo hubiese hecho por teléfono. No, dijo que había estado a punto de agredirle físicamente. Ergo, Parker estaba en Middleton el viernes. Si estaba, ¿por qué no se presentó su hijo al hospital esa tarde? Cabía la posibilidad de que la mujer se hubiese ido con el joven, pero los Villa habían asegurado que se habían ido todos. Por otro lado, ¿por qué su teléfono estaba muerto? Aquí hay gato encerrado*, razonó Collins luego de terminar la llamada con Kennedy.

Fue en busca de Donahue y le contó su conversación con el doctor. Cada vez se convencía más de que estaba en el camino correcto, aunque cada una de las direcciones que tomaba parecía conducir a un callejón sin salida. Collins era el tipo de persona que cuando le decía algo en voz alta a otra persona, veía cosas que no se le ocurrían mientras pensaba; además, la vasta experiencia de su compañero podría arrojar una luz sobre el camino a seguir.

—Me parece que vas teniendo razón. Aunque a lo mejor no resuelvas ninguno de los dos casos, puede ser que estés detrás de algo más gordo —dijo Donahue.

—Nada es más gordo que recuperar a un adolescente —replicó, pensativo.

—Lo sé. En cualquier caso el siguiente paso es obvio. Tienes que comprobar si de verdad esa gente salió de viaje, tienes que conseguir una forma de contactarles.

—Lo tengo en mi lista, es hora de darle prioridad —dijo, haciéndole señas a Rachel para que se acercase.

—Te tengo otra misión. Necesito que consigas en algún hospital de *Wyoming* a una mujer que debe haber ingresado el martes o miércoles con la cadera fracturada, cuya hija responde al nombre de Karina Parker. Es urgente—. La joven desapareció sin decir palabra.

Mientras esperaba volvió a marcar los números de cada uno de los integrantes de la familia Parker, así como el de Manuel, con el mismo resultado al que ya estaba acostumbrado: a todos parecía habérselos tragado la tierra. Recordó que no había preguntado a Kennedy por Rivers, lo que podría contribuir a esclarecer un poco el panorama. Trató de llamarle pero también fue directo al buzón de voz. En esos momentos aceptaría hasta un chisme de la señora Robertson. Se dedicó a clasificar y a pasar en limpio las notas que había tomado, había aprendido en la academia a ser extremadamente ordenado, lo que siempre le rendía buenos frutos.

—Lo tengo, la señora se llama Lara Phillips —dijo Rachel, emocionada, apenas veinte minutos más tarde, tras entrar como una tromba— y se encuentra en el *Cheyenne Regional*. No fue fácil, pero el séptimo de la suerte nunca falla —continuó ella, una ferviente creyente de la cábala.

—¿La tienes en la línea? —preguntó Collins, ansioso. Estaba seguro de que varias piezas encajarían tan pronto hablase con ella.

—No, me dijeron que había bajado a comer algo, que debía estar por regresar. Le dejé nuestro número para que devolviese la llamada.

—¿Dijiste que era urgente?

—¿Cree que soy tonta, oficial Collins? Por supuesto que lo hice.

En ese momento repicó el teléfono en el escritorio y ambos dieron un brinco.

—Collins —dijo el policía, activando el altavoz para que Donahue, quien se había acercado, escuchase la conversación.

—Buenas tardes, oficial. Me dijeron que le llamase urgente —replicó una mujer que se notaba muy angustiada al otro lado de línea—. ¿Qué ocurrió, no me diga que le pasó algo a mi bebé? —Collins y Donahue se miraron, extrañados.

—No ha pasado nada malo, despreocúpese. Solo quiero hacerle unas preguntas.

—Menos mal, una llamada de la Policía siempre significa problemas —dijo Karina, aliviada—. ¿Qué quería saber?

—En realidad con quien necesito hablar es con su esposo, ¿estará por allí?

—¿Carlos Luis? No, él no está acá. Yo tuve que venir pues mi madre se fracturó la cadera y como comprenderá, no la iba a dejar sola.

—Me habían informado que había ido usted con su esposo y su hijo —dijo Collins, sin saber si la mujer estaba diciendo la verdad o trataba de ocultar al marido.

—¿Quién dijo eso? Aparte de trabajar, tenía que llevar a John, nuestro hijo, a que le hicieran la diálisis, ya que el pobre sufre de insuficiencia renal —replicó con una voz que dejaba entender que en cualquier momento irrumpiría en llanto. Collins le mostró una hoja a su compañero, en la cual había escrito: "¿ACTRIZ?" Este negó con la cabeza, arrugando la boca—. ¿Trató de llamarlo a su móvil?

—Sí, pero siempre va a directo al buzón, parece estar apagado. ¿Cuándo fue la última vez que habló con él?

—Ayer me llamó. Ahora que lo dice, esta mañana marqué su número y el de mi hijo y ambos parecían apagados, pero supuse que estarían durmiendo hasta tarde por ser sábado. ¿Cree qué les pueda haber pasado algo? Es lo que me falta —dijo la mujer comenzando a llorar.

—Espero que no. También pasé por su casa y allí no había nadie. ¿Dónde más podrían estar? —preguntó Collins, cada vez más confundido.

—¡Qué angustia! —dijo ella, sonándose la nariz—. Puede ser que hayan salido… la verdad no sé qué decirle. Tal vez se fueron a la cabaña, en los *Dells*.

—¿Qué le dijo su marido cuando habló con usted? Por favor trate de recordar cada detalle, es importante.

—Me está asustando, oficial. Usted me está ocultando algo. Por favor, dígamelo.

—No le oculto nada. Hay demasiadas cosas que no entiendo y necesito hablar con él, pero no hay manera de conseguirle. No se preocupe, debe ser que he tenido mala suerte. Si llegase a comunicarse con usted, por favor, dígale que me llame de inmediato —dijo Collins, sin mencionar lo del despido, ni que su hijo no se había presentado al hospital, ni que su médico había desaparecido al igual que su mejor amigo. Si acaso Parker andaba en algo, no era buena idea alertarle en caso de que hablase con ella.

—Lo haré, oficial. Cuando llamó solo me preguntó por mi madre y me dijo que tanto él como John estaban bien, que no me preocupase, fue muy breve. Por favor, si usted sabe algo, avíseme de inmediato.

—Cuente con ello —replicó Collins, terminando la llamada.

—¿Qué piensas? —le preguntó al detective, quien se encontraba sentado sobre el escritorio con la mano es su barbilla, pensativo—. Puedo estar más equivocado que Hitler, pero nadie me quita de la cabeza que en esa cabaña pasa algo muy raro. No me veas como si estuviese loco, es un hombre sencillo, con una vida sencilla, ¿dónde más puede estar? Además debe andar con el hijo, ningún padre por más criminal que sea o esté envuelto en la cosa más oscura del mundo va a abandonar a un hijo enfermo. Al principio creí que la esposa le estaba cubriendo, pero más bien parece que en el momento que ella viajó, se destapó el pandemonio.

—Te iba a decir que estás viendo conspiraciones donde no las hay, pero pensándolo mejor, estoy de acuerdo en que puede haber algo turbio. ¿Qué sugieres?

—Consigue una orden de registro. Por supuesto que no vamos a ir allí de nuevo como un par de idiotas para que nos respondan con evasivas y no pasemos de la puerta.

—Me parece que todo lo que tenemos es circunstancial, ningún juez la va a firmar.

—¡Por favor! Conoces a todo el mundo y nadie va a dudar de tu palabra. En el peor de los casos pídela como… no sé, haz lo que sea, pero consíguela. Puede haber vidas en juego.


Cuando Carlos al fin llegó a la cabaña, luego de que su ropa se hubiese mojado y secado varias veces, lo único que quería era un trago de whisky y una ducha caliente. Joaquín le esperaba, al borde la histeria.

—¿Dónde carajo estabas? —le preguntó, molesto.

—Créeme que no quieres saberlo, Joaquín. Que uno de los dos se vuelva loco es más que suficiente —dijo Carlos, mientras se servía un generoso trago.

—Claro que quiero, sobre todo después de que un par de uniformados tocan a la puerta preguntando por ti y no tengo ni la más puta idea de qué decirles sobre dónde estás o cuándo regresas, todo eso temblando al pensar en los delitos que nos podrían imputar. Sin contar con que tenemos casi un millón de dólares en equipos robados en el sótano, un secuestrado y un hombre del cual no podemos ni explicar su procedencia con nosotros.

—¿Policía, dijiste? —preguntó Carlos Luis, atónito.

—Sí, fue lo que dije. Ya me veía con las esposas y no creo que el naranja me siente bien. Comienza a hablar, para que al menos pueda calcular la condena que me va a tocar.

Carlos Luis había perdido todas las fuerzas, se sentía derrotado. Tal vez era hora de bajar la cabeza, era mucha carga para llevar él solo bajo sus hombros. Decidió contarle todo a Joaquín, quien había demostrado ser un amigo de verdad. Él podría ser tildado de cualquier cosa, pero jamás de desleal, y le había prometido ser frontal siempre. No tenía sentido ocultarle la verdad, no era justo. Joaquín no sabía si reír o llorar. Le parecía que en cualquier otro momento habría sido una buena jugada, pero no en las actuales circunstancias. Dijo que el plan de tratar de extraerle el riñón a alguno de los dos hombres le parecía infantil. No solo estaba seguro de que Estrada jamás se prestaría a algo así, ya lo había advertido cuando interrogó a George, pero más importante aún era lo que pensaría su hijo de él si lo hacía, jamás se lo perdonaría y en caso de que lo hiciese, ¿qué tipo de valores estaría inculcando en su joven mente? Una cosa era lo de George, que podía justificarse esquivando un poco la ética, pero esto eran palabras mayores. Carlos Luis se sirvió otro trago y se fue a la ducha. No quería que le viesen llorar.

# 10

Entró a la sala arrastrando los pies, convencido de que todo había terminado.

—Todos de pie para el Honorable Juez Andy Anderson —dijo el alguacil a las nueve de la mañana del lunes 7 de Octubre. Un hombre delgado con cabello demasiado negro para sus sesenta años, entró a paso rápido a la sala. Bajo su risa jovial se escondía un carácter severo, lo que le había granjeado el miedo de muchos de los abogados que hacían vida en las cortes de *Milwaukee*.

—Pueden sentarse —dijo Anderson, indicándole al alguacil que hiciese pasar al jurado. Siete hombres y cinco mujeres ocuparon el espacio reservado para ellos a la derecha de la sala. Acto seguido, indicó que la Corte entraba en sesión mediante un golpe de martillo y continuó—: Para el caso que nos ocupa, registrado bajo el número WCC-54123, el Estado de *Wisconsin* versus Carlos Luis Parker, ¿se encuentra lista la Fiscalía? —preguntó el juez, luego de ocupar el estrado.

—Sí, Su Señoría —respondió desde la mesa de la acusación, situada a la derecha de la sala, William Joyce, el abogado que llevaría el caso del Estado.

—¿La defensa está lista? —preguntó Anderson, mirando hacia la izquierda.

—Sí, Su Señoría, estamos listos —replicó Donald H. Truman, quien representaría a Carlos Luis durante el juicio. Le acompañaban dos asistentes, el mismo número que a la Fiscalía.

—Muy bien, la Fiscalía puede proceder con su alegatos iniciales.

Joyce se levantó, arregló su corbata y caminó hacia el jurado. Era un hombre joven, apenas llegaría a los cuarenta el año entrante, pero había ido escalando posiciones a través de casos que llamaban la atención de los medios, como estaba seguro de que sería el que le ocupaba en estos momentos.

—Damas y caballeros del jurado —comenzó, colocándose en un punto desde el que llamaba la atención de los doce pares de ojos sin dar la espalda al juez—, mi nombre es William Joyce y me encuentro acá en representación de la Fiscalía, con el objeto de probar más allá de toda duda que el acusado, el señor Carlos Luis Parker —dijo, señalándole— se disponía a instaurar una red de tráfico de órganos humanos, la cual iba a tener como centro de operaciones una propiedad que el señor Parker posee en *Wisconsin Dells*. La defensa tratará de escudarse en el hecho de que su hijo…

—¡Objeción, Su Señoría! Está especulando.

—Sostenida —dictaminó el juez.

—Disculpe, Su Señoría. Lo cierto es que sin importar el tipo de excusa que quieran presentar, probaré cómo el señor Parker instaló en el sótano de su propiedad un quirófano clandestino, en el cual supongo se disponía a realizar sus… sus fechorías. También mostraré como tenía a un médico a su servicio, el cual es un inmigrante y…

—¡Objeción, Su Señoría! Por favor, ¿qué clase de circo es este? ¿Xenofobia?

—Acérquense, abogados —dijo Anderson, furioso. Cuando los dos lo hicieron, tapando el micrófono les advirtió que en su Corte no iba a permitir espectáculos—. ¡Ha lugar! —dijo, cuando ambos abogados regresaron a sus mesas—. Una próxima transgresión como esa y le declararé en desacato, abogado Joyce.

—No volverá a ocurrir, Su Señoría, le ruego me disculpe —dijo el abogado, contrariado al haber visto interrumpido su alegato en dos ocasiones. Maldijo por no haberse preparado mejor—. Lo cierto es que, con un médico a su servicio y un cómplice que le ayudaría a conseguir a sus posibles clientes —dijo, haciendo comillas en el aire sobre la última palabra—, lo cual también probaremos, veremos como la ambición desmedida de un hombre, o grupo de hombres, se disponía a montar, bajo nuestras narices, una operación que contradice la moral y las buenas costumbres, por decir lo menos. Cuando les muestre cómo se había organizado esta gente —dijo, haciendo un gesto despectivo con su brazo hacia la mesa de Carlos— no me queda la menor duda de que le encontrarán culpable de todos y cada uno de los cargos que se le imputan y lo enviarán tras las rejas durante una buena temporada —concluyó, regresando a su asiento.

—La defensa puede proceder con sus alegatos iniciales —dictaminó el juez.

—Señoras y señores —dijo Truman, poniendo una mano sobre el hombro de Carlos Luis— este es uno de los casos más simples que me ha tocado en mi carrera. Les voy a demostrar que lo que hizo mi cliente, en medio de la desesperación de un padre por salvar a su hijo enfermo, es lo que cualquiera de nosotros hubiese hecho en sus mismas circunstancias. No entiendo la obsesión de la Fiscalía por ver conspiraciones donde no las hay —Joyce estuvo a punto de objetar, pero sabía que no tenía base, por lo que prefirió esperar— y tratar de demostrar algo que no se puede demostrar, simplemente porque no es verdad. Una a una desmontaremos las falacias que quiere la Fiscalía endilgar a Carlos Luis Parker. No creo necesario que les explique más, ya verán con sus propios ojos como todos los argumentos se caen por sí mismos —terminó, con una sonrisa confiada en su cara. Estaba seguro de que al menos en esa primera ronda, había salido vencedor. Esperaba que todo el juicio transcurriese de la misma manera.

—La Fiscalía puede llamar a su primer testigo —dijo Anderson.

—Llamo a declarar a Nicholas Smith.

—Por favor, dígame su nombre y cargo para el registro —dijo Joyce luego de que el testigo jurase.

—Nicholas Albert Smith, Jefe de Almacén en *MDT Medical Supplies*.

—Señor Smith, ¿reconoce esto? —preguntó Joyce, entregándole dos hojas.

—Por supuesto, son dos Órdenes que despaché.

—¿Adónde iban esas Órdenes?

—A la Clínica Mayer.

—Eso es lo que veo acá —dijo Joyce, examinando una copia de los papeles—. Sin embargo, su contenido jamás llegó a esa clínica, ¿Estoy en lo correcto?

—Sí, es correcto, jamás llegaron allá.

—¿Por qué ocurrió eso?

—La verdad es que no lo sé.

—Ahora, viendo esta relación de equipos médicos que fueron incautados en la propiedad del señor Carlos Luis Parker, ¿qué me puede decir?

—Son los mismos equipos que salieron hacia la Clínica Mayer.

—¿Cómo lo sabe?

—Los seriales coinciden, puede compararlos uno a uno.

—Entiendo. Ahora, ¿cómo es posible que en la Orden diga que debían ser despachados a la Clínica Mayer y terminasen en la propiedad del señor Parker? ¿Puede haber sido un descuido suyo?

—Para nada. Cada caja tiene impreso el número de Orden en letras enormes, y ese número se verifica antes de subirlas al transporte.

—¿Qué pudo haber pasado entonces? —Smith se encogió de hombros—. Por favor, dígalo para que conste en acta.

—No lo sé —replicó Smith.

—¿Es posible que alguien hubiese pagado a la compañía de transporte para que alterase la dirección?

—Todo es posible, pero ni mi obligación ni mi conocimiento llegan hasta allá.

—Entiendo. Quiero introducir como Prueba "A", las dos Órdenes que misteriosamente fueron a parar a la casa de Parker, y como Prueba "B", la relación de equipos incautados, donde se demuestra que, aunque en estos momentos no viene al caso, esos equipos fueron robados de *MDT Medical Supplies*, obviamente bajo la complicidad de Parker…

—¡Objeción! —saltó Truman—. Está especulando, no ha demostrado ni por asomo que mi cliente haya robado nada.

—¡Ha lugar! —sentenció Anderson—. Por favor, elimine el comentario —dijo al transcriptor.

—Su testigo —dijo Joyce a Truman.

—No tengo preguntas —replicó Truman. Carlos Luis continuaba sin mostrar interés en lo que estaba ocurriendo. Desde el momento en que la Policía había irrumpido en la cabaña, aquel fatídico sábado al filo de la medianoche, cuando su hijo había tenido que presenciar el bochornoso espectáculo de que se lo llevasen esposado, acusándole de haber secuestrado no solo a Estrada (a quien por fortuna no tenían encerrado en el momento de la redada), sino también a Manuel, había perdido todo interés, convencido de que ya no podía hacer nada para ayudar a John.

—La Fiscalía llama a declarar a la señorita Elizabeth Parson —dijo Joyce. Se trataba de la recepcionista de *MDT Medical Supplies*.

—¿Recuerda usted el viernes 20 de septiembre, cuando el acusado, el señor Carlos Luis Parker fue despedido?

—Por supuesto, lo recuerdo. Fue toda una escena y nada agradable.

—¿Eso por qué? —preguntó Joyce.

—Se comenzaron a escuchar gritos en la oficina del doctor

Kennedy y nos acercamos a ver qué ocurría. Luego salió el señor Carlos Luis hecho una furia y amenazó a uno de los empleados antes de irse.

—¿Cómo diría que era el estado mental del señor Parker en ese momento…

—¡Objeción! El testigo no está calificado para emitir opiniones médicas.

—Sostenida —dijo Anderson. Abogado Joyce, ¿qué le ocurre?

—No sabe cómo implicar a mi cliente…

—¡Usted cállese, Truman!

—Lo siento Su Señoría, trataré de ser más cuidadoso al preguntar.

—Así lo espero, está agotando mi paciencia.

—No tengo más preguntas.

Truman se paró, acercándose a la joven y le preguntó:

—Si a usted la despidiesen injustamente, ¿le molestaría?

—Por supuesto —respondió de inmediato.

—Si le quitasen todo lo que tiene, ¿se pondría furiosa?

—Supongo que es una posibilidad.

—Responda sí o no. La acaban de despedir, le quitaron todo lo que tiene.

—Sí —respondió la mujer, sin poder resistir la mirada del abogado.

—Cualquiera lo haría, es instinto básico de supervivencia —dijo, caminando con lentitud hacia el jurado y viéndolos uno a uno—. Cualquiera de nosotros. No tengo más preguntas— dijo Truman, regresando a su mesa. Larry Collins negó con la cabeza en la tercera fila, desde donde observaba el desenvolvimiento del juicio. Si bien era quien había desentrañado el misterio, le parecía que la Fiscalía no tenía un caso, incluso no pensaba que Carlos Luis fuese culpable de nada, sino que más bien se habían alineado una serie de eventos que lo perjudicaban, hasta el punto de parecer una conspiración. Trató de hacérselo ver al Fiscal, pero este no le prestó atención debido a su rango. Donahue le dijo que *"no se iba a salpicar con la mierda de ellos"*. Reconoció que Collins había hecho un trabajo excelente, pero dijo que hasta allí llegaban sus funciones. Opinaba que Joyce era un arribista que buscaba llegar a Fiscal General pero no era más que un mediocre.

—La Fiscalía llama a la doctora Sophie Reynolds.

—¿Me podría indicar cuál es su relación con el doctor Raúl Estrada?

—Él y yo somos… estamos saliendo.

—¿Usted interpuso una denuncia en la Policía bajo la sospecha de que el doctor Raúl Estrada había desaparecido?

—Sí, pero…

—Suficiente —la interrumpió Joyce—. ¿Qué le hizo pensar que el doctor Estrada había sido secuestrado?

—Un mensaje que me envió diciendo que iba a Florida, pues su prima había tenido un accidente, pero resultó que no se encontraba allí. Luego…

—Supongo que el mensaje no fue una excusa para engañarla con otra mujer, ya que el doctor Estrada terminó apareciendo en la propiedad del señor Parker, ¿no es así?

—Así fue. Lo que pasa es…

—No tiene relevancia. Su testigo —dijo a Truman, interrumpiéndola. El abogado sopesó realizar el interrogatorio cruzado a la doctora, pero viendo que Joyce no había logrado establecer nada contra su cliente, prefirió esperar. En cualquier caso la podía llamar más adelante como su testigo, en caso de que llegase a hacer falta, por lo que indicó con un gesto que no la iba a interpelar.

Joyce consultó su lista. Su próximo testigo debía ser Rodrigo Villa, pero en vista de que las cosas no estaban saliendo como había esperado, decidió dejarlo para después. Tendría que ir con la artillería pesada.

—Solicito un receso, Su Señoría —dijo. Anderson, viendo el reloj decretó la hora del almuerzo y dijo que continuarían a la una de la tarde.


Durante el almuerzo, Truman trató de animar a Carlos Luis. Le dijo que era importante que se mostrase confiado, con la cabeza erguida todo el tiempo, ya que la actitud de derrota solo favorecería a la Fiscalía. Él prometió hacer lo posible. Desde tiempo atrás había aceptado su destino y no le importaba terminar en la cárcel, siempre que sirviese para salvar a su hijo, lo que ahora veía como algo inalcanzable.

—La Fiscalía llama a George Jones —dijo Joyce cuando se reanudó el juicio.

George se veía nervioso y estuvo a punto de caer al subirse al estrado.

—¿Me podría decir cuál es su relación con Carlos Luis Parker, joven?

—Es un amigo —respondió, encogiéndose de hombros.

—Un amigo... —dijo Joyce, caminando con la mano en su barbilla — ...aunque no veo muchos intereses comunes entre ambos.

—No sabía que necesitaba su permiso para ser amigo de alguien —replicó George, lo que produjo la risa de muchas de las personas que estaban en la sala e incluso arrancó una sonrisa a varios de los miembros del jurado.

—Eh... no... no es... —el comentario desbalanceó a Joyce. Carlos Luis sonrió por primera vez—. Mi pregunta concreta es de dónde se conocen.

—¡Objeción, Su Señoría! Irrelevante.

—Voy a permitir la pregunta —sentenció el juez—. Puede contestar, joven.

—Un día nos encontramos bajo la lluvia y nos hicimos amigos — Truman había preparado muy bien a George y sustituido la historia original por el episodio con Chris.

—Así de fácil. Deben ser muy amigables. ¿A qué se dedica, señor Jones?

—Por los momentos estoy desempleado.

—¿Cuándo fue su último empleo?

—No lo recuerdo —dijo George, encogiéndose de hombros.

—Le voy a explicar por qué no lo recuerda. Se debe a que jamás ha trabajado. ¿No es cierto que se dedica usted a la prostitución?

—¡Objeción! —saltó Truman, sin saber cómo lo había averiguado.

—Conteste la pregunta —dijo el juez, moviendo su índice en gesto de negación.

—Yo no lo llamaría así.

—A ver, ilústreme como lo llamaría usted. Recuerde que está bajo juramento y que el perjurio podría enviarlo a la cárcel. Tengo tres testigos que pueden dar fe de lo que le dije, o tres clientes, podría decirse—. Truman dudaba de que fuese verdad, pero ya George había caído en la trampa. No es que importase para el caso, pero lo haría tambalear, de eso estaba seguro.

—No negaré que haya hecho ciertos favores sexuales en el pasado, pero no se trata de prostitución.

—Bueno, así lo llamaban en mi pueblo —replicó el abogado, tratando de hacer reír a la audiencia, sin conseguirlo—. ¿Podría hablarme de sus orígenes? Comencemos por su padre.

—Mi padre está en prisión —contestó George, quien sí se encontraba preparado para esa pregunta.

—¿Por cuál crimen?

—Mató a mi madre a cuchilladas enfrente de mí cuando yo tenía catorce años, pero se equivoca si cree que eso me define. Imagino que no se hará usted responsable de las acciones de su padre, ¿o sí? —con la respuesta preparada logró atenuar un poco el impacto en el jurado, hasta podría arrancarles algo de compasión por sus vivencias.

—Espero que así como admitió eso, sea usted capaz de admitir que el señor Parker le contrató para que le entregase su riñón a su hijo, a cambio de una compensación económica, lo que inauguraría su negocio de trata de órganos—. George se le quedó mirando largo rato —. Estoy esperando su respuesta —dijo Joyce.

—No sé decir si los payasos como usted me producen risa o asco —replicó George, soltando una carcajada—. Joyce quedó sorprendido y de inmediato Anderson comenzó a golpear con su martillo, llamando al orden en la sala, donde se había destapado un pandemonio de risas y conversaciones. Cuando al fin logró controlar la situación, George dijo—: déjeme mostrarle lo equivocado que está con un simple hecho. Soy VIH positivo, por lo tanto es imposible que done ningún órgano, excepto a alguien con la misma condición—. El golpe había sido letal, el abogado fue a abrir la boca, pero prefirió callar. Había perdido lo que pensaba sería su mayor ventaja durante el juicio. Toda esa respuesta había sido memorizada por George, una jugada maestra de Truman que sabía que desinflaría a la parte acusadora. Joyce disimuló yendo hasta su mesa a ver sus papeles e indicó con una seña que había terminado.

—¿Piensa interrogar al testigo? —preguntó el juez mirando a Truman, quien trataba de disimular una sonrisa. Sabía que había ganado una batalla, pero no la guerra. Todavía quedaban varios huesos duros de roer.

—No, Su Señoría, lo interrogaremos en nuestro turno. Pero si el abogado lo desea, tengo acá las pruebas de laboratorio que corroboran lo que el señor Jones acaba de decir, en caso de que quiera incluirlo como prueba—. Joyce lo desestimó con la mano.

El fiscal sabía que las cosas no estaban yendo bien para su causa, pero tenía la confianza de que en cualquier momento daría un golpe de timón, por lo que decidió colocar a Joaquín en el estrado, quien para él, era el cómplice de Parker.

—Joaquín Rivers, asesor de *MDT Medical Supplies* en informática —dijo tras jurar que diría la verdad y solo la verdad.

—Señor Rivers, ¿se considera usted un *hacker*? —preguntó Joyce.

Joaquín no pudo evitar soltar una sonora carcajada.

—No, abogado, no me considero un *hacker*. Eso no es un título auto-impuesto, es más bien un estatus que se alcanza. Veo que su conocimiento del área es nulo —dijo luego de ponerse serio, tratando de minimizar al fiscal.

—Siento no estar a la su altura en la materia. Tiene razón, es poco lo que sé acerca del tema y me sorprendí cuando el personal técnico me explicó lo que era la red oscura; luego de conseguir en sus equipos, incautados en la propiedad del señor Parker, un conjunto de aplicaciones, es decir programas —dijo, acercándose al jurado— utilizadas para acceder a la misma. Ustedes se preguntarán, al igual que yo, un simple mortal, me pregunté —recostándose de la baranda que le separaba de los doce civiles—, ¿qué es eso de la red oscura? Pues déjenme decirle que se trata de la cara oculta de la internet, adonde solo acceden criminales, pervertidos y drogadictos para realizar todo tipo de fechorías desde tráfico de niños para su explotación sexual, hasta tráfico sofisticado de órganos, sin dejar de lado el comercio indiscriminado de drogas de todo tipo. ¿Por qué acuden allí? Pues resulta que se trata de un territorio sin ley, donde toda actividad es anónima, por lo que jamás las autoridades pueden siquiera soñar con detectar sus delitos —dijo mientras iba posando su mirada en cada uno de los miembros del jurado, quienes le miraban fascinados. Al fin había captado su total atención—. Por supuesto que no hace falta ser muy inteligente para saber que si en un sitio mezclamos un quirófano improvisado, un centro de cómputo sofisticado con acceso a esa red oscura y un urólogo, lo más posible es que sus propietarios no estén preparándose para hacer una venta de garaje en *eBay*, sino que todas las probabilidades apuntan a una red de tráfico de órganos…

—¡Objeción! —gritó Truman—. Está elucubrando. Antes de que Anderson reaccionase, Joyce dijo:

—Borre lo último —al transcriptor—. Déjeme replantearlo. Señor Rivers, ¿podría explicarle al jurado para que utiliza usted dicha red oscura? —concluyó, sabiendo que había sembrado la semilla de la duda en el jurado, sin importar la respuesta del joven.

—Veo que se vuelve a equivocar usted, o que sus asesores deben estar muy mal pagados. Supongo que estará usted hablando de *Tor*, el componente que permite acceder a la internet profunda, el cual, en efecto, tengo en mis equipos. Usted estuvo en lo cierto al decir que en la red oscura ocurren todo tipo de delitos, pero lo que no dijo, no sé si por ignorancia o por malicia, es que cada vez más personas acuden a herramientas como *Tor* para proteger su privacidad. Basta leer las noticias para darse cuenta como a cada momento vulnerabilidades en redes como *Facebook* permiten a los *hackers* hacerse con información vital acerca de sus usuarios. Eso es tan solo la punta del iceberg, cada día nuestra navegación por la red nos expone más a la mirada de ojos indiscretos. Una herramienta como *Tor* evita todo eso y le aseguro, que si lee los documentos que tuve a bien recopilar, pronto comenzará a utilizarla usted mismo.

—Señoría, sé que es una petición inusual, pero le ruego me permita entregarle este documento que he preparado, tanto para usted como para el jurado, con el fin de evitar confusiones en la materia que está describiendo mi colega. Allí, de manera simple, podrán entender las ventajas y desventajas de utilizar la internet profunda —intervino Truman.

—Puede hacerlo —dijo el juez, luego de reflexionar por un instante. Uno de los asistentes se levantó raudo, con copias para cada uno de los miembros del jurado, mientras el otro le entregaba sendas copias al juez y al fiscal. Joyce, con la boca abierta, dejó el documento en la mesa sin siquiera ojearlo.

—Muy bien, se agradece el gesto —dijo Joyce, tratando de recuperarse—. Ahora, mi pregunta es simple, señor Rivers. ¿Es o no ideal la red oscura para establecer un negocio de órganos humanos?

—Me imagino que sí, pero…

—Limítese a contestar mi pregunta, ¿sí o no?

—Sí —dijo Joaquín—. De inmediato Joyce trató de interrumpirle, pero el joven, dando un puñetazo que hizo temblar el estrado, bramó —: Déjeme hablar, bastardo. Usted cree que porque es fiscal tiene el derecho de manejar a la gente a su…

—¡Orden en la sala! —dijo Anderson, dando martillazos en el estrado, tratando de calmar las conversaciones que se amplificaban por doquier—. Usted —dijo, señalando a Joaquín—, va a mostrar respeto en esta corte si no quiere que le envíe al calabozo.

—Lo siento, Su Señoría —dijo Joaquín—. Pero necesito decir algo, y este… el abogado no me lo permite. Le ruego me deje terminar.

—Hágalo, pero con moderación —dictaminó Anderson, molesto.

—Le decía, que el tráfico de órganos existe desde mucho antes de la internet, no hablemos de la red oscura. Es posible personas sin escrúpulos utilicen esa red para dichas actividades, pero no trate de ensuciar mi nombre a menos que muestre alguna prueba de mi implicación en alguna de esas turbias actividades. Ese juego de tratar de manipular las respuestas a su conveniencia lo único que deja ver es que usted no tiene sino suposiciones y es obvio que conoce la ley mejor que yo, así que cambie su estrategia o... mejor me callo —dijo Joaquín, en un tono calmado, pero intenso. Joyce estaba echando chispas, nada le salía bien. Cuando estaba seguro de que tenía al toro por los cachos, se le escapaba por la tangente y lo corneaba donde más dolía. Sabiendo que Rivers sería testigo de la defensa, prefirió dejar el resto de sus preguntas para el interrogatorio cruzado. Decidió llamar al único testigo que sabía que tenía de su lado.

—La Fiscalía llama a declarar al señor Rodrigo Villa —dijo.

Mientras el padre de Manuel juraba ante la Biblia, su hijo —sentado junto a John en la segunda fila, justo detrás de Carlos Luis— tenía la boca abierta. Le había amenazado con testificar en contra de Parker luego de la paliza que le había propinado cuando apareció y les contó que todo había sido idea suya, pero no pensó que se atrevería.

—¿Señor Villa, es cierto que su hijo, Manuel Villa, fue reportado desaparecido y luego encontrado en la propiedad del señor Parker durante la redada que ejecutó la policía bajo la premisa de secuestro agravado?

—En efecto, así fue. Nos mantuvimos en vilo por tres días hasta que al fin, gracias al buen trabajo policial, pudo regresar a casa —dijo Rodrigo, hombre de pocas palabras.

—Su Señoría, quisiera solicitar un receso —dijo Truman, levantándose—. No me siento bien.

—¿Podemos esperar a que termine su deposición el testigo, abogado?

—Con todo respeto, no lo creo —replicó, llevándose las manos a la barriga. Había calculado que Villa no se atrevería a testificar contra el padre del mejor amigo de su hijo, y necesitaba preparar una contraofensiva letal para anular el testimonio del hombre que, si quería, podía hacer ver a Parker como un secuestrador. El juez, mirando el reloj, decidió suspender la sesión, indicando que reanudarían al día siguiente a las nueve en punto.


Manuel llegó a su casa cuando sus padres estaban terminando de cenar. No había querido regresar con Rodrigo y había venido únicamente a hablar con él.

—Me avergüenza tanto que seas mi padre que quisiera no haber nacido —le dijo.

—¿Cómo dijiste? —preguntó Rodrigo.

—¡Dije que eres la peor mierda que he visto en mi vida! —el hombre fue de inmediato hacia donde se encontraba. Mary Ann trató de detenerle, pero la apartó de un manotazo para emprenderla a golpes contra el joven. Manuel se le quedó mirando, retándolo mientras le golpeaba y Mary Ann le decía a su esposo que parase, que le estaba haciendo daño. Cuando Rodrigo consideró que lo había golpeado suficiente, lo envió a su cuarto. Mary Ann tocó la puerta de la habitación de Manuel, pero no fue hasta quince minutos más tarde, cuando el muchacho salió, sin prestarle atención, yendo directo en busca de su padre.

—Si llegas a decir una palabra en el tribunal, escucha bien, una sola, en contra del señor Carlos, el próximo juicio va a ser contra ti —le dijo, mostrándole en el teléfono las fotografías que se había tomado de toda la región posterior de su cuerpo y que reflejaban la brutalidad del hombre—. Te aseguro que a Servicios Sociales le va a encantar ver esto y de inmediato irás a la cárcel. Irás preso por bruto, por abusador, así que te lo advierto, una sola palabra mañana y en la tarde serás tú quien esté vistiendo naranja—. El hombre trató de arrebatarle el teléfono, pero Manuel era mucho más ágil y le esquivó con facilidad, caminando hacia la puerta y dejando la vivienda tras dar un portazo.


Cuando Rodrigo Villa se sentó en el banquillo de los testigos, Joyce exhibía una gran sonrisa en la cara.

—Señor Villa, habíamos dicho ayer antes de la interrupción, que su hijo había sido reportado como desaparecido y luego conseguido en la propiedad del señor Parker, ¿es eso correcto?

—Así ocurrió, abogado.

—Usted y su esposa trataron de comunicarse con él, sin resultado, ya que su teléfono estaba apagado, ¿qué piensa usted que ocurrió allí? —preguntó el fiscal, esperando la respuesta que habían ensayado. Pasó más de un minuto sin que Rodrigo abriera la boca.

—Señor Villa, por favor conteste la pregunta —dijo Anderson.

—Mi hijo, con el fin de acompañar a su mejor amigo, quien está muy enfermo, se fue a la cabaña donde sabía que se encontraba, haciéndonos creer que se iba a quedar en casa de un compañero, pues no quería que le fuésemos a buscar allí. Luego apagó su móvil para que no le contactásemos.

—Pe-pero, ¿no cree que el señor Parker le coaccionó para que se quedase allá, obligándole a apagar el teléfono, ¿quién sabe con qué intenciones?

—No lo creo. Lo repasé con mi hijo ayer y me dijo que también había engañado a Parker, haciéndole creer que nosotros estábamos al tanto de sus movimientos —replicó Rodrigo. Joyce, tomado completamente por sorpresa con la respuesta, maldijo a Truman, pues sospechaba que había hecho que Villa cambiase su testimonio.

—En caso de que... —fue a decir, pero se interrumpió. Sabía que no había caso. Debió haber grabado el testimonio preliminar del hombre— ... no tengo más preguntas.

—Su testigo —dijo el juez, mirando a Truman, quien se levantó de inmediato.

—¿Cree usted, señor Villa, qué existe alguna posibilidad de que el señor Parker haya secuestrado a su hijo? —le preguntó.

—Ni la más mínima. Nuestros hijos son grandes amigos, lo que ocurrió fue que mi hijo actuó irresponsablemente, pero ya nos encargamos mi esposa y yo de castigarlo por ello —dijo Rodrigo, no solo porque no quería ir a prisión, sino porque Mary Ann también le había dado un ultimátum.

—No tengo más preguntas, Su Señoría —dijo Truman, regresando a su asiento y guiñando un ojo a Joyce mientras lo hacía, sabiendo que el caso de la Fiscalía se había derrumbado como un castillo de naipes.

—Abogado Joyce, puede llamar a su próximo testigo —dijo Anderson. El fiscal revisó su lista, en la cual tenía a la señora Robertson, a Collins, a Estrada y a Carlos Luis, pero se dio cuenta de que interrogarlos solo iba a servir para debilitarle más, por lo que respondió:

—La Fiscalía descansa, Su Señoría.

—Bien. Señor Truman, puede llamar a su primer testigo.

—Quisiera llamar al doctor Raúl Estrada.

—Doctor Estrada, ¿puede decirnos cuál es su relación con el señor Carlos Luis Parker? —le preguntó una vez cumplidos los requisitos de rigor.

—He sido el médico tratante de su hijo, John Parker, quien sufre de insuficiencia renal, a lo largo de toda su enfermedad.

—¿Podría decirnos cuál es la condición del paciente?

—¡Objeción, Su Señoría! Irrelevante —dijo Joyce.

Andy Anderson se le quedó mirando, por encima de sus lentes.

—Abogado, si esto le parece irrelevante, no sé qué piensa usted que se está juzgando en esta corte. ¡Denegada!, puede contestar, doctor.

—El joven Parker necesita un trasplante de riñón con prontitud. Los efectos secundarios de la diálisis a la que se somete le están causando problemas.

—Entiendo. Ahora, ¿para eso no existe una lista en la cual, según entiendo, John Parker se encuentra incluido?

—Eso es correcto, pero, la cantidad de donantes es pequeña en relación a los riñones requeridos y me temo que esperar su turno podría ser... peligroso para él.

—¿Puede explicar por qué se encontraba usted en la cabaña del señor Parker cuando, contraviniendo el debido proceso, esta fue atacada como si albergase a un puñado de delincuentes?

—Por supuesto. Para que un donante pueda dar su riñón a John, sus tipos de sangre deben ser compatibles. Desafortunadamente, la de ninguno de sus padres lo es. Sabiendo que el tiempo se agotaba, el señor Parker, quien se dedicó en cuerpo y alma a estudiar la enfermedad de su hijo, me mostró un artículo en el cual un grupo de científicos de la *UCLA* ha desarrollado un método a través del cual podría realizarse el trasplante aunque los tipos de sangre fuesen incompatibles. Tanto el señor Parker, su esposa y el señor Joaquín Rivers estaban dispuestos a ver si eran posibles candidatos para aplicar el método, que consiste en dos fases. Una primera, de desensibilización, en la cual se remueven los anticuerpos del grupo sanguíneo del donante utilizando un proceso llamado plasmaféresis y una segunda, que se denomina modulación inmune, en la cual se utiliza inmunoglobulina intravenosa, evitando que el cuerpo siga produciendo dichos anticuerpos...

—Muy interesante —le interrumpió Truman, quien no quería que el jurado se aburriese con una explicación tan técnica—. Sigo sin entender por qué se encontraba allá.

—Este proceso puede durar dos o tres semanas y no era algo que quería hacer en el hospital, ya que su aprobación podría tomar mucho tiempo, por lo que acordé con el señor Parker dedicar algo de tiempo a realizar algunos experimentos por mi cuenta y consideramos que aquel era el lugar más apropiado para efectuarlo.

—Según la Fiscalía, el señor Parker le habría secuestrado.

—Eso es ridículo, no entiendo cómo llegaron a esa conclusión.

—¿Por un mensaje de texto que usted envió a su... a la doctora Reynolds?

—Ah... eso. Debo reconocer que no fue muy inteligente de mi parte utilizar esa excusa, pero no quería que nadie se enterase de lo que me proponía a hacer y no porque fuese anti-ético o ilegal, sino porque simplemente no quería. Iba a pasar allí el fin de semana y fue algo inocente, nunca me imaginé que mi prima le iba a llamar. Sin embargo, ni es motivo para pensar que alguien me hubiese secuestrado ni pienso que deba más explicaciones al respecto.

—Eso es correcto, doctor. No estamos juzgando su vida personal —dijo Truman, haciendo una seña a Joyce—. Su testigo —le dijo.

—Eso es una explicación que me parece traída por los pelos, doctor. Creo que sería mejor que dijese de una vez que se dio cuenta de lo rentable que le sería dedicarse a hacer trasplantes ilegales, sabiendo que la gente está dispuesta a pagar más de medio millón por cada uno de ellos —le conminó Joyce, desesperado.

—En mi país hay un dicho, cada ladrón juzga por su condición —dijo Estrada—. No sé cuáles sean sus estándares morales, pero le aseguro que los míos son muy altos. Es posible que algo como eso a usted le llame la atención, ya que lo propone, pero a mí, no. Tengo un sueldo respetable, que me alcanza para vivir muy bien. La cosa es que sus teorías me parecen tontas, incluso hasta infantiles. Si usted puede documentar con pruebas algo de lo que dice, hágalo, pero de lo contrario, le pido que no me haga perder mi tiempo ni el de los aquí presentes.

—En algún momento lo probaré —dijo Joyce, dejando escapar el aire de sus pulmones, frustrado—. No más preguntas.

—La Defensa llama al señor Marcus Bollinger —dijo Truman. Carlos Luis Parker había corrido con suerte. Mientras tomaba una ducha —luego de hablar con Joaquín la noche en la que, apenas horas más tarde aparecieron los uniformados a efectuar la redada en su propiedad— se dio cuenta de que su conducta había sido totalmente irracional. Por más que aborreciese tanto a Kennedy como a Bollinger, no había razón alguna para tomar la justicia por su mano, así que se dirigió nuevamente a donde les tenía cautivos y les dijo que los iba a liberar, con la condición de que no dijesen una sola palabra de lo que les había hecho, so pena de que publicase las fotografías comprometedoras de ambos. Adicionalmente, Kennedy le devolvería su trabajo sin cobrarle un céntimo por el error cometido. Los hombres, quienes estaban seguros de que Parker les iba a matar en medio de su locura, consideraron que era la mejor oferta que habían escuchado en sus vidas y aceptaron de inmediato.

—¿Reconoce usted estas Órdenes, que son las mismas que introdujo la Fiscalía como Prueba "A", las cuales según consta, fueron emitidas por usted? —le preguntó Truman a Bollinger luego de su juramento.

—Sí, las reconozco.

—Bien. Resulta que los equipos que en ella se especifican, fueron los incautados en la propiedad de mi defendido, Carlos Luis Parker. ¿Podría usted explicarnos por qué esos equipos fueron a parar allá?

—Le debía un gran favor al señor Parker, quien se encontraba desesperado porque intuía que le iban a despedir, lo que implicaba la pérdida del seguro médico que amparaba a su hijo, por ello me pidió que los desviase temporalmente hacia su propiedad en *Wisconsin Dells*. Traté de convencerle de que era una locura, pero no hubo manera. Me dijo que convencería a un equipo médico para que efectuase la operación de su hijo, como una cuestión de caridad, tan pronto lograse resolver un asunto, que recién me di cuenta de que era lo que trataba de resolver el doctor Estrada. Accedí a su petición, la clínica no los necesitaba con urgencia, y me garantizó su devolución en menos de dos meses. No le iba a hacer daño a nadie y podía salvar una vida, así que no vi por qué oponerme.

—En cualquier caso, el señor Parker no lo obligó a hacerlo, ¿cierto?

—Correcto. Accedí a hacerlo como un acto humanitario.

—No tengo más preguntas, Su Señoría.

—¿La Fiscalía desea interrogar al testigo? —preguntó Anderson.

—Quisiera solicitar un receso de quince minutos antes de interrogarle, Su Señoría.

—Concedido, quince minutos de receso —sentenció Anderson.


Joyce interceptó a Truman cuando este abandonaba la sala.

—Te propongo un trato. Tu cliente se declara culpable de algún delito menor y desestimo todos los demás cargos —le dijo.

Truman soltó una carcajada en la cara del fiscal.

—Definitivamente eres un idiota. Reconozco que hay que tener bolas para venirse arrastrando como un gusano a pedir eso —respondió—. Te tengo una contraoferta. Desestima todos los cargos y no te sigo revolcando por el piso como pienso hacerlo cuando suba al estrado a mis próximos tres testigos. Incluso, puedo tratar de convencer a mi cliente de que no interponga una demanda civil contra el Estado, la cual sabes que vamos a ganar.

—Te aseguro que al menos conseguiré una condena por instigación para delinquir, Truman. No me importa que me vengas con todas las artimañas que sé que tienes preparadas, pero esos equipos estaban allí de manera ilegal y lo sabes muy bien. Eso sin contar con que le acabas de dar oxígeno a mi caso sobre el tráfico de órganos.

—Déjame consultarlo con mi cliente —dijo Truman.

Cuando regresaron del receso, el juez Andy Anderson anunció:

—Las partes han llegado a un acuerdo extra-judicial. El señor Carlos Luis Parker se ha declarado culpable del cargo de instigación para delinquir al haber sugerido realizar una actividad ilegal al señor Marcus Bollinger y ha convenido con la Fiscalía en realizar 120 días de trabajo comunitario. La Fiscalía, consciente de los atenuantes del caso, retira los otros cargos, por lo que este juicio concluye con la libertad plena del señor Parker, quedando este comprometido a cumplir su acuerdo —sentenciándolo con un martillazo.

Joaquín abrazó a Carlos Luis, quien había mejorado algo su ánimo, aunque pensaba que no tenía nada que celebrar. John abrazó a Manuel y George se sumó al abrazo. Truman estrechó la mano de Parker y abandonó el tribunal a paso rápido. Manuel se acercó a su padre y le agradeció el gesto, todavía adolorido por la golpiza recibida el día anterior, la cual en esos momentos, al ver la cara de felicidad de John, no le importaba.

Cuando Carlos Luis regresó a la cabaña, luego de haber dejado a Bollinger y a Kennedy en el estacionamiento del bar en que les había capturado, decepcionado de la vida, se llevó a George y a Estrada al jardín para darle la noticia a George de que era portador del virus de inmunodeficiencia —lo cual el joven tomó mejor de lo que esperaba. El doctor estaba explicándole que le pondrían bajo tratamiento y que siguiendo las indicaciones, jamás desarrollaría el virus— cuando sonó el timbre de la casa. Joaquín salió a buscarle, diciendo que había al menos cinco patrullas afuera con las cocteleras encendidas. Carlos supuso que Bollinger y Kennedy habían faltado a su palabra y le habían denunciado, pero cuando revisó la orden que portaban los uniformados se dio cuenta de que no era así. Se resignó pensando que al fin el destino le había alcanzado, siempre había sabido que de una u otra forma iba a terminar tras las rejas, lo único que lamentaba era que no hubiese podido ayudar a su hijo. Al menos, el único detenido era él, por los momentos no estaban implicando a Joaquín ni a Estrada. No tenía idea de cuáles serían los cargos que le imputarían, pero sabía que había un largo menú de donde escoger.

Joaquín le dijo que no se preocupase, que todo iba a salir bien, cosa que Carlos Luis dudaba. Luego de besar a su hijo en la frente, se entregó a Collins. Gracias a que le había relatado los detalles de todo lo que había hecho al par Kennedy-Bollinger, Joaquín se presentó en casa del doctor, diciéndole que había una condición que Parker había olvidado mencionar: necesitaba un buen abogado que le sacase del problema en que se había metido. Al principio el hombre se mostró hostil, pero bastó con recordarle que tenía suficiente material para convertir su vida en un infierno para que accediera. Así, Donald H. Truman, un abogado muy costoso con un récord impecable, quien trabajaba para *MDT*, se convirtió —por cortesía del ingenio de Joaquín — en el defensor de su amigo, a una tasa de $350 por hora, que saldría de las arcas de la empresa. Le dijo que en cualquier caso, al menos recuperaría todos los equipos que se habían llevado, lo que le permitiría aminorar el costo.


Lara Phillips, la madre de Karina, murió el día después de que Carlos Luis Parker fuese declarado inocente. Él y John viajaron hasta *Wyoming* para el entierro. Karina había quedado de una pieza cuando Carlos le relató lo ocurrido, lo que había hecho por salvar a John. Incluso le contó acerca del desafortunado Esmail; lo único que no llegó a contarle, ya que le avergonzaba, fueron los incidentes con Bollinger y Kennedy. Ese sería un secreto que planeaba llevarse a la tumba. Le pidió perdón por todo lo que la había hecho pasar y reconoció que había actuado mal al no haberla incluido; lo había hecho solo para protegerla. Ambos lloraron, abrazados, durante un buen rato, no solo por Lara, sino por ellos. Carlos Luis le propuso que volviesen a empezar, seguro de que podrían rescatar ese amor que se habían profesado por tanto tiempo, además de que necesitaban estar unidos y ser muy fuertes para lo que se le avecinaba a su hijo, quien de cierta manera estaba preparado para lo peor.


Manuel, sabiendo que tenía en sus manos el fin de todos los problemas de John, quien había empeorado después del juicio, se presentó ante su padre.

—Voy a donar mi riñón a John —le dijo. Las relaciones entre

ambos habían estado muy tensas desde que el joven le había amenazado con denunciarlo por maltrato infantil.

—No, no lo vas a hacer —respondió Rodrigo—. Mientras no seas mayor de edad, necesitas mi autorización y no me vas a venir otra vez con la mierda de los golpes, porque estoy dispuesto a justificarlo.

—No vengo con esa mierda, sino con una mejor —replicó Manuel, entregándole un fajo de papeles.

—¿Qué es esto? —preguntó el hombre.

—¿Sabes lo que es la emancipación? —le preguntó a su padre.

—¿Qué mierda es esa?

—Es un proceso legal a través del cual un menor de edad puede convertirse en adulto antes de cumplir los dieciocho, en cuyo caso sus padres pierden la custodia y el control sobre él.

—No creo que sea tan fácil —dijo el hombre, hojeando los papeles.

—Sí lo es. Al ser mayor de catorce, si logras demostrar que la emancipación te hará bien y que cuentas con una forma legal de ganar dinero, lo único que falta es un detalle: que tus padres estén de acuerdo, pero según lo que he investigado, cuando hay maltrato comprobable, es muy fácil que un juez lo otorgue. En realidad no es lo que quiero hacer, pero no me dejas alternativa. No puedo entender tu egoísmo al negarle a alguien la posibilidad de vivir. Piensa que la más afectada será mamá, sé que no te interesa lo que me pase, pero no creo que ella piense igual. Si tomo ese camino, te aseguro que no me volverán a ver.

—Dijiste una forma legal de ganar dinero, ¿no? —replicó el hombre, rascándose la cabeza. Sabía que el muchacho lo había arrinconado.

—Eso dije. Joaquín, el amigo del señor Carlos Luis me ofreció un trabajo haciendo páginas *web* y me puede dar una constancia que demuestre que con mis ingresos tendré más que suficiente para mantenerme. Tú decides si quieres ir por el camino fácil o prefieres ir a la guerra.

—Habría que consultarlo con tu madre —dijo Rodrigo.


La operación fue todo un éxito. Carlos Luis no cabía en sí mismo y no tenía como agradecer a Manuel por haber cedido su riñón a John. Manuel no le dijo a nadie, ni siquiera a su mejor amigo como había chantajeado a sus padres para que le permitiesen convertirse en el donante, pues le parecía que aquello le restaba nobleza al gesto.

Gracias a que Carlos Luis había recuperado su trabajo y con él la cobertura del seguro, el doctor Estrada y el Dr. Bernard operaron a John en el *Meriter*. Carlos Luis le agradecía a Estrada que hubiese accedido a declarar a su favor en el juicio, ya que tuvo en sus manos la oportunidad de hundirlo para siempre. Más allá de que Estrada comprendía que lo que había hecho Carlos por su hijo era algo que cualquier padre sería capaz de hacer, no le convenía verse salpicado por una investigación en la cual podría cuestionarse su ética profesional. Sabía que estaba en juego no solo el asilo, sino quizás también su licencia médica. Todo indicaba que el organismo de John había aceptado el riñón de su amigo sin ninguna resistencia y a pesar de que tendría que tomar inmunosupresores por el resto de su vida, todo había vuelto a la normalidad, incluso comenzaba a pensar en su reincorporación al equipo de fútbol.

George se encontraba en tratamiento con retrovirales y su salud era excelente. Se había incorporado a la escuela para adultos bajo la supervisión y ayuda de Joaquín, mientras Carlos Luis lo entrenaba como vendedor. Su actitud hacia la vida había cambiado radicalmente y se encaminaba hacia un futuro prometedor.

Phillip, el hermano de Carlos Luis, murió de una sobredosis de heroína dos meses después del juicio. Carlos asistió al sepelio —al cual acudieron muy pocas personas— acompañado de Karina. Sofía, su hermana, no mencionó nada, ni en ese momento ni más adelante acerca de la cabaña, corroborando su teoría de que el querer convertirla en hotel era un capricho de su hermano, quien la manipulaba a placer.


Karina, quien le había dado la grata sorpresa a Carlos Luis de que, contra todo pronóstico, llevaba en su vientre a una niña, se encontraba junto a él en la gradas aupando por el equipo de su hijo, los *UCF Knights*. Tanto John como Manuel habían conseguido becas completas para estudiar en la *University of Central Florida* gracias a su habilidad para el deporte. Habían viajado hasta allá en ocasión de celebrarse la final de la primera división en el campeonato estatal. Casi tres años después del exitoso trasplante, ya con dieciocho años, ambos jóvenes exhibían una salud impecable, superado el temor de que los riñones de John volviesen a fallar. Visitaban *Wisconsin* durante los feriados, donde Flaqui, a quien Karina había aprendido a querer, les esperaba con ansias.

Carlos Luis había renunciado a *MDT* luego de la operación y había creado su propia empresa de suministros médicos con Joaquín como socio. George había ido adquiriendo habilidades para la venta y trabajaba junto a ellos. La sociedad, que había comenzado como algo muy pequeño, se había ido expandiendo gracias a los contactos de Carlos Luis. Aunque todavía faltaba mucho para que compitiese con la de Kennedy, la confianza que había depositado Kurtz en él al desviar hacia la naciente empresa parte de las compras del *Chicago Memorial* pronosticaba un rápido ascenso. Con menos de tres años en el mercado, ya las ganancias de Carlos eran casi el triple de las que obtenía en su antiguo empleo y Joaquín había dejado de ser un pasante para convertirse en el Director de Informática.

Cuando Manuel tras esquivar a un defensa, pasó la pelota a John, quien —después de hacer lo mismo con otros dos— convirtió el gol que casi garantizaba el campeonato a los *Knights*, a tan solo dos minutos para el final, la multitud congregada en el estadio se volvió loca.

—Creo que valió la pena el esfuerzo —dijo Carlos Luis—. Me vi forzado a hacer cosas de las cuales no me siento orgulloso, pero las volvería a hacer mil veces.

—No tengo la menor duda —respondió Karina, besándolo en la boca mientras se llevaba la mano a la barriga—. Parece que Kyra también lo sabe, acaba de confirmarlo con una de sus pataditas, a lo mejor saca el talento de su hermano.

# NOTA DEL AUTOR

Debo confesar que cuando comencé a planificar El Trasplante, me disponía a escribir una novela negra sobre tráfico de órganos, ese terrible flagelo que se cierne sobre la sociedad actual. Me bastó un poco de investigación para darme cuenta de que es algo mucho peor de lo que supone la mayoría y no tuve el valor para poner a Carlos Luis Parker en medio de ese mundo, donde iba a tener que tomar decisiones muy difíciles, que no se tendrían justificación alguna y por las cuales iba a tener que ser sentenciado a muerte desde la primera página. Por ello, preferí abordar el tema desde la acera opuesta, explorando hasta dónde podría llegar sin perder su esencia.

Siempre me ha gustado escribir sobre cosas que me alejen de mi zona de confort, lo que representa un reto mayor. Es por ello que —a pesar de toda la investigación que realicé y toda la ayuda que tuve—puedo haber cometido una o muchas imprecisiones, les ruego que me perdonen por ello. Con respecto al tema de la *Darknet*, simplifiqué muchas cosas para ponerlas al alcance del público general, pero nada de lo que digo de ella es fantasía, más bien, es el aspecto superficial de las cosas que allí ocurren.

Espero que hayan disfrutado la lectura y espero también haber contribuido aunque sea un poco en la concientización de que el tráfico de órganos debe ser detenido utilizando todo el peso de la ley. Desafortunadamente, hoy en día representa un mercado en crecimiento y son muchos, sobre todo personas de escasos recursos, quienes se ven afectados por la avaricia y falta de escrúpulos de unos pocos y la inconsciencia de quienes justifican su adquisición por el hecho de que salvarán a un ser querido; sin pararse a pensar en todas las vidas que se pierden y las familias que se afectan por su ambición.

Estaría muy agradecido con quienes tomen un momento de su tiempo para dejar un comentario en Amazon con sus impresiones acerca del libro, es una gran ayuda ya que es lo que puede hacer que otros lectores se interesen en la obra. También pueden contactarme a través de mi correo electrónico jmv@jomiv.com, visitar mi sitio web, **www.jomiv.com** y/o mis redes sociales si quieren tener más información sobre mi trabajo.

José Miguel Vásquez González

Agosto de 2019

Email:      jmv@jomiv.com

Twitter:    @ADNFatalLibro

Facebook:  facebook.com/ADNFatal

Instagram: @josemiguelvg

# AGRADECIMIENTOS

Antes que nada, quiero agradecer a mi editora, Fabiola de Isaac, quien tuvo la difícil tarea de desentrañar mi gramática para darle legibilidad a mis ideas. A su esposo, el doctor Abraham Isaac, quien con paciencia validó que la parte médica fuese cuando menos creíble (lo eximo de cualquier imprecisión, ya que algunas veces tuve que forzar un poco la barra para dar coherencia a la historia).

A Alejandro Mata, Yosneidy Albarrán, Tibaide Henriquez y Ayerid Torres, quienes leyeron el manuscrito con mucha paciencia, cariño y dedicación, señalando incongruencias en la historia y aportando detalles que hacen que enriquecen la escritura.

Finalmente, agradezco a mis lectores, a quienes me debo y me impulsan a seguir escribiendo. No existe mayor alegría que recibir, como por fortuna me pasa con frecuencia, sus impresiones y comentarios. Son la prueba viviente de que vale la pena escribir.

# DEL MISMO AUTOR

# ADN Fatal

Christian Petersen, brillante ingeniero genético, ha desarrollado métodos que pueden impulsar la medicina a niveles inimaginables. Corina Salgado, publicista, ha sido violada y asesinada. Los detectives Sonia Acevedo y Guillermo Montenegro, encargados de la investigación, tendrán que enfrentarse -en medio de un candente juicio- al secuestro, la traición, el chantaje y hasta el terrorismo para descubrir la verdad, a través de una fascinante y sorprendente trama. ADN Fatal es una novela llena de acción y suspenso, de las que no se sueltan hasta alcanzar su desenlace.

# Juego Cerebral

## La Cofradía del Conejo

Peter Mark-Hodges, exitoso escritor, siente que su vida da un vuelco fatal al recibir la noticia de que tiene un tumor cerebral inoperable. Ni en sus tramas más escalofriantes se le hubiera ocurrido tal situación. Su hijo Jake, el centro de su vida, de apenas 10 años, depende emocional y económicamente de él. Tras una riesgosa operación, Peter sobrevive pero nuevamente la vida le da sorpresas. Su cerebro le empieza a jugar malas pasadas. Con la extirpación del tumor, recibe el extraño don de transformar lo que escribe en realidad, convirtiéndose en el blanco de poderosos grupos, que ven en él la oportunidad de controlar el mundo.

# Ni tan felices Navidades

Cuatro perturbadoras historias en Navidad

Cuatro historias cortas que te helarán la sangre. Ambientadas en Navidad, pero seguro que te darán un susto (o cuatro) en cualquier época del año. Robert Robinson es un adicto a la Navidad pero este año ni siquiera la competencia por la mejor decoración hogareña lo anima. Sus hijos sienten que ya no les presta atención y han tomado una drástica decisión. Cuando Billy cumple años, recibe de sus padres un tablero de la Ouija en vez del Atari que esperaba. Su vida cambia, cosas extrañas comienzan a suceder. Descubre lo que trae consigo el tablero. Luego de llevar toda una vida atormentado por un indeseable compañero, Ángel está a punto de quitarse la vida. ¿Serán sus razones suficientes para ello? ¿Con su muerte se acabará el terror que va sembrando a su alrededor? Jane ha sido internada en un sanatorio luego de haber agredido a una mujer con la que sospecha que su marido le era infiel. Ahora está de vuelta. ¿Sembrará de nuevo el caos a su alrededor en una época en que todo debería ser paz y amor?

Made in the USA
Las Vegas, NV
18 March 2023

69268161R00148